Eloisa James

Diplômée de Harvard, d'Oxford et de Yale, spécialiste de Shakespeare, elle est aujourd'hui professeur à l'Université de New York. Également auteur d'une vingtaine de romances Régence traduites dans le monde entier, elle est ce que l'on appelle une « femme de lettres ». Son dynamisme fascine les médias comme ses lecteurs, et elle se plaît à introduire des références à l'œuvre de Shakespeare au sein de ses romans.

Une si vilaine duchesse

Du même auteur
aux Éditions J'ai lu

LES SŒURS ESSEX

1 – Le destin des quatre sœurs
N° 8315

2 – Embrasse-moi, Annabelle
N° 8452

3 – Le duc apprivoisé
N° 8675

4 – Le plaisir apprivoisé
N° 8786

LES PLAISIRS

1 – Passion d'une nuit d'été
N° 6211

2 – Le frisson de minuit
N° 6452

3 – Plaisirs interdits
N° 6535

IL ÉTAIT UNE FOIS

1 – Au douzième coup de minuit
N° 10163

2 – La belle et la bête
N° 10166

3 – La princesse au petit pois
N° 10510

ELOISA

JAMES

IL ÉTAIT UNE FOIS – 4

Une si vilaine duchesse

Traduit de l'anglais (États-Unis)
par Patricia Lavigne

J'AI LU

AVENTURES
& PASSIONS

Vous souhaitez être informé en avant-première
de nos programmes, nos coups de cœur ou encore
de l'actualité de notre site *J'ai lu pour elle* ?

Abonnez-vous à notre *Newsletter* en vous connectant
sur **www.jailu.com**

Retrouvez-nous également sur Facebook
pour avoir des informations exclusives :
www.facebook/jailu.pourelle

Titre original
THE UGLY DUCHESS

Éditeur original
Avon Books, an imprint of HarperCollins Publishers,
New York

Je dédie ce roman au merveilleux poète
et conteur Hans Christian Andersen.
Bien sûr, ses récits ont été pour moi
une source d'inspiration, comme le prouve
cette version de son Vilain Petit Canard,
mais plus encore que ses intrigues,
c'est le talent avec lequel il mêle joie
et pensée philosophique
qui m'inspire chaque nouveau roman.

Remerciements

Mes livres ressemblent aux petits enfants ; il faut tout un village pour les aider à grandir. Je remercie de tout cœur mon village : mon éditrice, Carrie Ferron ; mon agent, Kim Witherspoon ; le concepteur de mon site internet, Wax Creative ; et mon équipe personnelle : Kim Castillo, Franzeca Drouin, et Anne Connell.

Première partie

Avant

1

18 mars 1809, 45 Berkeley Square,
la résidence londonienne du duc d'Ashbrook

— Tu dois l'épouser. Je me moque que tu la considères comme une sœur : désormais, regarde-la comme la Toison d'or.

James Ryburn, comte d'Islay et futur héritier du duché d'Ashbrook, ouvrit la bouche, mais ne trouva rien à répliquer tant il était médusé.

Son père pivota sur ses talons et se dirigea vers le fond de la bibliothèque d'un pas tranquille comme s'ils venaient de parler de la pluie et du beau temps.

— Nous avons besoin de sa fortune pour remettre le domaine du Staffordshire à flot et payer quelques dettes. Autrement, nous perdrons tout, y compris cette demeure.

— Qu'avez-vous fait ? cracha James.

Un affreux pressentiment lui nouait les entrailles.

Ashbrook fit volte-face.

— Je t'interdis de me parler sur ce ton !

James prit une profonde inspiration. Il s'était promis de ne plus perdre le contrôle de lui-même avant même d'avoir atteint ses vingt ans, or, trois semaines à peine le séparaient de cet anniversaire.

— Pardonnez-moi, père, parvint-il à articuler. Pourriez-vous m'expliquer comment le domaine s'est retrouvé dans une situation aussi précaire ? Si vous me permettez de poser cette question.

— Je ne te le permets pas.

Le duc soutint le regard de son fils unique, les narines de son nez aquilin frémissant de rage. C'était de lui que James avait hérité son caractère soupe au lait et irascible.

— Dans ce cas, je vous souhaite une bonne journée, répondit-il d'un ton égal.

— Pas tant que tu ne seras pas descendu faire les yeux doux à cette fille ! Cette semaine, j'ai refusé sa main à Briscott. Je n'ai même pas jugé utile d'en informer sa mère tant ce type est stupide. Mais tu sais très bien que c'est à elle que Saxby a laissé le choix de l'époux de sa fille, or…

— J'ignore tout du contenu du testament de M. Saxby, coupa James. Et je comprends mal pourquoi cette disposition vous contrarie tant.

— Parce que nous avons besoin de sa fortune ! fulmina Ashbrook.

Il gagna la cheminée d'un pas rageur et envoya un coup de pied dans les bûches froides.

— Tu dois persuader Theodora que tu es amoureux d'elle, ou sa mère n'acceptera jamais cette union. La semaine dernière, Mme Saxby m'a interrogé sur certains de mes investissements d'une manière que je n'ai pas appréciée. Cette femme ne sait pas rester à sa place.

— Je ne ferai rien de tel.

— Tu feras exactement ce que je te dis.

— Vous me demandez de courtiser une jeune fille avec qui j'ai passé toute mon enfance et que j'ai toujours traitée comme une *sœur*.

— Foutaises ! Ce n'est pas parce que vous étiez ensemble à la nurserie que tu ne peux pas coucher avec elle aujourd'hui.

— Si.

Pour la première fois depuis le début de leur discussion, une lueur de compassion apparut dans le regard du duc.

— Theodora n'est pas une beauté, certes. Mais les femmes sont toutes pareilles dans le…

— Taisez-vous ! aboya James. N'ajoutez pas l'insulte à l'ignominie.

Son père plissa les yeux. La nuance rouge brique de son teint annonçait l'explosion. De fait, l'instant d'après, il hurlait, les yeux exorbités :

— Je me fiche que cette gamine soit moche comme un pou. Tu l'épouseras ! Et tu t'arrangeras pour qu'elle tombe amoureuse de toi. Sinon, tu peux dire adieu au domaine !

— Qu'avez-vous fait ? siffla James.

— Je l'ai perdu. Les détails ne te regardent pas.

— Il est hors de question que je fasse ce que vous me demandez, décréta James en se levant.

Tandis qu'il pivotait pour sortir, un objet en porcelaine vola au-dessus de son épaule et alla s'écraser contre le mur. James cilla à peine. Avec le temps, ces démonstrations de colère avaient cessé de l'impressionner ; il avait grandi en apprenant à éviter les objets volants, depuis les livres jusqu'aux statuettes de marbre.

— Tu le feras ou je jure de te déshériter au profit de Pinkler-Ryburn !

James se retourna ; il avait de plus en plus de mal à conserver son sang-froid. S'il n'avait jamais jeté d'objets contre les murs – ni sur les membres de sa famille –, il était capable d'envoyer des piques qui pouvaient se montrer tout aussi destructrices. Il prit une autre inspiration.

— Pardonnez-moi de vous rappeler la loi, *père*, mais je peux vous assurer qu'il est impossible de déshériter son fils légitime.

— Je déclarerai à la Chambre des lords que tu n'es pas mon fils ! beugla le duc.

Il avait le visage violacé, les veines de son front semblaient sur le point d'éclater.

— Je leur dirai que ta mère était une femme dissolue et que j'ai découvert que tu n'étais rien d'autre qu'un bâtard.

Devant l'insulte faite à sa mère, James ne put se retenir.

— Aussi veule et idiot que vous soyez, vous ne vous servirez pas de ma mère pour dissimuler votre stupidité !

— Comment oses-tu ! cria le duc, cramoisi.

— Je me contente de répéter ce que tout le monde dit dans ce royaume : vous êtes un imbécile. J'ai une idée assez précise de ce qui est arrivé au domaine ; je voulais juste voir si vous auriez le courage de l'admettre. Mais vous ne l'avez pas, ce qui n'est pas une surprise. Vous avez hypothéqué toutes les terres inaliénables, du moins celles que vous n'avez pas tout simplement vendues, et jeté par les fenêtres l'argent reçu en échange. Vous avez investi dans des projets plus ridicules les uns que les autres. Construire un canal à moins d'une lieue d'un autre ! Bonté divine, à quoi pensiez-vous donc ?

— Je l'ignorais au départ. Mes associés m'ont trahi. Un duc ne se déplace pas pour inspecter l'endroit où doit être creusé un canal. Il est obligé de faire confiance aux autres, et je n'ai jamais eu de chance.

— J'aurais au moins jeté un œil sur le site avant d'engloutir des milliers de livres dans une voie d'eau qui n'intéressait personne.

— Espèce de blanc-bec impudent ! Comment oses-tu ?

Le duc s'empara du chandelier en argent sur la cheminée.

— Lancez-le-moi, et je sors de cette pièce sur-le-champ, menaça James. Vous voulez que j'épouse une jeune fille qui me considère comme son frère dans le seul but de mettre la main sur sa fortune. Tout cela pour que *vous* puissiez la dilapider. Savez-vous comment on vous appelle dans votre dos, père ? « Cet imbécile de duc » !

Tous deux respiraient bruyamment, mais son père soufflait comme un bœuf.

Ce dernier serra les doigts autour du chandelier.

— Jetez-moi ce chandelier au visage, et c'est vous que je lancerai à travers la pièce, prévint James, avant d'ajouter, ironique : Votre Grâce.

Le duc laissa retomber son bras et se détourna.

— Et que feras-tu si j'ai tout perdu ? répliqua-t-il d'un ton de défi, dissimulant son aveu sous son agressivité. D'ailleurs, j'ai bel et bien tout perdu. Le canal était une chose, mais j'ai cru que les vignes étaient un placement sûr. Comment aurais-je pu me douter que l'Angleterre était la terre de prédilection du black-rot ?

— Idiot !

James pivota sur ses talons pour sortir.

— Le comté de Stafford appartient à notre famille depuis six générations. Tu dois le sauver, décréta le duc. Ta mère aurait été effondrée de voir les terres vendues. Et sa tombe… Y as-tu pensé ? Elle est contiguë à la chapelle, tu t'en souviens ?

Le cœur de Jack frappait violemment contre ses côtes. Un instant, il se vit prendre son père à la gorge et serrer de toutes ses forces. Chassant cette image, il répondit :

— C'est bas, même venant de vous.

Ignorant sa remarque, le duc poursuivit :

— Laisseras-tu mettre en vente le corps de ta mère ?

— Je vais songer à une autre héritière, déclara finalement James. Mais je n'épouserai pas Daisy.

Theodora Saxby, que James surnommait depuis toujours Daisy, était son amie la plus chère, la compagne irremplaçable de son enfance.

— Elle mérite mieux que moi, mieux que n'importe quel membre de cette maudite famille.

Un long silence suivit ses paroles. Un silence terrible, coupable… James fit face à son père

— Vous n'avez pas fait cela. Même vous… n'auriez pas…

— J'ai cru que je pourrais me renflouer en quelques semaines, expliqua son père.

Son visage était devenu blême ; soudain, il paraissait vieux, usé.

Les jambes en coton, James s'adossa à la porte.

— À combien s'élève le trou dans sa fortune ?

— Pas mal, admit Ashbrook, baissant pour la première fois les yeux. Si elle épouse un autre que toi, je risque d'avoir des ennuis. J'ignore si on peut faire asseoir un duc sur le banc des accusés. La Chambre des lords, sans doute. Mais ce ne sera pas beau à voir.

— Bien sûr qu'on peut juger un duc. Vous avez volé la dot d'une enfant confiée à vous par son père depuis son plus jeune âge. Sa mère était mariée à votre meilleur ami. Saxby vous a demandé *sur son lit de mort* de veiller sur elle.

— Et je l'ai fait, répliqua son père.

Mais sa voix avait perdu son arrogance.

— Je me suis occupé d'elle comme s'il s'était agi de ma propre fille.

— Vous l'avez élevée comme si elle était ma sœur, déclara James en s'obligeant à retourner s'asseoir. Et pendant tout ce temps, vous lui voliez son argent.

— Pas tout le temps, protesta son père. Juste cette année. Ou un peu avant. L'essentiel de sa fortune est déjà investi, personne ne peut y toucher. Je lui ai simplement… emprunté de l'argent. J'ai joué de malchance, c'est certain. Jamais je n'aurais imaginé que cela se terminerait ainsi.

— Vous avez joué de *malchance* ? répéta James, écœuré.

— Maintenant qu'on commence à demander sa main, je n'ai plus le temps d'arranger les choses. Tu dois l'épouser. Il ne s'agit pas juste des terres et de cette maison ; après un tel scandale, notre nom ne vaudra plus rien. Même si je vendais le domaine pour rembourser ce que je lui ai emprunté, cela ne suffirait pas.

James préféra garder le silence. Les seuls mots qui lui venaient à l'esprit étaient indignes de lui.

— C'était plus facile quand ta mère était vivante, reprit le duc au bout d'un moment. Elle m'aidait, tu sais. Elle avait la tête sur les épaules.

Là encore, James jugea plus sage de garder ses commentaires pour lui. Sa mère était morte neuf ans plus tôt, ce qui signifiait que son père avait réussi en moins d'une décennie à dilapider un patrimoine s'étendant d'Écosse au comté de Stafford en passant par Londres. Et il avait puisé dans la fortune de Daisy.

— Tu n'auras pas de mal à te faire aimer de Daisy, tenta de le réconforter son père en prenant place face à lui. Elle t'a toujours adoré. Nous avons eu de la chance jusqu'alors que cette pauvre Theodora soit aussi attirante qu'un poteau. Il était tellement évident que ceux qui ont demandé sa main en voulaient surtout à sa fortune que sa mère n'aurait même pas daigné leur prêter attention. Mais cela risque de changer cette saison. Elle ne laisse pas totalement indifférent quand on la connaît mieux.

James serra les dents.

— Elle ne m'aimera jamais de cette façon. Elle me considère comme un frère, comme son ami. Et elle ne ressemble pas à un « poteau ».

— Ne fais pas l'idiot. Tu as mon profil, fit valoir le duc, une pointe d'orgueil dans la voix. Ta mère disait toujours que j'étais l'homme le plus séduisant de ma génération.

James ravala une remarque qui n'aurait fait qu'envenimer la situation. Il avait le cœur au bord des lèvres.

— Nous pourrions expliquer à Daisy ce qui s'est passé. Ce que vous avez fait. Elle comprendrait.

Son père ricana :

— Parce que tu crois que sa mère comprendrait ? Mon vieil ami Saxby ne s'est pas rendu compte de ce qu'il faisait en épousant cette femme. C'est une véritable mégère, une barbare.

Depuis que, dix-sept ans plus tôt, la veuve de M. Saxby s'était installée chez le duc avec son bébé, Ashbrook avait réussi à maintenir avec elle des relations cordiales, en grande partie parce qu'il avait toujours évité de lui lancer des objets à la figure. Néanmoins, son père avait raison, James le savait : si Mme Saxby apprenait que le protecteur de sa fille avait détourné une partie de l'héritage de Daisy à son profit, une flopée de notaires et d'hommes de loi frapperaient à la porte avant ce soir. À cette pensée, un goût de bile se répandit dans sa bouche.

Son père, en revanche, se rassérénait à vue d'œil. Il était de ces personnes qui passent constamment d'un sujet à un autre, d'un état à un autre. Ses colères étaient certes violentes, mais brèves.

— Un bouquet de fleurs, peut-être un poème, et Theodora te tombera dans les mains telle une pêche bien mûre. Ce n'est pas comme si elle était habituée aux compliments. Dis-lui qu'elle est belle, et elle t'embrassera les pieds.

— Je ne peux pas faire cela, décréta James.

Cela n'avait rien à voir avec Daisy elle-même, simplement, il avait horreur des situations où il fallait faire du charme que ce soit en parlant ou en dansant. La saison avait commencé depuis trois mois, et il ne s'était encore rendu à aucun bal.

Se méprenant sur son refus, son père expliqua :

— Bien sûr, tu seras obligé de mentir, mais c'est le genre de mensonge auquel un gentleman ne peut échapper. Elle n'est peut-être pas la plus jolie fille sur le marché – beaucoup moins charmante, certes, que cette danseuse avec qui je t'ai aperçu l'autre soir –, mais être franc ne te mènerait à rien, conclut-il avec un petit rire amusé.

James l'entendit à peine. L'estomac noué, il réfléchissait au dilemme qui était le sien.

Le duc poursuivit, manifestement ravi du tour qu'il donnait à la conversation :

— Au moins, tu pourras te consoler avec une maîtresse deux fois plus belle que ta femme. Le contraste sera sûrement intéressant.

Une fois encore, James songea que son père était sans doute l'être qu'il méprisait le plus au monde.

— Si j'épouse Daisy, je n'aurai pas de maîtresse, affirma-t-il. Jamais je ne la trahirai.

— À ta guise, mais je ne serais pas surpris que tu changes d'avis au bout de quelques années. Bon, je crois qu'on a fait le tour, pas vrai ? déclara le duc avec entrain. C'est un coup de malchance, mais ni toi ni moi n'avons vraiment le choix. Heureusement, un homme arrive toujours à jouer son rôle dans un lit, même s'il n'en a pas envie.

Tout ce dont James avait envie en cet instant, c'était de sortir de cette pièce et de s'éloigner le plus rapidement possible de cet être répugnant qui lui tenait lieu de père. Mais il avait perdu la bataille, il lui fallait donc rester pour poser les conditions de sa reddition.

— Je ne le ferai qu'à une condition.

Sa voix sonna bizarrement à ses oreilles, comme si c'était un autre qui parlait.

— Tout ce que tu voudras, mon garçon ! Je sais que je te demande un sacrifice. Comme je te l'ai dit, nous pouvons admettre entre nous que la petite Theodora n'est pas une beauté.

— Le jour de mon mariage, vous me transmettrez tous les biens du duché : le domaine du Staffordshire et ses terres, cette résidence, et l'île écossaise.

Le duc en resta bouche bée.

— Quoi ? !

— Tous les biens, répéta James. Je vous verserai une pension, et personne ne sera au courant de notre accord hormis le notaire. Mais je ne serai responsable ni de vous ni de vos projets insensés. Je ne prendrai plus jamais en charge vos dettes ou vos malversations. La prochaine fois, vous irez en prison.

— C'est absurde, bredouilla son père. Je ne peux pas... tu ne peux pas... non !

— Dans ce cas, vous pouvez dire adieu au Staffordshire. Vous souhaiterez peut-être vous rendre une dernière fois sur la tombe de ma mère pour lui expliquer ce qui se passe.

Son père ouvrit la bouche pour répliquer, mais James l'arrêta d'un geste.

— Si je vous laissais le domaine, vous vous jetteriez sur le reste de l'héritage de Daisy. Dans deux ans au maximum, elle n'aurait plus un penny, et j'aurais trahi ma meilleure amie pour rien.

— Ta meilleure amie ? répéta le duc, déjà emporté par un autre flot de pensées. Personnellement, je n'ai jamais eu d'amie femme, mais il est vrai que Theodora ressemble à un homme, et...

— Père !

— Je n'aime guère la façon que tu as de m'interrompre constamment ! s'offusqua ce dernier. Je suppose qu'en acceptant tes conditions ridicules, je dois m'attendre à être humilié quotidiennement.

C'était une concession implicite. Et l'ayant faite, le duc retrouva le sourire.

— Tu vois, conclut-il, tout finit bien. C'était l'une des phrases favorites de ta mère : « Tout est bien qui finit bien. »

Bien qu'il connût déjà la réponse, James ne put s'empêcher de poser la question qui lui brûlait les lèvres :

— Pensez-vous à ce que vous me faites ? À ce que vous faites à Daisy ?

Son père s'empourpra légèrement.

— Elle ne pourrait pas trouver de meilleur mari que toi !

— Daisy va m'épouser en croyant que je suis amoureux d'elle, ce qui n'est pas le cas. Elle mérite d'avoir un mari qui l'aime sincèrement.

— L'amour et le mariage sont deux choses différentes qui ne devraient jamais être mélangées, rétorqua le duc.

Mais il n'osa pas croiser son regard.

— Et vous me faites subir le même sort. L'amour et le mariage ne vont peut-être pas souvent de pair, mais à cause de vous, je n'ai aucune chance d'y parvenir. Pire, je vais bâtir ma vie conjugale sur un mensonge, au risque de la détruire si Daisy découvre la vérité. En êtes-vous conscient ? Si elle apprend que je l'ai trahie d'une manière aussi ignominieuse, ce n'est pas seulement notre union qui volera en éclats, mais notre amitié.

— Si tu crains vraiment qu'elle ne le prenne mal, tu ferais bien de te débrouiller pour qu'elle te donne un héritier rapidement. Sachant qu'elle risque de filer avec un autre.

— Ma femme ne partira jamais avec un autre, déclara James avec une férocité qui le surprit lui-même.

Son père se hissa hors de son fauteuil.

— Je suis peut-être idiot, mais je ne suis pas le seul, lança-t-il. Aucun homme sain d'esprit ne considère le mariage comme une affaire de sentiments. Ta mère et moi nous sommes unis pour de bonnes raisons : des alliances familiales et des questions financières. Nous avons fait le nécessaire pour que tu viennes au monde, et nous en sommes restés là. Les efforts nécessaires pour avoir un autre enfant étaient plus que ta mère n'en pouvait supporter, mais nous n'avons pas perdu notre temps à nous lamenter sur le sujet. Tu as toujours été un garçon en bonne santé. Sauf à l'époque où tu as failli devenir aveugle, évidemment. Si cela était arrivé, nous aurions réessayé.

James se leva à son tour, trop effrayé par les pensées hideuses qui lui venaient à l'esprit pour les énoncer à voix haute.

— Je me demande d'où te vient ce point de vue si stupidement romantique. Pas de ta mère et moi, en tout cas, conclut le duc avant de sortir.

À dix-neuf ans, James croyait savoir quel était son rôle dans le monde. On lui avait enseigné le plus important : monter à cheval, tenir l'alcool, se battre en duel. Mais on ne lui avait pas appris comment trahir la seule personne qui comptait vraiment à vos yeux, la seule qui vous aimait sincèrement. Comment lui briser le cœur, que ce soit demain, dans cinq ans, ou dans dix.

Car un jour ou l'autre Daisy découvrirait la vérité, il en était certain. D'une manière ou d'une autre, elle s'apercevrait qu'il avait feint de tomber amoureux pour qu'elle accepte de l'épouser. Et elle ne le lui pardonnerait pas.

2

Theodora Saxby – connue sous le nom de Daisy pour James, et de Theo pour elle-même – s'efforçait de ne pas penser au bal donné la veille par lady Corning. Mais, comme souvent lorsqu'on essaie d'oublier un souvenir désagréable, celui-ci la hantait, et elle revoyait sans cesse une scène dudit bal.

Les filles qu'elle avait entendues la comparer à un garçon n'étaient même pas particulièrement méchantes. Après tout, elles ne s'étaient pas moquées d'elle en face. Et elle ne se serait pas souciée de leurs commentaires si elle n'avait eu la nette impression que tous les hommes présents étaient d'accord avec elles.

Mais que pouvait-elle y faire ? Elle se contempla dans le miroir de sa chambre, désespérée. Parce qu'elle craignait justement ce genre de remarques (ce qu'elle n'aurait admis pour rien au monde), sa mère avait demandé à la femme de chambre de lui boucler les cheveux au fer. Sa robe, semblable à toutes celles qu'elle possédait déjà, était blanche, piquée de perles roses, et pleine de volants et de fanfreluches. En résumé, une tenue féminine qui ne faisait que souligner combien sa silhouette ne l'était pas.

Theo détestait son aspect physique presque autant que cette toilette. Si elle ne craignait que les gens ne la prennent pour un garçon (ce qu'ils ne faisaient pas vraiment, même s'ils ne pouvaient s'empêcher de noter une certaine ressemblance), elle aurait à jamais banni le rose de sa garde-robe. Et les perles. Il y avait quelque chose de tellement banal dans leur façon de refléter la lumière.

Un instant, elle s'imagina en train de déchirer sa robe, d'en arracher chaque volant, chaque perle, ainsi que ces horribles manches ballon. Si elle avait eu son mot à dire, elle aurait porté une tenue sobre en soie côtelée prune et un chignon serré sans la moindre bouclette. Sa seule parure de cheveux aurait été une longue plume noire retombant sur l'épaule. Elle aurait peut-être ajouté un liséré de fourrure noire à l'extrémité de ses manches mi-longues. Non, plutôt du duvet de cygne, avec un rappel autour du cou. Ou encore une bordure de plumes sur l'encolure ; le contraste entre le blanc et le prune aurait été saisissant.

De fil en aiguille, elle imagina un col montant ourlé de duvet de cygne et des manches en tissu transparent coupées dans cette soie venue des Indes qu'arborait son amie Lucinda au bal de la veille. Bouffantes, les manches se resserreraient au niveau du coude. Ou du poignet…

Elle se vit pénétrant dans l'immense salle de réception ainsi vêtue. Personne ne se demanderait si elle ressemblait à une fille ou à un garçon. Elle s'immobiliserait un instant en haut des marches, tous les yeux fixés sur elle, puis, d'un coup de poignet, ouvrirait son éventail… Non, les éventails étaient trop communs. Il fallait trouver quelque chose de neuf.

Au premier homme qui l'inviterait à danser, s'adressant à elle en tant que « mademoiselle Saxby », elle offrirait un sourire las et vaguement amusé.

— Appelez-moi Theo, proposerait-elle au grand dam des matrones, qui ne parleraient que de cela durant toute la soirée.

Ce diminutif était la clé : se faire prénommer Theo était un clin d'œil à ces toquades que les hommes avaient souvent pour certains de leurs congénères, dont ils préféraient la compagnie à celle de leur épouse. Elle avait eu l'occasion de s'en rendre compte avec James lorsque, à treize ans, celui-ci était brusquement tombé en adoration devant le capitaine de l'équipe de cricket d'Eton. Il n'y aurait donc rien de surprenant à ce que tous les hommes se pâment à ses pieds si elle se lissait les cheveux en arrière et portait une toilette ressemblant vaguement à une tenue de cricket.

Elle essayait de s'imaginer avec un manteau à la coupe sévère tel que les élèves d'Eton en portaient, si bien qu'elle n'entendit pas frapper à la porte. Finalement, un « Daisy ! » sonore la sortit de sa transe. Elle alla ouvrir.

— Oh, bonjour, James, le salua-t-elle sans grand enthousiasme.

La dernière chose dont elle avait envie, c'était de voir l'ami qui refusait d'assister au moindre bal alors qu'il savait que les trois premières semaines de sa première saison avaient été un désastre. Mais bien sûr, James n'avait aucune idée de ce qu'elle éprouvait. Comment l'aurait-il pu ? Il était beau comme un dieu, charmant quand il ne se conduisait pas comme un ours, et, cerise sur le gâteau, futur duc. Tant d'avantages pour un seul homme, c'était trop injuste.

— Je n'avais pas compris que c'était toi.

— Comment est-ce possible ? s'étonna-t-il. Je suis le seul à t'appeler Daisy. Tu me laisses entrer ?

Elle recula en soupirant.

— Tu ne pourrais pas faire un effort pour m'appeler Theo ? Je te l'ai déjà demandé des centaines de fois. Pas Theodora ni Dora ou Daisy, mais Theo.

James se laissa tomber dans un fauteuil et se passa nerveusement la main dans les cheveux. Il avait dû être d'humeur agitée toute la matinée à en juger par le désordre de sa coiffure. Il avait de beaux cheveux bruns, souples et épais, qui se teintaient de reflets cuivrés au soleil. Raison de plus pour lui en vouloir, estima-t-elle en songeant à sa propre chevelure, certes épaisse, mais d'un blond châtain banal.

— Pas question, décréta-t-il. Pour moi, tu es Daisy. Et ce prénom te va parfaitement.

— Absolument pas. Il évoque une marguerite, et je n'ai rien d'une jolie fleur.

— Tu es jolie, contra-t-il automatiquement sans même lui jeter un coup d'œil.

Elle leva les yeux au ciel. Comment James aurait-il pu savoir si elle était jolie ou non puisqu'il ne la regardait jamais assez attentivement ? Du reste, pourquoi l'aurait-il fait ? Élevés ensemble depuis que James avait deux ans et elle quelques jours, il devait encore se souvenir d'elle en langes dans les bras de leur nurse Wiggan.

— Comment était-ce hier soir ? demanda-t-il abruptement

— Horrible.

— Trevelyan n'est pas venu ?

— Oh si, Geoffrey était là ! Simplement, il ne m'a pas vue. Il a dansé deux fois – *deux fois !* – avec Claribel. Je ne supporte pas cette fille et son regard bovin ; et je doute qu'il supporte plus que moi, ce qui signifie qu'il ne s'intéresse qu'à sa fortune. Mais dans ce cas, pourquoi ne m'a-t-il pas invitée, moi ? Ma dot doit être au moins deux fois plus élevée que celle de Claribel. Tu crois qu'il l'ignore ? Peut-être pourrais-tu l'en informer discrètement, suggéra-t-elle.

— Bien sûr, ironisa James. J'imagine déjà la conversation : « Dis donc, Trevelyan, espèce de balourd ignare, tu ne sais pas que l'héritage de Theodora se monte à plusieurs milliers de livres par an ? À propos, combien t'a coûté ton nouvel équipage ? »

— Tu pourrais trouver une manière plus subtile d'amener le sujet. Et puis, Geoffrey n'est pas un balourd. Il est aussi gracieux qu'une feuille dans le vent. Tu aurais dû le voir danser avec cette idiote de Claribel.

James fronça les sourcils.

— Ce n'est pas elle qui a grandi aux Indes ?

— Si. Je m'étonne d'ailleurs qu'aucun tigre ne l'ait dévorée. Avec toutes ces courbes rebondies, elle ferait un mets de choix.

— Tss, tss, fit James, une lueur amusée dans le regard. Les jeunes filles en quête d'un mari se doivent d'être douces et dociles. Si tu continues à faire de l'esprit, les douairières vont te déclarer inapte, et tu te retrouveras vieille fille.

— Mon esprit est sans doute une partie de mon problème.

— Et quels sont les autres ?

— Je ne suis ni féminine, ni délicate, ni même délicieusement arrondie. Personne ne semble me remarquer.

— Et tu as horreur de cela, conclut James en souriant.

— En effet. Et cela ne me gêne pas de l'avouer. En réalité, je suis sûre que je pourrais plaire à beaucoup d'hommes si l'on m'autorisait simplement à être moi-même. Mais les perles et les fanfreluches roses me font encore plus ressembler à un garçon. Pire, elles me donnent l'impression d'être laide.

— Je ne trouve pas que tu ressembles à un garçon, fit valoir James qui se décida enfin à l'étudier.

— Tu connais bien cette danseuse avec qui tu te promenais au parc l'autre jour ?

Il écarquilla les yeux de stupeur.

— Tu n'es pas censée avoir entendu parler de Bella !

— Pourquoi diable ? Je t'ai vu passer avec elle en cabriolet dans Oxford Street. Maman était avec moi ; elle m'a tout raconté. Elle savait même qu'elle est danseuse à l'opéra. Pour être franche, je suis un peu surprise que tout le monde sache qui est ta maîtresse, y compris ma mère.

— Je n'arrive pas à croire que Mme Saxby t'a raconté ces bêtises.

— Quoi ? Elle n'est pas danseuse à l'opéra ?

James fronça les sourcils.

— Si, mais vous êtes supposées faire comme si ce genre de fille n'existait pas.

— Ne sois pas ridicule, James. Les femmes savent que les maîtresses existent. Et puis, ce n'est pas comme si tu étais marié. En revanche, je te préviens, si tu te conduis ainsi après ton mariage, je serai beaucoup moins tolérante : je dirai tout à ta femme. Je désapprouve totalement.

— Quoi ? Bella ou le mariage ?

— Les hommes mariés qui se pavanent dans Londres au bras de jeunes femmes voluptueuses encore plus légères que leurs toilettes vaporeuses.

Elle marqua une pause dans l'espoir que James relève la rime, mais il se contenta de lever les yeux au ciel.

— Ce n'est pas facile d'improviser des rimes, tu sais, insista-t-elle.

Puis, comme il n'en avait manifestement cure, elle revint au sujet initial.

— Cela va pour le moment, mais une fois marié, tu devras quitter Bella. Ou sa remplaçante.

— Je n'ai aucune envie de me marier, rétorqua-t-il, sur la défensive.

Surprise, Théo le considéra plus attentivement.

— Toi, tu t'es querellé avec ton père, devina-t-elle.

Il hocha la tête.

— Dans la bibliothèque ?

Nouveau hochement de tête.

— A-t-il essayé de te faire entendre raison avec le chandelier en argent ? Cramble m'a confié qu'il comptait le cacher, mais j'ai vu qu'il était encore là hier.

— Il a brisé une bergère en porcelaine.

— Ce n'est pas un problème. Cramble en a acheté toute une collection dans Haymarket et les a réparties un peu partout dans la maison en espérant que ton père s'en prendrait à elles plutôt qu'aux objets de valeur. Il sera ravi d'apprendre que son plan a fonctionné. Alors, quel était le sujet de la dispute ?

— Il veut que je me marie.

— Vraiment ?

Theo éprouva une sensation assez désagréable au creux de l'estomac. Elle avait toujours su que James se marierait, évidemment. Un jour. Mais pour le moment, elle le préférait tel qu'il était : à elle. Enfin, à elle et à Bella.

— Tu es trop jeune, décréta-t-elle d'un ton protecteur.

— Tu n'as que dix-sept ans, et tu cherches déjà un mari, répliqua-t-il.

— Parce que c'est le bon âge pour les femmes. C'est pour cette raison que maman a refusé que je fasse mes débuts dans le monde plus tôt. Les hommes devraient se marier beaucoup plus tard. À trente ou trente et un ans. En outre, tu es jeune pour ton âge, ajouta-t-elle.

James étrécit les yeux.

— Pas du tout.

— Si, persista-t-elle d'un air suffisant. J'ai vu comment tu te conduisais avec Bella, l'exhibant comme s'il s'agissait d'un nouveau costume. Je suis sûre que tu l'as installée dans une sorte de charmante bonbonnière aux murs drapés de satin bleu.

James lui lança un regard noir qui, loin de l'effrayer, lui confirma qu'elle avait vu juste.

— J'espère au moins qu'elle a vraiment choisi du bleu. Les blondes ont tendance à croire que le rose flatte leur teint, alors que le bleu, disons, céruléen, voire violet, leur va généralement beaucoup mieux.

— Je lui en ferai part. Te rends-tu compte, Daisy, que tu es censée ne jamais faire référence à des femmes telles que Bella en société, et encore moins avoir un avis sur la manière dont elles devraient décorer leur nid ?

— Depuis quand es-tu la « société » ? Et cesse de m'appeler Daisy, rétorqua-t-elle. Alors, qui comptes-tu épouser ?

Elle posa la question à contrecœur. Elle se sentait un brin possessive dès qu'il s'agissait de James.

— Je n'ai personne en tête, répondit-il.

Mais le coin de ses lèvres s'incurva imperceptiblement.

— Tu mens ! cria-t-elle en lui donnant une tape sur le bras. Tu penses à quelqu'un. Qui ?

Il soupira.

— Personne.

— Vu que tu ne t'es rendu à aucun bal cette saison, j'ai du mal à imaginer sur qui tu as pu jeter ton dévolu. Es-tu allé à une réception l'année dernière alors que j'étais confinée dans la salle d'études ? Bien entendu, tu devras écouter mon avis concernant ta future épouse, décréta-t-elle. Je te connais mieux que personne. Elle devra avoir une voix aussi belle que la tienne pour t'accompagner.

— Je me fiche qu'elle sache ou non chanter, assena James, l'œil étincelant.

Au fond d'elle-même, Theo adorait ces instants où le James qu'elle côtoyait depuis toujours, ce « frère » drôle et plein d'humour, se transformait sous l'effet de la colère. Il devenait alors plus intense, plus « électrique ». Plus homme, songea-t-elle, étonnée d'avoir une telle pensée.

— Pour l'amour de Dieu, calme-toi, James. Nous dirons que je me suis trompée et que tu n'as vraiment personne à l'esprit, concéda-t-elle avec un sourire narquois. Tu crois que je me moquerais de ton choix ? Moi qui n'arrête pas de te dire à quel point j'adore Geoffrey ? Au moins, toi, tu ne risques pas d'être ignoré par ta bien-aimée : tu es plutôt bien fait de ta personne, les jeunes filles ne te connaissent pas assez pour deviner tes défauts, tu chantes comme un ange, et, cerise sur le gâteau, tu hériteras un jour d'un titre prestigieux. Si tu avais été au bal hier soir, je suis sûre qu'elles auraient toutes sautillé sur place dans l'espoir que tu les invites à danser.

— J'ai horreur des bals, lui rappela-t-il.

Mais il avait l'air ailleurs. Comme s'il réfléchissait à quelque chose.

— Elle n'est pas mariée, j'espère ?

— Mariée ? Qui est mariée ?

— La femme sur laquelle tu as jeté ton dévolu !

— Je n'ai jeté mon dévolu sur personne !

Cette fois, il n'y eut pas d'esquisse de sourire. Sans doute disait-il la vérité.

— Petra Abbot-Sheffield possède une voix sublime, observa Theo, pensive.

— Je déteste chanter.

Theo le savait, mais cela lui passerait, pensait-elle. Chaque fois que James entonnait un psaume à l'église, des frissons la parcouraient tant sa voix était claire et puissante. Elle lui évoquait le feuillage vert sombre de la fin de l'été.

— Étrange, non, que je pense en couleur et toi en musique ? commenta-t-elle.

— Sauf que je ne pense pas « en musique ».

— Eh bien, tu devrais. Tu as la voix pour.

James ne sourit même pas. Il était manifestement d'une humeur massacrante, et au fil des ans, elle avait appris à ne pas s'engager dans une discussion avec lui dans ces moments-là.

Elle s'assit donc sur son lit, et ramena les genoux sous le menton en soupirant :

— Si seulement, j'avais autant d'avantages que toi ! Si j'étais toi, Geoffrey serait déjà à mes pieds.

— J'en doute. Il ne voudrait pas d'une femme qui se rase deux fois par jour.

— Tu comprends ce que je veux dire. Tout ce qu'il me faudrait, c'est juste assez d'attraits pour attirer l'attention. Après, je peux la garder sans problème. Tu le sais, James, je suis capable d'être drôle, et de discuter des heures, que ce soit à propos de Claribel ou d'autre chose. J'ai juste besoin d'un vrai soupirant, pas d'un coureur de dot. Quelqu'un qui…

Elle s'arrêta, traversée par une idée subite.

— James !

Il leva la tête.

— Quoi ?

L'espace d'un instant, elle faillit oublier son idée. Il avait l'air tellement soucieux tout à coup : ses yeux étaient cernés, ses joues creuses, et il semblait épuisé.

— Tout va bien ? s'inquiéta-t-elle. Que diable as-tu fait hier soir ? On dirait un ivrogne qui a passé la nuit à cuver son vin au fond d'une ruelle.

— Ça va.

Sans doute avait-il bu trop de cognac la veille, estima-t-elle. D'après sa mère, la plupart des hommes développaient un penchant pour l'alcool à partir de trente ans.

— J'ai une idée, annonça-t-elle en revenant au sujet qui l'intéressait. Mais elle implique que tu repousses tes projets de mariage.

— Je n'ai pas de projets de mariage. Quoi qu'en pense mon père.

James pouvait se montrer d'une morosité inquiétante parfois. Il y avait une légère amélioration depuis ses quinze ans, mais ce n'était pas encore cela.

— Tu sais ce que je déteste le plus au monde ? demanda-t-il.

— Je répondrais bien « ton père », mais tu ne le penses pas vraiment.

— À part lui. Je déteste me sentir coupable.

— De quoi diable te sens-tu coupable ? Tu corresponds en tout point à ce qu'on attend d'un descendant de la lignée des Ashbrook.

Il fourragea de nouveau dans ses cheveux.

— C'est ce que tout le monde croit. Parfois, je serais prêt à tuer pour partir d'ici, pour aller là où personne n'a jamais entendu parler de ducs, de « noblesse oblige » et de tout ce qui va avec. Là où un homme est jugé sur ce qu'il est et non sur son titre ou sur ce genre d'absurdité.

— Je ne vois pas le rapport avec ta culpabilité, commenta Theo, perplexe.

— Je ne serai jamais assez bien.

Il se leva, traversa la chambre et se planta devant la fenêtre.

— C'est ridicule ! s'exclama-t-elle. Tout le monde t'adore, y compris moi, ce qui n'est pas peu dire. Je te rappelle que je te connais mieux que personne. Si j'affirme que tu es assez bien, cela signifie que tu l'es.

Il se tourna vers elle. Il affichait un sourire en coin, constata-t-elle avec soulagement.

— Daisy, crois-tu que tu essaieras de t'emparer du Parlement un jour ?

— Ce serait trop beau ! Plus sérieusement, James, tu veux bien écouter mon plan ?

— Pour conquérir le monde ?

— Pour conquérir Geoffrey, ce qui est beaucoup plus important. Si tu faisais semblant de me courtiser juste assez longtemps pour que l'on me remarque, je t'en serais reconnaissante à vie. Comme tu ne viens jamais aux bals, il suffirait que tu m'y accompagnes pour que tout le monde s'interroge, et en un clin d'œil, je me retrouverais en train de discuter avec Geoffrey… et de le charmer au point qu'il en oublie mon physique. N'est-ce pas un plan brillant ? ajouta-t-elle avec satisfaction.

James étrécit les yeux.

— Il a ses avantages.

— Lesquels ?

— Mon père pensant que je te courtise, il me ficherait la paix un moment.

Theo applaudit.

— Parfait ! Je suis certaine que Geoffrey viendra te parler. N'était-il pas président des élèves lors de ta dernière année à Eton ?

— Si, c'est d'ailleurs pour cette raison que je peux t'assurer qu'il ferait un mari exécrable. Il est bien trop intelligent et il a le don de faire rire aux dépens des autres.

— C'est ce qui me plaît chez lui.

— En outre, il est moche comme un pou.

— Pas du tout ! Il est très grand, et ses yeux bruns me font penser à...

— Arrête, je ne veux pas savoir ! coupa James d'un air dégoûté.

— À du chocolat chaud, continua-t-elle malgré tout. Ou à ceux de Tib quand il était petit.

— Tib est un chien, lui rappela James. Tu penses vraiment que l'amour de ta vie ressemble à un vieux chien obèse ?

Il fit mine de réfléchir.

— Tu as raison ! reprit-il finalement. Maintenant que tu le dis, je me rends compte qu'il y a quelque chose de canin chez lui !

Prouvant qu'elle ne vivait pas depuis dix-sept ans dans la demeure du duc d'Ashbrook pour rien, Theo jeta l'une de ses pantoufles à la tête de James, ce qui lui valut d'être poursuivie de façon peu élégante (et très puérile) autour de la chambre. Finalement, il l'attrapa par la taille, la fit basculer en avant, et lui frotta le crâne avec le poing tandis qu'elle protestait en hurlant.

C'était là une scène qui se reproduisait régulièrement dans cette pièce et dans beaucoup d'autres.

Pourtant, alors que Theo criait et lui donnait des coups de pied dans les tibias, James prit brusquement conscience qu'il tenait une femme dans les bras. Une femme délicieusement parfumée. C'étaient des *seins* qui s'écrasaient contre son bras. Et le derrière rebondi de Daisy qui frottait contre lui, et il sentit…

Avant même qu'il s'en rende compte, il l'avait lâchée. Elle s'effondra sur le sol avec un bruit sourd.

— Qu'est-ce qui te prend ? s'écria-t-elle, médusée, en se frottant les genoux. C'est la première fois que tu me laisses tomber.

— Nous devrions arrêter ces jeux stupides. Nous… Tu seras bientôt mariée, après tout.

Theo fronça les sourcils

— Et j'ai mal au bras, s'empressa d'ajouter James en se sentant rougir.

Il avait horreur de mentir. Surtout à Daisy.

— Tu as l'air d'aller très bien ? répliqua-t-elle en le balayant du regard. Je ne vois aucune blessure qui justifie que tu m'aies laissée tomber comme une vieille chaussette.

Ce ne fut qu'après le départ, plus que précipité, de James qu'elle réfléchit à ce qu'elle avait vu.

Ce n'était pas la première fois qu'elle remarquait un tel renflement au niveau de l'entrejambe chez un homme. Mais le découvrir sur *James*, cela faisait un choc. Elle n'avait jamais pensé à lui en ces termes.

Jusqu'à aujourd'hui.

3

Huit heures plus tard…

— Theodora, ma chérie, tu es prête ?

Mme Saxby pénétra dans la chambre, le pas décidé et la tête haute. En son for intérieur, Theo comparait souvent sa chère mère à une autruche tout en cou et en jambes.

Un cou d'autant plus visible en cet instant qu'il s'ornait d'une étincelante parure de diamants.

— Comment me trouves-tu ? s'enquit sa mère.

— Comme la cathédrale St Paul le soir de Noël, répondit Theo en l'embrassant. Magnifique et scintillante, comme si vous portiez un collier d'étoiles.

Sa mère rosit un peu.

— Cela fait beaucoup de diamants, je sais. Mais la comtesse ne donnant qu'un bal dans l'année, il est important d'y apparaître sous son meilleur jour.

— C'est-à-dire avec ses plus beaux bijoux, railla gentiment Theo.

Sa mère recula pour mieux l'examiner.

— Laisse-moi te regarder, ma chérie. Cette robe est jolie.

— Je déteste ce qui est « joli ». Cela ne me va pas au teint, maman.

— Tu es la plus jolie et la plus adorable jeune fille de tout Londres, s'entêta sa mère, l'air absolument sincère.

— Vous n'avez pas l'impression d'être quelque peu aveuglée par l'amour maternel ? ironisa Theo en se soumettant à une embrassade parfumée.

— Absolument pas.

— Hier soir, j'ai entendu deux filles dire que je ressemblais à un garçon, confia Theo, la gorge serrée à ce souvenir.

Sa mère secoua la tête.

— C'est ridicule. Comment peut-on penser une chose pareille ? Elles doivent avoir une mauvaise vue, comme cette pauvre Genevieve Heppler. Sa mère refuse qu'elle porte des lunettes si bien qu'hier soir, elle m'est rentrée dedans.

— Elles le pensent parce que c'est vrai : je ressemble à un garçon. Quoi qu'il en soit, enchaîna Theo sans laisser à sa mère le temps de protester, James et moi avons mis sur pied un plan qui permettra enfin au merveilleux Geoffrey de me remarquer.

Pour une raison mystérieuse, Mme Saxby ne partageait pas son enthousiasme à l'égard du jeune lord Geoffrey Trevelyan. Mais, bien sûr, elle n'avait pas, comme elle, passé les trois dernières semaines à l'étudier de près – ou plutôt de loin, vu qu'ils n'avaient quasiment pas échangé un mot.

— James fera semblant de me courtiser, poursuivit-elle en pivotant vers le miroir.

Elle tapota ses anglaises, qui avaient demandé plus d'une heure de travail à sa femme de chambre.

Mme Saxby écarquilla les yeux.

— Il fera *quoi* ?

— Semblant, juste semblant, évidemment, de me courtiser. Son père veut absolument qu'il se marie, mais James n'en a aucune envie. Vous savez combien il déteste les bals et les réceptions, sans même parler des conversations polies avec les jeunes femmes. En donnant l'impression de me faire la cour, il satisfera son père tout en me permettant d'être remarquée.

— Il est certain que sa présence lors d'une réception ne passera pas inaperçue.

— Et une fois que les gens me regarderont, je pourrai attirer l'attention de Geoffrey, conclut Theo.

Exposé ainsi, son plan semblait un peu idiot. Il serait surprenant qu'un homme comme lord Geoffrey Trevelyan s'intéressât à une fille aux traits chevalins lançant des répliques pleines d'esprit.

Étonnamment, pourtant, sa mère semblait trouver l'idée assez bonne. Jusqu'à ce qu'un pli soucieux se creuse entre ses sourcils.

— Lequel d'entre vous a eu cette idée ? s'enquit-elle d'un ton sec.

— Moi, reconnut Theo. Je crois que James n'était pas très chaud, mais je ne lui ai pas laissé le choix. Et puis, c'était la meilleure solution pour que son père lui fiche la paix. Il est bien trop jeune pour se marier, vous ne trouvez pas, maman ? Il n'a même pas vingt ans.

— Je ne sais pas. Sur le plan de la maturité, il a au moins dix ans de plus que son père. Et d'après ce que j'ai entendu dire, il ferait mieux d'épouser une jeune fille fortunée avant que les Ashbrook se retrouvent totalement ruinés. Je suppose que c'est pour cette raison que le duc le presse.

— Seriez-vous en train de colporter des ragots, mère ? Vous qui me dites toujours de ne pas me montrer acerbe ? railla Theo. Maman, faut-il vraiment que je porte ce collier de perles ? Je déteste les perles.

— Les jeunes filles portent des perles. Que fais-tu, ma chérie ?

Theo, qui s'était approchée de son secrétaire, leva les yeux.

— Je complète ma liste. Juste au cas où j'aurais *un jour* le droit de m'habiller comme je le souhaite.

— C'est en rapport avec les perles ?

— Oui. J'ai noté deux nouvelles remarques durant ces derniers jours. *Les perles sont pour les huîtres.*

— Et les débutantes, compléta sa mère. Quelle est la seconde ?

— Elle ne va pas vous plaire, prévint Theo. *L'uniforme d'Eton mérite qu'on s'y intéresse.*

— Elle ne me déplaît pas. Même si je trouve que le rang d'un homme est un meilleur critère que sa scolarité. En outre, il existe d'autres écoles qu'Eton, ma chérie.

— Maman ! Cette liste n'a rien à voir avec un futur mari ! Elle rassemble simplement tout ce dont je m'inspirerai quand je pourrai choisir le style de mes vêtements. C'est-à-dire, après mon mariage. Le manteau de l'uniforme d'Eton est splendide. Je me moque des corps qu'il recouvre, sauf s'il s'agit du mien.

— J'espère que je ne vivrai pas assez longtemps pour te voir vêtue comme un étudiant, commenta sa mère en frissonnant. Je ne veux même pas l'imaginer.

— Vous vous rappelez l'admiration sans bornes que James vouait au capitaine de son équipe de cricket en première année ? Ressembler à un étudiant peut avoir beaucoup de charme si on adapte la tenue au physique d'une femme. En tout cas, cela empêcherait les autres filles de m'adresser des regards apitoyés.

— Si tu veux un conseil, fit sa mère en se détournant du miroir, chaque fois qu'une de ces péronnelles te lance ce genre de regard, joue avec les perles de ta grand-mère. Tu les détestes peut-être, Theodora, mais elles valent davantage que la dot entière de la plupart de ces filles. Il existe un lien certain entre le charme et les biens personnels, tu sais.

— Si j'arrive à approcher Geoffrey, je prendrai soin de diriger son attention vers mon collier. Peut-être mettrai-je le fil entre mes dents pour être certaine qu'il le voie.

Theo se plaça derrière sa mère et la serra dans ses bras.

— Pourquoi ne suis-je pas aussi jolie que vous, mère ?

— Tu es…

— Chut ! J'ai un grand nez et un menton fort, et je ressemble à un garçon. Mais je peux vivre avec. Du moins, je le pourrais si je n'avais pas à m'affubler de ces robes à volants qui me font ressembler à un seau de lait mousseux.

Sa mère lui sourit dans le miroir.

— Toutes les jeunes filles de Londres rêvent de porter des couleurs le soir. Cela arrivera bien assez tôt.

— Quand je serai lady Geoffrey Trevelyan, conclut Theo en pouffant.

4

Devonshire House, le bal de la comtesse du Devonshire

Le coupé du duc s'arrêta devant Devonshire House. Theo et sa mère en descendirent, suivies par un James aussi obéissant que morose. Ils demeurèrent un bon moment sur le seuil de la salle de bal après avoir été annoncés, mais, à la grande déception de Theo, personne ne sembla remarquer qu'elle était accompagnée par le parti le plus insaisissable de l'année.

Non pas que quiconque aurait cru possible d'attraper le parti en question.

— Une assemblée peu réjouissante, commenta Mme Saxby en parcourant la foule. Manifestement, la comtesse n'a pas sélectionné ses hôtes. Je vais me retirer à l'étage pour jouer au piquet.

Exactement le genre de réaction que Theo espérait.

— James me raccompagnera à la maison, annonça-t-elle en toute hâte. Je doute qu'il accepte de rester très longtemps. Il va falloir que nous l'aidions à se sentir à l'aise en société.

De fait, James triturait déjà nerveusement sa cravate.

— Il fait horriblement chaud. Je ne tiendrai pas plus d'une demi-heure.

Mme Saxby jeta un dernier coup d'œil aux invités, puis se détourna pour gagner l'un des salons du premier étage.

— On ressort, chuchota Theo à James dès que sa mère fut hors de vue.

— Pardon ?

Elle le tira vers le hall.

— Maintenant que maman est partie, j'ai besoin d'un moment.

Elle l'entraîna le long du couloir, avant de pousser la première porte venue. Ils pénétrèrent dans une pièce joliment meublée, pourvue, Dieu merci, d'un grand miroir au-dessus de la cheminée. Theo ôta son collier et le fourra dans la poche de James.

— Ça va casser le tombé de ma veste, protesta-t-il.

— Comme si tu t'en souciais ! D'après ma mère, il vaut plus qu'une dot, alors sois gentil, ne le perds pas.

Il grimaça, mais le conserva. Elle tira ensuite d'un coup sec sur la passementerie rose bordant son encolure dont elle avait pris soin de couper quelques fils dans l'après-midi. Celle-ci se détacha sans peine.

— Que fais-tu ? s'enquit James, inquiet. Tu ne peux pas porter un décolleté pareil !

— Pourquoi ? Beaucoup de femmes en ont de bien plus profonds. Et leurs seins ressemblent à des œufs d'autruche comparés aux miens. Déjà que je n'ai pas grand-chose à montrer, je ne vais pas, en plus, le cacher !

— Il est certain que tu ne caches rien, commenta-t-il, fasciné.

Theo lui jeta un coup d'œil.

— Ce ne sont que des seins, James.

Il fronça les sourcils, et recula en toussotant.

— Plutôt jolis, reprit-elle avec un sourire mutin. Sans aucun doute, mes plus beaux atouts.

En un clin d'œil, les manchettes roses disparurent de ses poignets. Puis elle retira les épingles qui retenaient savamment ses boucles et laissa retomber ses cheveux sur ses épaules. À l'aide d'un ruban brun cuivré sorti de son réticule, elle se fit un chignon lâche qui dégageait son visage. L'ensemble était inattendu, mais assez seyant, constata-t-elle avec satisfaction.

— Cela te change beaucoup, commenta James en la considérant dans le miroir d'un air intrigué.

— Surtout, cela me va beaucoup mieux.

Elle se sentait d'autant plus sûre d'elle qu'elle avait passé une bonne partie de l'après-midi à faire des essais devant sa coiffeuse.

— Crois-tu que ça lui plaira ?

James avait de nouveau les yeux fixés sur son décolleté.

— À qui ?

— À Geoffrey, évidemment ! Franchement, James, tu pourrais faire un effort pour suivre.

Elle examina son reflet. Débarrassée de ses horribles frous-frous roses, sa robe possédait une certaine classe. De plus, sa poitrine était ravissante.

— Ah, j'oubliais !

Elle fouilla dans son réticule, d'où elle sortit une broche héritée elle aussi de sa grand-mère, mais autrement plus évocatrice que le collier de perles. C'était une rose en or massif à laquelle était suspendu un gros grenat.

— Pourquoi mets-tu cela ? s'étonna James. Ce style de bijou n'est pas prévu pour être porté sur une robe comme la tienne.

— Une robe comment ?

— En tissu léger. Presque transparent.

— Le voile de soie brodé recouvre une mousseline unie, expliqua Theo. Sans lui, cette robe ne ressemblerait à rien.

Il l'examina avec attention.

— Ta mère sait-elle que tu ne portes pas de chemise ?

— Bien sûr que j'en porte une ! se récria-t-elle, mentant sans vergogne.

Elle fixa la broche au creux de ses seins, à la ceinture haute qui passait dessous.

— Du reste, mes sous-vêtements ne te regardent en rien, ajouta-t-elle.

— Si, dans la mesure où je vois la ligne de tes jambes sous ta robe, riposta-t-il, les sourcils froncés. Ta mère n'aimerait pas cela.

— Est-ce que cela te plaît ? Attention, je m'adresse à toi en tant que représentant de ton sexe.

— Tu dois vraiment parler de cette manière ? se plaignit-il.

Mais il obéit néanmoins, et la parcourut du regard. Elle avança la jambe de manière à ce qu'on la devine à travers le voile et la mousseline.

— C'est sacrément surprenant, avoua James sans détour. Tout comme ce pendentif sous la poitrine. Les gens vont penser que tu cherches sciemment à attirer l'attention sur cette zone.

— C'est le cas, déclara-t-elle avec satisfaction.

La tache de couleur du grenat répondait à celle du ruban dans ses cheveux. Surtout, il encouragerait ceux qui n'auraient pas encore remarqué son décolleté à y jeter un second coup d'œil.

Sans compter que James était l'homme le plus séduisant de l'assistance, et qu'une partie de son charme rejaillirait sur elle. Elle glissa son bras sous le sien.

— Je suis prête à faire mon entrée.

— Ta mère te tuera. Ou me tuera, moi.

— Tu louchais sur mes seins tout à l'heure.

— Absolument pas ! se récria James

Il avait un réel talent pour jouer les offusqués.

— Je t'ai vu. Et franchement, James, si tu me lorgnes, les autres hommes en feront autant. Regagnons la salle de bal. Il est temps d'aller trouver Geoffrey.

Un peu plus tard, tandis qu'elle adressait un sourire à lady Bower, visiblement intriguée par la présence de James à son côté, elle demanda à voix basse :

— Tu le vois ?

— Qui ? répondit James d'un air absent.

Il tira sur sa cravate.

— J'étouffe. Je ne suis pas sûr d'être capable de supporter cela une demi-heure.

— Geoffrey ! chuchota-t-elle en lui pinçant le bras. Tu te souviens ? C'est pour cette raison que tu es ici. Tu es censé me présenter.

James fronça les sourcils.

— Je croyais que tu le connaissais déjà.

— Mais il n'a jamais fait attention à moi, répliqua-t-elle avec une patience qu'elle trouvait personnellement admirable. Je te l'ai déjà expliqué.

— C'est vrai, ricana-t-il. Je suis censé orienter la conversation sur les dots, et l'informer que la tienne est plus grosse que…

— Chut !

Elle le pinça de nouveau, si fort qu'il tressaillit.

— Je compte sur toi pour ne pas tout gâcher.

— Ne t'inquiète pas.

— Ce n'est quand même pas si terrible d'être là ? fit-elle, étonnée de le découvrir aussi tendu. Je sais que tu n'aimes pas les bals, James. Si tu me présentes à Geoffrey, je te promets de partir juste après.

Ils s'arrêtèrent pour laisser passer un flot d'invités se dirigeant vers les rafraîchissements.

— Je crois que tu fais une erreur, déclara-t-il.

— Concernant Geoffrey ?

James acquiesça.

— J'ai été obligé de le fréquenter quotidiennement à Eton, et ce n'est pas une expérience que j'aimerais renouveler. Ni que je te souhaiterais de vivre.

— Tu ne peux pas comparer ton expérience d'étudiant avec la vie conjugale, répliqua-t-elle.

Elle s'imaginait déjà prenant chaque matin son petit déjeuner en face de Geoffrey qui lirait les journaux. Il était tellement intelligent ; il apprécierait son esprit plus que quiconque, y compris James et sa propre mère.

— Ce serait encore pire si tu étais sa femme. Au moins, je pouvais lui cogner dessus quand il devenait trop pénible.

— Ne t'inquiète pas pour mon mariage. Contente-toi de chercher Geoffrey, d'accord ? Je ne suis pas assez grande pour voir au-dessus de tous ces gens.

— Ça y est, je l'ai repéré, annonça James en la tirant à travers la foule. Il discute avec Claribel.

— Évidemment, grommela-t-elle.

— Elle est plutôt jolie.

— Pourquoi ne la courtiserais-tu pas ? suggéra-t-elle sans réfléchir. Tu pourrais trouver pire comme épouse, tu sais.

— Tu voudrais que j'épouse cette écervelée de Claribel ? s'offusqua James sans vraiment prendre la peine de baisser le ton.

— Euh, non, pas vraiment.

Elle venait à son tour d'aviser Geoffrey, et agrippa nerveusement le bras de James.

Élégant, mais sans ostentation, lord Geoffrey Trevelyan avait des cheveux châtain clair coupés « à la Titus », un visage étroit, et des yeux légèrement en amande. Mais ce qui fascinait vraiment Theo, c'était son expression sarcastique. Un simple regard suffisait pour se douter qu'il était sorti de Cambridge avec mention très bien en philosophie et en histoire.

C'était exactement l'homme qu'il lui fallait. Près de lui, elle n'aurait pas à s'inquiéter de ne pas être assez jolie – à vrai dire, elle ressentait une certaine pitié pour celle qu'épouserait James ; la pauvre demeurerait à jamais dans son ombre.

En attendant, force lui fut de constater que Geoffrey était entouré de belles jeunes filles. Toutes avaient des pommettes hautes, des lèvres bien dessinées et un nez fin. Surtout, et c'était le pire, elles paraissaient atrocement intelligentes, à l'exception de Claribel, bien sûr.

Son estomac se noua, et elle tenta de tirer James en arrière. Mais à cet instant précis, le petit groupe le remarqua, et les visages s'illuminèrent comme celui d'un bourgeois à l'approche de la reine.

Certains allèrent même jusqu'à la saluer.

Geoffrey fut l'un d'entre eux.

— Mademoiselle Saxby, dit-il en s'inclinant.

Le cœur de Theo s'emballa.

— Lord Geoffrey, fit-elle en exécutant une petite révérence.

— Oh, mademoiselle Saxby ! s'exclama Claribel Sennock de sa voix de crécelle. Vous êtes charmante. Permettez-moi de vous présenter ma cousine, lady Althea Renwitt.

— Nous nous sommes déjà rencontrées, déclara cette dernière avec indifférence.

Son regard glissa sur la robe de Theo, avant de se fixer sans vergogne sur James.

En la voyant minauder et lui offrir sa main pour qu'il la baise, Theo songea qu'il n'y avait rien de plus carnassier qu'une jeune fille au milieu d'un groupe de maris potentiels. Althea évoquait un renard devant un nid rempli d'œufs.

— Il est votre cavalier ce soir ? chuchota Claribel. Quelle chance vous avez d'avoir grandi avec lui.

Theo regrettait vraiment que Claribel ne fût pas plus méchante ; cela aurait été plus facile de la détester. Mais elle était juste insipide, tel un verre de lait tiède avant le coucher.

— James m'est très cher, répondit-elle d'un ton qu'elle espérait suggestif.

Au même moment, Geoffrey lança une plaisanterie à propos du souverain déchu d'Iméréthie qui séjournait à la cour d'Angleterre depuis deux semaines. Tout le monde s'esclaffa. Theo pivota, bien décidée à se montrer aussi spirituelle que lui, quel que fût le sujet. James, bien sûr, était au milieu du groupe, aussi à l'aise qu'un poisson dans l'eau.

Il était incroyablement agaçant : où qu'il aille, les gens l'appréciaient, voire l'adoraient, et il n'avait même pas besoin de se montrer drôle ou plein d'esprit.

— En vérité, disait Geoffrey, Son Altesse royale est sans conteste discrète, d'un caractère admirable, et dénuée de défauts.

— Les gens réputés sans défaut se révèlent souvent avoir plus de péchés à se reprocher que de cheveux sur la tête, intervint Theo avant de perdre courage.

— Vous pensez que la princesse d'Iméréthie a de nombreux péchés à se reprocher ? interrogea Geoffrey d'une voix traînante. Dites-nous-en davantage, mademoiselle Saxby ?

Comme tout le groupe se tournait vers elle, Theo sentit les battements de son cœur s'accélérer davantage. Affichant une nonchalance affectée, elle déclara :

— L'avarice est un péché capital, or, paraît-il, Son Altesse prend son bain dans une baignoire en argent. Par ailleurs, vous avez sûrement remarqué qu'elle avait un amant. Le baron Grébert, l'homme avec des moustaches tombantes et une véritable crinière. Il ressemble à un lion essayant de se faire passer pour un dompteur.

Claribel gloussa, mais Geoffrey arqua les sourcils et observa Theo avec plus d'attention, un sourire railleur aux lèvres.

— Et Son Altesse elle-même ? demanda-t-il. Comment la décririez-vous ?

— Un fox-terrier en jupons.

À ces mots, il lâcha un rire sonore, et tous les autres gens l'imitèrent. À l'exception de James, qui la fusilla du regard. Il détestait quand elle jouait les langues de vipère, aussi spirituelles que fussent ses remarques.

— Je dois dire que vous me faites un peu peur, avoua Geoffrey en l'enveloppant d'un regard admiratif.

— Vous avez raison d'avoir peur, confirma James.

— Lord Islay, vous connaissez Mlle Saxby mieux que quiconque, gazouilla Claribel. Je suis sûre qu'elle n'est pas dangereuse !

Claribel était si bêtasse qu'elle ne plaisantait probablement même pas.

— Theodora a la langue aussi acérée qu'un miroir brisé, déclara James.

— Allons donc ! Je sais aussi être adorable ! se défendit Theo en battant des cils au-dessus de son éventail.

— Oui, et c'est aussi convaincant que Marie-Antoinette essayant de se faire passer pour une bergère !

James tira de nouveau sur sa cravate, et parvint enfin à la dénouer.

— Il fait une chaleur à mourir ici !

— Peut-être devriez-vous vous retirer, Islay, murmura Geoffrey. La négligence de votre mise me rappelle nos années à Eton ; et pas le meilleur côté. Mademoiselle Saxby, votre broche est magnifique.

Theo croisa son regard à l'instant où il les détachait de son décolleté.

— C'est un cadeau de ma grand-mère, dit-elle à mi-voix sans baisser les yeux.

— La même grand-mère que celle qui a fait de Theodora une riche héritière, précisa James avec l'air de quelqu'un qui se débarrasse d'une tâche désagréable. Bon, je crois qu'il est temps de partir, *ma chérie*.

Geoffrey haussa un sourcil et recula d'un pas.

— Voyons, James, protesta Theo, il est encore très tôt.

Elle sourit à Geoffrey, mais l'expression de James la persuada de ne pas insister : il semblait sur le point d'exploser. Sans doute avait-elle suffisamment attiré l'attention de Geoffrey pour ce soir. Elle avait le sentiment qu'il viendrait spontanément vers elle lors du prochain bal. Et du suivant.

D'humeur magnanime, elle adressa une révérence à Claribel et à la détestable Althea, et laissa James l'entraîner vers la sortie.

Il traversa la salle bondée d'un pas furibond, l'obligeant presque à courir pour rester à sa hauteur.

Mais elle était bien trop heureuse pour s'en plaindre.

5

— Tout s'est merveilleusement passé, commenta Theo une fois dans la voiture.

— Non, répliqua James.

— Comment peux-tu dire cela ? Geoffrey était charmé.

— Il était surtout charmé par tes nichons.

— Nichons ? *Nichons ?* James, tu ne devrais pas employer ce genre de mot devant moi ? fit-elle mine de s'offusquer. « Nichons », j'adore ce mot.

Il se pencha vers elle, et elle se rendit compte avec stupeur qu'il était furieux.

— Arrête tes simagrées ! Ton petit jeu de séduction avec Trevelyan crevait les yeux.

— J'espère bien. C'était exactement ce que je voulais.

— Tu veux que je te dise quelque chose ? Ton cher Geoffrey n'est pas fait pour toi.

— Pourquoi donc ?

— Sa langue est encore plus acérée que la tienne. À Eton, il m'envoyait souvent des piques juste pour le plaisir. Si j'y avais prêté attention, il aurait été vraiment pénible.

Theo lâcha un rire.

— Toi, agacé ?

— J'ai dit, *si* j'y avais prêté attention, Theo. Ce que, toi, tu ne pourras t'empêcher de faire. Résultat, il te mettra en pièces.

— Tu oublies un détail : il sera amoureux de moi. Je pourrai m'amuser de son esprit et de son ironie sans craindre d'en être l'objet.

— Trevelyan n'épargne personne. Je l'ai entendu se moquer de sa propre mère. Pour être franc, Daisy, c'est le genre d'homme qui est totalement lui-même lorsqu'il s'habille en femme.

— Pardon ?

— Tu as bien compris.

L'air très content de lui, James s'adossa à la banquette, avant d'ajouter :

— Je le connais, pas toi.

— Insinuerais-tu qu'il est intéressé par les hommes ? !

— Y a-t-il des choses dont tu n'oses pas parler ? Non, je n'insinue rien de tel. Je veux juste dire que c'est un drôle d'oiseau. Très bizarre. Pas pour toi. Je ne te laisserai pas l'épouser.

— Tu ne me laisseras pas l'épouser ? *Toi ?* s'exclama Theo, furieuse. Au cas où tu l'aurais oublié, je te rappelle que le choix de mon futur mari ne te concerne en rien. Rien !

James étrécit les yeux.

— C'est ce qu'on verra.

— C'est tout vu, riposta-t-elle. Je veux Geoffrey, et je l'aurai !

— Si tu tiens à partager tes bas de soie, libre à toi.

Theo poussa une exclamation choquée.

— Cette remarque est d'une grossièreté inacceptable, tu devrais t'excuser. Comment peux-tu tenir de pareils propos au sujet de Geoffrey ?

— Parce que c'est la vérité. J'ai quasiment vécu avec lui. Il n'y avait que dans les moments où il se déguisait en femme – ce qu'il faisait au moindre prétexte – qu'il se calmait et cessait de mordre ceux qui passaient à sa portée. Mais je t'en prie, continue ! Tu estimes sans doute le connaître mieux que moi.

— Je le connais mieux que toi, en effet. Vous jouiez peut-être ensemble à l'école, mais il a mûri depuis. Ce qui n'est pas ton cas.

— D'accord. Je me trompe totalement.

— Non, mais tu le considères toujours comme le garçon d'autrefois, tandis que moi, je le vois avec les yeux d'une femme.

James se renfrogna.

— Les yeux d'une femme ! Quelle sottise !

— Si tu acceptes de m'accompagner une dernière fois demain soir au concert royal, je te promets de ne plus jamais t'ennuyer avec cette histoire, reprit-elle d'un ton enjôleur. Geoffrey m'a remarquée ce soir. Je suis sûre qu'une deuxième rencontre suffira.

— Pour quoi ? Qu'il tombe sincèrement amoureux de toi.

— Peut-être, répondit-elle en se remémorant le sourire railleur de Geoffrey. Qui sait ?

— Tu ne reconnaîtrais pas un amour sincère s'il te tombait sur le nez, rétorqua James en croisant les bras.

— Tu en parles comme si tu étais expert en la matière. N'essaie pas de me faire croire que tu éprouves un amour sincère pour Bella, parce que je sais très bien que c'est faux. Tu es épris de ces énormes « nichons » qu'elle exhibe aux yeux de tous dans Oxford Street.

— Tu ne devrais pas prononcer ce mot, la prévint James, alarmé. Ce n'est pas poli.

— Nichons ! répéta Theo, se retenant de lui tirer la langue.

Elle avait dix-sept ans tout de même ; elle devait se conduire comme une lady.

— Je sais ce qui te plaît chez Bella, ajouta-t-elle simplement. Et ce n'est pas son amour pour toi.

— Discuter des attributs de Bella est déplacé.

Theo s'esclaffa.

— Son visage ? Je ne crois pas.

— Arrête !

— Qui parlera de ce genre de choses avec moi si ce n'est toi ? fit-elle valoir.

— Non, pas moi.

— Trop tard. Tu es ce qui se rapproche le plus d'un frère, insista-t-elle en réprimant un bâillement. Je crois que je vais dormir un peu. Tu me réveilleras en arrivant ?

Droit comme un i sur la banquette, James la contempla. À la lueur de la lanterne qui éclairait la voiture, il devinait la ligne de ses cuisses, sans parler de celle de ses nichons, ou ses seins, peu importait…

Trevelyan les avait remarqués, évidemment. James avait dû faire appel à tout son sang-froid au bal pour ne pas l'attraper par la peau du cou et lui ôter la tête du décolleté de Daisy.

Elle n'épouserait pas Trevelyan. Pas question.

Quand bien même il devrait en faire sa femme pour l'en empêcher.

6

Le lendemain soir, Carlton House,
résidence du prince de Galles

À la grande déception de Theo, non seulement, James ne l'accompagna pas au concert privé du prince de Galles, mais il ne daigna même pas se montrer avant le souper.

— Où étais-tu ? Cela fait des heures que tu devrais être là, le réprimanda-t-elle à voix basse en l'entraînant à l'écart. Claribel s'est tartiné le visage de poudre et reste constamment collée à Geoffrey ; le pauvre arrive à peine à respirer. Autant dire, qu'il n'a même pas eu l'occasion de remarquer ma présence.

— Eh bien, je suis là maintenant, répliqua James.

Theo l'examina plus attentivement. Il portait une magnifique veste bleu indigo avec des revers de velours vert sombre : une tenue parfaite pour un concert offert par le prince de Galles. Pourtant, quelque chose dans son visage clochait. Ses yeux…

— Tu as bu ! s'exclama-t-elle avec excitation. C'est la première fois que je te vois ivre. Vas-tu vomir ou simplement tanguer toute la soirée ? Tu me fais penser à une rose trémière qu'on aurait oublié d'attacher à un tuteur.

— Je ne tangue jamais ! s'insurgea-t-il.

— Sauf en ce moment. Bonté divine, regarde ça ! s'écria-t-elle soudain en désignant Claribel appuyée sur le bras de Geoffrey. À croire qu'ils sont déjà fiancés. Ou qu'elle est aussi grise que toi. Je suppose que tu n'as pas eu l'occasion de parler de ma dot à Goeffrey cet après-midi ?

— C'est bizarre, je n'ai croisé Trevelyan ni au club ni dans ma voiture... peut-être parce qu'il était ici, en train de faire les yeux doux à lady Claribel. Franchement, Daisy, comment veux-tu que j'aie l'occasion de mentionner ta dot à Trevelyan, alors que nous nous adressons à peine la parole ? En outre, je l'ai mentionnée hier soir, cela devrait suffire.

— Il ne fait pas les yeux doux à Claribel, c'est *elle* qui lui fait du charme. Oh, et puis, c'est sans doute mieux ainsi ! Vu ton état, tu risquais de tout gâcher.

— Qu'est-ce qui est mieux ainsi ? s'enquit-il, l'air solennel.

Theo le dévisagea, et une bouffée d'affection la submergea.

— Je t'adore, James. Tu le sais, n'est-ce pas ?

— Ne me répète pas que je suis comme un frère pour toi, parce que je ne suis pas ton frère, ne l'oublie pas. Ne l'oublions ni l'un ni l'autre.

— Tu devrais peut-être me tenir le bras, suggéra-t-elle. Tu risques d'être embarrassé si tu tombes comme un arbre mort devant les souliers royaux.

— Recule juste un peu, chuchota-t-il, l'air passablement alcoolisé. Je vais m'appuyer quelques minutes contre le mur en faisant semblant de te parler. J'ai peut-être bu un peu plus de cognac qu'il n'était... rai... raisonnable. Mon père est là ?

— Évidemment. Il était d'ailleurs très contrarié que tu ne nous aies pas escortées. Tu as de la chance qu'il ne t'ait pas encore vu.

Ils se tenaient au fond du salon de musique. Installés sur des chaises à dos droit, la plupart des invités écoutaient religieusement les musiciens ; personne ne semblait avoir remarqué leur présence.

— Ce type va flanquer un mal de crâne à toute l'assistance à taper ainsi sur ses touches, se plaignit James à voix haute. Il joue aussi mal que toi à l'époque où ta mère pensait encore que tu avais la fibre musicienne.

— Comment peux-tu dire une chose pareille ? C'est Johann Baptist Cramer ! s'exclama Theo.

Avant de se rappeler qu'il n'y avait rien d'étonnant que James n'ait pas reconnu le célèbre pianiste. Il n'assistait aux concerts que contraint et forcé.

Si elle n'intervenait pas, il allait déclencher un scandale. Lui prenant la main, elle l'entraîna de l'autre côté d'un grand paravent chinois orné de fleurs de lotus. Au moins, s'il prenait à quelqu'un l'envie de se retourner, il ne le verrait pas s'effondrer ivre mort sur le sol. Là, elle s'adossa au mur, et le tira vers elle.

James tituba doucement vers elle, posa une main de chaque côté de sa tête pour garder l'équilibre. Il sentait le cognac, le grand air et le savon.

— Laisse-moi juste le temps de m'éclaircir les idées, murmura-t-il. À quoi penses-tu ? Tu as une drôle d'expression.

— Je respire ton parfum. Je n'avais jamais remarqué que tu sentais aussi bon, James.

— Ah ?

Il parut déconcerté, mais semblait un brin moins chancelant que tout à l'heure.

— Peut-être devrions-nous aller te chercher une tasse de thé, suggéra-t-elle.

Pour une raison inconnue – était-ce l'étrange conversation qu'ils avaient eue dans sa chambre la veille ? –, elle avait du mal à considérer James avec le même détachement que d'ordinaire. Il était atrocement beau. Il possédait l'élégance de son père, mais sa mâchoire était plus volontaire et son regard direct, quand bien même il était gris. Juste à cet instant, il approcha son visage du sien.

— Tu es sur le point de tomber ? s'écria-t-elle, alarmée.

Mais elle se trompait.

James fit alors une chose qu'elle n'aurait jamais crue possible de sa part : il l'embrassa.

Ses lèvres étaient incroyablement douces, nota-t-elle. Cela la surprit, sans qu'elle comprenne vraiment pourquoi puisqu'il s'agissait de son premier baiser. Un baiser qui ne ressemblait pas à ce qu'elle s'était imaginé.

Pour elle, un baiser était un simple effleurement de lèvres. Or, ce dont elle faisait l'expérience allait bien au-delà. Non seulement, James avait entrouvert les lèvres, mais il inséra la langue dans sa bouche, ce qui était aussi intime qu'étrange. En vérité, ce baiser entier était un déroutant mélange entre le James qu'elle connaissait et un autre James totalement inconnu. Un James indompté. Viril. Troublée, elle sentit ses jambes se dérober sous elle, et, sans réfléchir, noua les bras autour de son cou.

L'écartant du mur, James enroula le bras autour de sa taille, et l'attira contre lui.

— Embrasse-moi, ordonna-t-il dans un souffle.

— Tu as trop bu. Que fais-tu ?

— Tu es ma Daisy, déclara-t-il en guise de réponse.

Sa voix était mal assurée, sa respiration, hachée.

Dans son regard brûlait une flamme qu'elle n'y avait jamais vue auparavant, et qui lui incendia les sangs d'un coup. Elle ouvrit la bouche pour parler, mais il se pencha de nouveau vers elle, exigeant en silence qu'elle l'embrasse. Le problème, c'était qu'elle ignorait comment s'y prendre. Pour autant, elle mourait d'envie d'accéder à sa requête. Aussi lui toucha-t-elle la langue de la sienne. Elle s'attendait que ce soit dégoûtant, au lieu de quoi...

Dans une sorte de brouillard, il lui apparut qu'elle aurait dû rire, ou le repousser, ou appeler à l'aide. Sa mère – sans parler du prince de Galles ! – se trouvait à quelques pas de là, juste de l'autre côté du paravent.

Elle devrait le gifler, vraiment. C'est ce que ferait n'importe quelle jeune fille bien élevée après qu'un gentleman ivre l'eut embrassée en public. Ou en privé, dans le cas présent.

Mais elle avait envie de plus. Envie de se griser du parfum de James, de cette tiédeur liquide qui se répandait dans son corps, de ce désir irrésistible qui la poussait à se presser contre lui.

— C'est ça, murmura-t-il.

Une chaleur étourdissante acheva de consumer le peu de raison qu'il lui restait. Elle prit le visage de James entre ses mains. Elle pouvait l'embrasser comme il le souhaitait. Ce n'était pas une question de langues, mais de possession. Il s'agissait de s'emparer de lui comme il s'était emparé d'elle.

Après avoir compris cela, l'embrasser ne présenta aucune difficulté. Sa langue se mêla à la sienne, et elle enfouit les doigts dans ses cheveux, consciente que le feu qui brûlait en elle le consumait aussi.

James émit un son inarticulé, une sorte de grognement, et resserra son étreinte. Un long frisson parcourut Theo. Elle ne s'était jamais considérée comme particulièrement féminine, mais soudain, dans les bras de James, elle avait l'impression d'être une femme, non pas gracile et délicate, mais sensuelle et sauvage.

L'effet était envoûtant, grisant. Elle tremblait de désir, du besoin violent d'en exiger davantage. Elle se plaqua contre James, ses seins s'écrasèrent contre son torse. Il émit de nouveau ce drôle de grognement. Puis il lui *mordit* la lèvre.

Elle poussa un petit cri, et…

… se retrouva brutalement tirée en arrière, tel un chien qu'on arrache à une bagarre. Avec horreur, elle s'aperçut que la main qui s'était emparée d'elle appartenait à sa mère.

— James Ryburn, au nom du ciel, qu'est-ce qu'il vous prend ? s'écria Mme Saxby.

Theo demeura immobile, haletante, les yeux rivés sur son ami d'enfance. Se pouvait-il que l'alcool qu'il avait bu ait eu un effet sur elle ?

— Et toi, Theodora ? poursuivit sa mère. Je ne t'ai donc rien appris ?

Une voix profonde s'éleva derrière elle.

— Apparemment, votre fille sera la première de la saison à trouver un mari.

James émit une sorte de hoquet, et Theo fit volte-face. Pour se retrouver face à un groupe de spectateurs fascinés, qui incluait le prince de Galles, lord Geoffrey Trevelyan, et l'insupportable Claribel – pour une fois, cette dernière ne se pâmait pas devant Geoffrey, mais la contemplait avec une expression de pure envie.

Soudain, elle prit conscience de ses lèvres gonflées et de ses cheveux cascadant sur ses épaules. Elle devait ressembler à une héroïne de mauvais mélodrame.

— Je… Nous étions juste… bredouilla-t-elle.

James la coupa :

— J'aime Daisy, et je compte l'épouser.

Sa voix était ferme, sans la moindre trace d'ébriété.

Theo en demeura bouche bée. Foudroyant sa mère du regard, James enchaîna d'un ton presque vindicatif :

— Vous voulez la marier à un autre, mais elle est mienne. Elle a toujours été mienne.

Theo prit une inspiration et pivota vers elle.

— Tu te rappelles l'été de mes douze ans, quand j'ai eu cette inflammation des yeux ? Tu avais dix ans, et tu as passé presque toutes tes journées dans une pièce sombre avec moi à me lire des histoires.

Elle acquiesça d'un signe de tête, trop ébranlée pour prononcer un mot.

— Je ne le savais pas, mais tu étais mienne, ajouta-t-il en la fixant presque comme s'il la détestait.

— Mais j'ai débuté dans le monde il y a presque trois semaines, parvint-elle finalement à articuler. Tu ne t'es montré nulle part jusqu'à hier soir.

— Je pensais que tu te contentais de danser. Je n'avais pas vraiment réfléchi à la question. Mais si tu dois épouser quelqu'un, Daisy, ce sera moi.

Il jeta un regard noir à Geoffrey, qui recula d'un pas. Puis, posant de nouveau les yeux sur Theo, il reprit d'un air incertain :

— Je sais que tu as d'autres…

— Cela n'a aucune importance, l'interrompit-elle.

Au fond d'elle-même, elle éprouvait une formidable sensation de justesse, comme si, brusquement, le monde venait de se mettre en ordre. Elle saisit la main de James, cette main qui lui était si chère, si familière.

— Tu as raison. Tu es le seul.

— Eh bien, entendit-elle sa mère déclarer dans son dos, j'imagine que nous serons tous d'accord pour reconnaître qu'il s'agit d'une demande en mariage des plus romantiques. Mais je pense que cela suffit pour ce soir.

Theo ne bougea pas. Son plus vieil ami, son quasi-frère avait disparu. À la place, se trouvait un homme viril et séduisant qui la contemplait avec une intensité affolante.

— Non, cela ne suffit pas, décréta-t-il sans la quitter des yeux. Elle n'a pas dit « oui ». Daisy ?

— Oui, murmura-t-elle d'une voix tremblante. Oui, je veux t'épouser.

— Je suppose que l'affaire est réglée, commenta le duc d'Ashbrook derrière James.

Son ton enjoué était si manifestement approbateur que tous deux se tournèrent vers lui.

— Très pratique, n'est-ce pas ? Mon fils épouse ma pupille. Tout se passe en famille, pour ainsi dire. Malgré tout, cette union ne serait pas convenable si elle n'était pas fondée sur l'amour.

— Je suis entièrement d'accord avec vous, déclara Mme Saxby avec une certaine brusquerie.

— Mais j'ai l'impression que nous n'avons pas vraiment notre mot à dire, poursuivit le duc.

James croisa le regard de son père, et son cœur se serra. Il avait perdu la tête. Qui plus est, il l'avait perdue au service du démon.

Son baiser avec Daisy l'avait pris totalement au dépourvu. Jamais il n'avait ressenti une telle passion, une telle bouffée de possessivité. Pourtant, il avait embrassé Daisy uniquement parce que son escroc de père le lui avait demandé. S'il n'en avait pas reçu l'ordre, ce baiser n'aurait jamais existé.

Un profond sentiment de dégoût l'envahit : il avait perverti ce qui aurait dû être l'un des plus beaux moments de sa vie. Il aurait donné n'importe quoi pour pouvoir revenir en arrière et embrasser Daisy avec le cœur pur et la conscience légère.

Tandis que Mme Saxby entraînait sa fille à l'écart, son père s'approcha et lui donna une bourrade dans le dos.

— J'ignorais tout de tes intentions, trompeta-t-il à l'attention du groupe ébahi autour d'eux. Je suppose que les parents sont toujours les derniers avertis. Néanmoins, mon fils, ajouta-t-il d'un ton faussement désapprobateur, je pensais t'avoir mieux éduqué que cela. Embrasser une lady en public n'est pas une manière convenable pour un gentleman de faire sa demande en mariage.

— C'est certain, renchérit Geoffrey Trevelyan.

Il balaya l'air de la main avec cette nonchalance amusée que Theo aimait tant, et qui avait le don d'énerver James.

— Je n'aurais jamais imaginé qu'il y avait cela chez vous, Islay. Toute cette ardeur, etc.

Les minutes qui suivirent ressemblèrent à un cauchemar brumeux. James se retrouva en train de s'incliner devant le prince, qui semblait se réjouir sincèrement de cet événement inattendu.

— La passion, quelle merveille ! On accuse souvent les aristocrates d'ignorer ce qu'est la passion, mais c'est faux, affirma-t-il avec un regard appuyé à l'adresse de Mme Fitzherbert, qui se tenait près de lui.

James tressaillit, et sortit de la salle en saluant.

À peine furent-ils dans la voiture que son père le félicitait avec effusion.

— Je n'imaginais pas que tu irais droit au but avec une telle efficacité. Je suis fier de toi ! Extrêmement fier ! Tu es aussi porté sur la chose que moi, et tu sais t'en servir à la perfection. Elle te mangeait des yeux comme si tu étais le roi Arthur en personne.

— Je vous interdis de parler ainsi de ma future épouse, grinça James.

— Je comprends que tu sois sur les nerfs. Cela doit faire un choc. Hier encore, tu étais un célibataire insouciant qui exhibait sa voluptueuse danseuse dans toute la ville, et aujourd'hui, te voilà quasiment la corde au cou.

James serra les dents, mais ne répondit rien.

Son père continua à jacasser, revenant sans cesse à « la brillante habileté » avec laquelle son fils avait compromis Theo devant le prince.

Au moment où l'attelage s'engageait dans leur rue, James perdit son sang-froid : il agrippa son père par le col, écrasant l'élégant tissu amidonné sous son menton flasque.

— Je ne veux plus *jamais* vous entendre me parler de ce qui s'est passé ce soir. C'est compris ?

— Il n'y a aucune raison d'être aussi agressif, protesta le duc. En outre, puis-je te faire remarquer que ce n'est pas là une manière convenable de s'adresser à son père.

— Je ne m'adresse pas à un père, mais à un escroc, rétorqua James d'une voix glaciale.

Ce qui ne l'empêchait pas de se rendre compte que le véritable méchant de l'histoire, c'était lui et non son père. *Lui* qui avait trahi Daisy.

— Franchement, je ne comprends pas pourquoi tu me reproches aussi durement ma malchance, mais quoi qu'il en soit, je n'ai pas l'intention d'en discuter avec toi ce soir. Le fait est que j'ai requis ton aide, et que tu as accédé à ma demande sur-le-champ en faisant ce que je t'avais suggéré... Une telle attitude rattrape pas mal de choses.

Sur ces mots, le duc s'adossa à la banquette et considéra son fils avec un sourire rayonnant.

Une fois arrivés, James attendit que son père soit entré dans la maison pour vider son estomac sur ses chaussures, non pas qu'il y eût grand-chose d'autre dedans que du cognac et de la bile.

7

14 juin 1809

La nouvelle du mariage de James Ryburn, comte d'Islay et futur duc d'Ashbrook, avec une jeune héritière quasiment inconnue, Mlle Theodora Saxby, déclencha le genre de curiosité et d'intérêt généralement réservés aux alliances princières. Les journaux à scandales en particulier se ruèrent sur cette histoire d'amour « tellement romantique ».

Chacun y allait de son commentaire, et deux semaines avant la cérémonie, plus personne n'ignorait le dévouement dont Mlle Saxby avait fait preuve lorsque James avait failli perdre la vue. On racontait partout qu'elle avait passé des nuits entières à lire à son chevet, sa voix seule empêchant le comte de sombrer dans le sommeil éternel.

Une semaine plus tard, la jeune Mlle Saxby était même censée avoir ranimé James alors qu'il « s'enfonçait dans les ténèbres d'où l'on ne revient jamais » (selon les termes du *Morning Chronicle*).

Bien entendu, le mariage s'annonçait somptueux. Le duc avait d'ailleurs déclaré que rien n'était trop beau pour fêter l'union de sa pupille avec son fils et unique héritier.

Quand arriva le grand jour, tous les Londoniens sortirent dans l'espoir d'apercevoir le carrosse doré conduisant Mlle Saxby à la cathédrale St Paul.

Des reporters de tous les journaux de la ville, depuis le très sérieux *Times* jusqu'aux petites feuilles de chou comme *Tittle-Tattle*, se bousculaient autour de l'église. Dès qu'ils aperçurent l'attelage, ils se pressèrent contre les barrières dressées autour du parvis.

La mariée, écrivit Timothy Heath, un jeune journaliste du *Morning Chronicle, ressemble à un nuage de soie et de satin français. Elle a des fleurs dans les cheveux et un bouquet entre les mains.* Il s'arrêta. Mlle Saxby n'était pas très jolie, ce qui rendait les choses un peu difficiles. *La future duchesse,* reprit-il finalement, *porte sa noblesse sur son visage. Ses traits évoquent les générations d'Anglais, hommes et femmes, qui se sont tenues aux côtés de nos monarques.*

Le reporter de *Tittle-Tattle* opta pour un style beaucoup plus direct et brutal.

— C'est une vilaine duchesse, et il y a peu de chances qu'elle se transforme en cygne ! s'exclama-t-il en regardant le duc d'Ashbrook aider sa pupille à descendre du carrosse.

Il se parlait probablement à lui-même, mais ses collègues alentour l'entendirent et s'esclaffèrent. Le soir même, le *Titte-Tattle* sortait une édition spéciale titrant : *Une si vilaine duchesse !* Face à un résumé aussi frappant et précis, les autres éditeurs refusèrent de demeurer en reste et remplacèrent leurs gros titres d'origine par une version plus proche de celle de leur confrère.

Toutes les jeunes filles qui avaient soupiré devant le beau visage et les épaules larges de James gloussèrent en buvant leur thé matinal. Et tous les gentlemen qui avaient un jour envisagé d'inviter Mlle Saxby à danser se réjouirent de ne pas avoir revu leurs critères à la baisse en échange de sa dot.

En quelques heures, l'idée selon laquelle James était follement amoureux de sa « si vilaine duchesse » devint un mythe ridicule auquel plus personne ne crut. De toute évidence, le comte d'Islay s'était marié par intérêt, il ne pouvait y avoir d'autre explication. Et puisque c'était dans la presse, c'était forcément vrai.

— Cela m'étonne, confia une jeune danseuse dénommée Bella à une autre ballerine, le lendemain de la cérémonie.

Quelques mois plus tôt, elle avait reçu un collier d'émeraudes en cadeau d'adieu.

— Je n'aurais jamais cru qu'il était du genre à rester fidèle une fois marié. Surtout à une femme comme *ça*.

Elle désigna l'illustration sur la page de potins de son magazine préféré. L'esquisse, qui ressemblait plus à une caricature qu'à un portrait, représentait la « si vilaine duchesse » coiffée d'un chapeau d'où s'échappaient quelques plumes.

— Il reviendra, assura Rose. Donne-lui six mois.

Bella secoua ses boucles blondes.

— Je n'attends personne six mois. Les gentlemen se bousculent à ma porte, figure-toi.

— En tout cas, je la plains. Tous les journaux de Londres la traitent de laideron. Et quand l'un d'*eux*…

Par ce terme, Rosie désignait les membres de la haute société.

— … se retrouve avec un surnom pareil, il ne s'en débarrasse jamais.

Bella ajusta son collier d'émeraudes dans le miroir en songeant combien son joli minois au teint rose contrastait avec le visage de la nouvelle épouse de James.

— Je suis désolée pour lui. J'ai entendu dire qu'elle n'avait pas de formes. Il adorait mes « belles pommes », si tu vois ce que je veux dire.

— Elle n'en a pas, confirma Rosie. Je l'ai bien regardée quand elle est descendue du carrosse. Elle est maigre comme un clou et plate comme une limande. Tu connais Magis, qui travaille au guichet ? Eh bien, d'après lui, il s'agirait d'un homme et toute cette histoire serait un canular.

Bella fit non de la tête.

— Ce n'est pas un canular, ces émeraudes le prouvent.

À peu près au même moment, dans un tout autre quartier de Londres, Theo se réveilla, en pleine confusion. De son mariage, elle ne se remémorait qu'un brouillard de visages souriants, le regard grave de l'évêque, la voix forte de James quand il avait promis d'être à elle « jusqu'à ce que la mort nous sépare », le moment où elle avait dit « oui », et vu un bref sourire incurver les lèvres de James.

Plus tard, à la maison, Amélie, sa femme de chambre, lui avait ôté cet horrible amas de dentelle et de soie que sa mère considérait comme la robe de mariée idéale (et sur laquelle pas moins de douze couturières avaient travaillé jour et nuit durant un mois), et lui avait enfilé un sobre négligé rose.

Son nouveau beau-père ayant quitté les appartements matrimoniaux, elle s'était déshabillée dans la chambre de l'ancienne duchesse, une pièce trois fois plus grande que son ancienne chambre.

Puis James était sorti de la chambre ducale voisine, le visage pâle et les traits tendus.

La nuit qui avait suivi était un mélange flou de nervosité, d'élans de désir et de pur embarras. Ce n'était pas exactement ce à quoi elle s'attendait, mais à quoi s'attendait-elle ? Quand ç'avait été terminé, James l'avait embrassée, sur le sourcil très précisément. Et pour la première fois, elle s'était rendu compte que, contrairement à elle, son nouveau mari semblait parfaitement maître de lui. Rien à voir avec cette fièvre dont il avait fait preuve le soir du concert chez le prince de Galles.

Avant qu'elle ait le temps de dire un mot, il avait tranquillement refermé derrière lui la porte qui séparait leurs appartements.

Certes, son départ n'avait rien de surprenant. Seuls les pauvres dormaient ensemble, elle le savait. Partager le même lit était peu hygiénique et perturbait le sommeil. L'une de ses gouvernantes avait été jusqu'à lui affirmer que les hommes sentaient le bouc au réveil, et qu'à moins de mettre une porte entre elle et de pareilles horreurs, une femme risquait de s'éveiller coincée sous un corps nauséabond.

Une perspective qui lui avait paru peu séduisante à l'époque, et la tentait toujours aussi peu aujourd'hui. Peut-être était-ce finalement une bonne chose que James soit retourné dormir dans sa chambre. Mais pourquoi s'en aller aussi rapidement ? Alors qu'elle-même était si troublée qu'elle aurait été incapable de dire quel jour on était.

Ou alors, songea-t-elle tout à coup, il était parti simplement parce qu'une fois satisfait, il n'avait pas souhaité dormir dans des draps souillés. Qui en aurait eu envie, d'ailleurs ? Pas elle, en tout cas.

Peut-être qu'à l'avenir, ce serait elle qui lui rendrait visite dans sa chambre avant de regagner son lit immaculé.

Cette idée la fit sourire malgré son corps endolori. Heureusement que sa mère lui avait expliqué ce qui se passait dans la chambre conjugale.

Tout s'était passé comme elle le lui avait décrit, ou presque. Par exemple, sa mère avait dit qu'un mari touchait sa femme en bas, ce que James n'avait pas fait. Et elle avait laissé entendre, sans l'exprimer ouvertement, que la femme pouvait en faire autant. Mais vu que James n'avait pas…

Ils s'étaient embrassés longuement, puis il lui avait effleuré les seins, s'était placé au-dessus d'elle (elle ressentit un fourmillement entre les cuisses à ce souvenir) puis était entré en elle, ce qui n'avait rien de vraiment agréable. Tout s'était terminé rapidement.

Cela lui avait plu dans l'ensemble, surtout leur long baiser qui leur avait tiré des gémissements et lui avait donné l'impression d'être un morceau de papier prêt à s'enflammer.

Même si le feu n'avait jamais pris, évidemment.

Et maintenant, elle était une femme mariée au tout premier matin de sa vie conjugale. Ce qui signifiait, entre autres choses, que plus jamais elle ne porterait de colliers de perles, de frous-frous, ou de robe en damassé blanc.

Amélie avait drapé avec soin sa monstrueuse robe de mariée sur une chaise. Theo sortit du lit et s'en approcha. C'était le dernier, le tout dernier vêtement que sa mère aurait eu le plaisir de choisir pour elle. Cela au moins méritait d'être célébré. Le sourire aux lèvres, elle ouvrit les hautes fenêtres donnant sur le parc, puis empoigna la robe.

Au même instant, un coup sec résonna, et la porte entre sa chambre et celle de James s'ouvrit. Ce dernier entra, en bottes et tenue d'équitation, une cravache à la main. Un contraste saisissant avec sa propre apparence : en négligé de soie, les pieds nus et les cheveux défaits.

— Que diable fais-tu ? demanda-t-il en indiquant la robe dans ses bras.

— Je jette cette horreur par la fenêtre.

Il la rejoignit juste à temps pour voir l'amas de tissu blanc tournoyer dans l'air.

— J'espère que cela ne symbolise pas ton état d'esprit concernant notre mariage.

— Même si c'était le cas, ce serait trop tard, répondit-elle. Tu pèses trop lourd pour que je te jette par la fenêtre. Regarde un peu. On dirait une grosse meringue ivre.

Tel un nuage de dentelle, la robe se posa sur le buis en dessous.

— Je suppose qu'elle ne pouvait pas servir une seconde fois, commenta James, pince-sans-rire.

Theo éprouva un profond soulagement. S'ils parvenaient à redevenir eux-mêmes, à se sentir à l'aise ensemble au lieu de tout ce... ce trouble et cette maladresse, être mariée serait tellement plus agréable.

— J'ai l'intention de changer ma façon de m'habiller, annonça-t-elle en souriant. Je risque de jeter toute ma garde-robe dans le jardin.

— Parfait, acquiesça-t-il avec indifférence.

— Y compris ce que je porte en ce moment.

Là, le visage de James s'éclaira un peu.

— Tu as vraiment l'intention de te débarrasser de ton négligé maintenant ? Je peux t'aider, si tu veux.

— Tu as envie de voir ta jeune épouse en plein jour ? demanda-t-elle, malicieuse. Qu'est-ce qui ne va pas, ajouta-t-elle aussitôt en voyant apparaître une ride soucieuse entre ses sourcils.

— Rien.

Sa bouche se crispa, et elle effleura du bout des doigts le coin de ses lèvres afin qu'il sache qu'elle connaissait si bien ses expressions que lui mentir était inutile. Puis elle s'adossa au rebord de la fenêtre, et attendit, les bras croisés.

— Je me demandais si tu aurais un peu de temps à nous consacrer, à M. Reede et à moi, avant le déjeuner.

— Bien sûr. En quoi puis-je vous être utile ?

— Mon père m'a cédé tous les biens familiaux. Après ma promenade à cheval, je dois aller avec Reede voir le navire que nous possédons sur les docks, mais nous devrions être de retour dans une heure ou deux.

— Ton père a fait *quoi* ? répéta Theo, incrédule.

James se contenta de hocher la tête.

— Comment diable as-tu réussi à l'en persuader ?

James ébaucha un pâle sourire.

— J'ai demandé à ta mère d'insister pour que cette clause soit incluse dans le contrat de mariage. Elle a très bien compris ; elle a entendu parler de ses investissements désastreux.

— Mais tu ne m'en as jamais parlé ! Et ma mère non plus.

— J'avais fait promettre à mon père de me léguer le domaine le jour de mon mariage plutôt qu'à sa mort. Mais il m'a semblé plus sûr de le préciser de façon légale. Ta mère était totalement d'accord avec moi.

— Et elle a exigé que tu m'inclues dans la conversation concernant le domaine ?

— Non. C'est moi qui ai établi les papiers de manière à ce que nous soyons toi et moi ses exécuteurs testamentaires.

Theo en resta un instant sans voix.

— Les biens sont inaliénables, bien entendu, reprit James. Ni toi ni moi ne pouvons les vendre.

— C'est une idée de ma mère ?

— Non. À vrai dire, elle n'était pas très enthousiaste. Quant à mon père, il était au bord de l'apoplexie. Mais je n'ai pas cédé, précisa-t-il, une lueur de satisfaction dans le regard. Tu sais que je ne suis pas doué avec les chiffres, Daisy, contrairement à toi. En réfléchissant ensemble, je suis certain que nous prendrons les bonnes décisions.

Theo le considéra, bouche bée. Elle n'avait jamais entendu parler d'un domaine administré par une femme, du moins, autre qu'une veuve.

— La comptabilité me rend fou, insista James. Parle-moi de choisir le meilleur cheval ou d'améliorer l'élevage des moutons, mais de m'enfermer dans la bibliothèque devant des livres de comptes…

Theo était au bord des larmes.

— Je suis si… *honorée* que tu requières mon aide.

— Tu n'as pas de raison de l'être, répliqua James avec une certaine brusquerie. Autant que tu le saches tout de suite : mon père nous a quasiment ruinés. C'est notre héritage à tous les deux qui doit être sauvé. Il est donc normal que tu interviennes.

Theo cilla à cette nouvelle, mais la chassa de son esprit pour l'instant.

— À mon avis, peu d'hommes pensent comme toi. Sans compter que mes gouvernantes ne m'ont jamais enseigné la comptabilité, ni rien de vraiment utile, soit dit en passant.

— Tu apprendras. Si j'en crois mon père, c'était ma mère qui administrait le domaine de son vivant. Or, elle non plus n'avait pas été éduquée en ce sens. Et je serai là, Daisy. C'est juste que je n'ai pas envie de m'en occuper sans toi.

— Très bien, acquiesça-t-elle, trop émue pour ajouter un mot.

Pourtant, cela ne suffit manifestement pas à détendre son mari, qui demeurait planté là, l'air mal à l'aise. Finalement, il demanda :

— La nuit dernière a été acceptable ? Je ne t'ai pas fait mal, j'espère.

— James, tu rougis !

— Pas du tout.

— Arrête de mentir. Je lis en toi comme dans un livre ouvert. Et pour répondre à ta question, c'était étonnamment agréable. Même s'il y a une chose que j'aimerais changer.

Elle le sentit aussitôt sur ses gardes.

— Laquelle ?

— Je préférerais que ce soit moi qui vienne dans ta chambre plutôt que toi dans la mienne.

— Ah bon ?

— Ce devoir conjugal, combien de fois le fait-on en général ? s'enquit-elle non sans curiosité.

James était vraiment à couper le souffle. En fait, elle mourait d'envie de l'embrasser. Mais, bien sûr, une telle spontanéité aurait été déplacée, surtout en plein jour.

— Chaque fois qu'on en a envie, répondit James, de plus en plus rouge.

Theo se laissa tomber dans un fauteuil.

— En fait, j'ai une question à propos de cette nuit. Assieds-toi, lui proposa-t-elle en désignant le siège en face d'elle.

Il obéit sans enthousiasme.

Elle trouvait étrangement dévergondé d'être assise face à un homme – son mari – en ne portant qu'un négligé de soie pour tout vêtement. Les rayons du soleil jouaient dans ses cheveux, qui, malgré leur teinte un peu banale, semblaient toujours plus beaux à la lumière naturelle. D'un geste dégagé, elle les fit passer sur son épaule.

— C'était la première fois cette nuit que je faisais l'amour, expliqua-t-elle sans autre utilité que de souligner ce point.

— Je sais.

— J'aimerais que tu me dises avec combien de femmes tu as fait l'amour.

James se raidit.

— Largement assez.

— Combien ?

— Pourquoi veux-tu le savoir ?

— Parce que j'en ai le droit : je suis ta femme.

— C'est ridicule. Personne ne confie ce genre de choses à sa femme. Tu ne devrais même pas le demander, c'est déplacé.

Theo croisa de nouveau les bras. Elle avait remarqué que cela mettait ses seins en valeur.

— Pourquoi refuses-tu de me le dire ?

— Parce que c'est déplacé, répéta James en se levant.

Theo ressentit une bouffée d'excitation en voyant son regard étinceler. Elle adorait quand James perdait son sang-froid. Posant les mains sur les accoudoirs de son fauteuil, il se pencha sur elle.

— Pourquoi tiens-tu tant à le savoir ? S'est-il passé quelque chose cette nuit qui t'a donné l'impression que je manquais d'expérience ?

Enchantée par son regard sombre, Theo dut lutter pour ne pas attirer James à elle. Ou éclater de rire.

— Même si c'était le cas, comment aurais-je pu m'en apercevoir ? répliqua-t-elle en ravalant un gloussement.

James referma la main sur sa nuque.

— Tu me tueras, murmura-t-il en lui caressant le menton du pouce. As-tu eu du plaisir cette nuit, Daisy ?

Elle fronça les sourcils, et secoua la tête pour échapper à son emprise.

— Theo, lui rappela-t-elle.

— Theo est bien trop masculin. Comment veux-tu que je t'appelle autrement que Daisy quand tes cheveux entourent ton visage tels les pétales d'une fleur.

S'agenouillant devant elle, il prit une boucle entre ses doigts.

— Ils brillent comme le soleil.

— Je préfère Theo, répéta-t-elle. Et c'était très bien cette nuit, merci. Si je t'ai posé cette question concernant les autres femmes, c'est parce que j'ai envie de savoir quelque chose sur toi que personne ne connaît.

James, qui contemplait sa mèche de cheveux d'un air concentré, comme s'il s'était agi de fils d'or, croisa son regard.

— Tu sais tout de moi.

— C'est faux.

— Tu es la seule à me connaître. Du moins, à connaître ce qui compte vraiment, Daisy – je veux dire, Theo. Je suis nul avec les chiffres, mais doué avec les animaux. Je déteste mon père et, à mon très grand regret, j'ai hérité de son caractère colérique. Je suis possessif, et, comme tu me l'as souvent dit toi-même, insupportable.

— Tu as beau être souvent furieux contre ton père, tu l'aimes aussi, nuança Theo. Et tu n'as toujours pas répondu à ma question.

— Si je te réponds, tu me donneras une mèche de cheveux ?

— Dieu que c'est romantique, murmura Theo, émue.

Elle conserva néanmoins assez de bon sens pour ajouter :

— À condition de la couper derrière, là où cela ne se verra pas.

James sortit un canif de sa poche, se redressa et contourna son siège.

— Une toute petite, supplia-t-elle en soulevant ses cheveux qu'elle laissa retomber sur le dossier. Amélie en fera une maladie s'il y a un trou.

— Tu es la seconde, Daisy, déclara James en enfouissant les doigts dans sa chevelure. Et la dernière.

À ces mots, elle sentit une bouffée de joie l'envahir, avant de songer que le peu d'expérience de James n'était peut-être pas une si bonne nouvelle, du moins, pour lui. Elle tourna la tête, et s'aperçut qu'il lui avait coupé une grosse boucle.

— Que diable comptes-tu en faire ? Je suis éblouie par ton côté sentimental, James. Que dirais-tu d'un baiser matinal ? susurra-t-elle en tendant le cou. À la personne qui te connaît le mieux au monde et s'est malgré tout engagée à te supporter toute sa vie.

Son regard était toujours sombre et troublé, mais il se pencha vers elle et déposa un doux et délicieux baiser sur ses lèvres.

— À vrai dire, je préfère l'autre sorte de baiser, murmura-t-elle, le cœur battant.

— L'autre sorte, répéta James lentement.

Il déposa la mèche de cheveux sur un guéridon proche, puis contourna le fauteuil et l'aida à se lever.

— Un seul, alors. On m'attend en bas.

Sur ce, il s'empara de sa bouche, prenant tout son temps, comme s'ils n'avaient rien d'autre à faire que se goûter et se découvrir l'un l'autre.

À un moment, la porte s'ouvrit ; une domestique poussa un petit cri étouffé. Ils s'embrassaient toujours quand la porte se referma.

Les lèvres de James glissaient parfois sur les joues de Theo, le lobe d'une oreille, revenant toujours à sa bouche. Les jambes flageolantes, elle marmonna quelques commentaires incompréhensibles, avant de s'entendre déclarer dans un souffle :

— Je n'arrive pas à croire que j'ignorais ressentir cela... Que serait-il arrivé si tu ne t'en étais pas aperçu à temps, James ? Si j'avais réussi à conduire Geoffrey à l'autel ?

Il détacha ses lèvres des siennes. Elle se cramponnait à lui, pressant son corps contre le sien, s'agrippant comme un chat.

Mais il la repoussa, et passa de l'autre côté du fauteuil.

— James, supplia-t-elle, la voix rauque de désir.

— Non.

Sa voix aussi vibrait de désir, mais il y avait quelque chose d'étrange dans son expression, une sorte de rage douloureuse dans son regard.

— Que se passe-t-il ? demanda-t-elle, soudain certaine que quelque chose clochait.

— Rien, mentit-il. Je dois rencontrer notre régisseur. Je n'ai pas envie qu'il croie que je ressemble à mon père qui le convoquait et le faisait parfois attendre des jours avant de le recevoir.

— Je comprends. Il n'empêche, je te connais suffisamment, James, pour sentir que quelque chose ne va pas. Je t'en prie, dis-moi de quoi s'agit-il ?

Mais il s'était déjà détourné. Elle acheva sa phrase face à une porte close.

8

Le cri d'horreur que poussa Amélie en découvrant deux moineaux confortablement installés sur la robe de mariée se transforma en désespoir quand Theo jeta sur son lit, les uns après les autres, les vêtements dont elle ne voulait plus.

À la fin, elle n'avait quasiment plus rien à se mettre, et ne s'était jamais sentie aussi excitée.

Après avoir enfilé une des rares robes rescapées, elle descendit prendre son petit déjeuner. James n'était toujours pas rentré, et elle se retrouva seule à table.

— Sa Grâce n'est pas là ? demanda-t-elle à Cramble tandis qu'un valet déposait une assiette d'œufs brouillés devant elle.

— Le duc est aux courses à Newmarket. Il ne sera pas de retour avant demain.

— Et ma mère ?

— Mme Saxby est partie tôt ce matin pour l'Écosse. Elle comptait rendre visite à sa sœur, je crois.

— Bien sûr ! Cela m'était complètement sorti de la tête. Oui, je prendrai deux tranches de ce jambon, merci. Cramble, voudriez-vous envoyer quelqu'un prévenir Mme Le Courbier que je passerai la voir cet après-midi ? Et puisque je suis seule, j'aimerais lire les journaux.

— Nous n'avons reçu que le *Morning Chronicle*, lady Islay. Je vous l'apporte tout de suite.

Tout au plaisir de s'entendre appeler par le titre de James, Theo entendit à peine la réponse de Cramble. Elle n'avait jamais pensé à James comme au comte d'Islay, ce qu'il était pourtant, bien sûr. Finalement, les paroles du majordome parvinrent à son cerveau.

— Juste le *Morning Chronicle* ? C'est curieux. Pourriez-vous envoyer chercher les autres journaux ?

— Je suis désolé, milady, mais je crains de ne pas pouvoir me passer de qui que ce soit pour le moment.

— Cet après-midi, dans ce cas.

— Je ne peux malheureusement pas vous le garantir, répondit Cramble, peu encourageant.

Theo repensa à ce que James lui avait dit concernant les biens du duché. Elle n'avait aucun mal à croire que son beau-père avait dilapidé une bonne partie de la fortune familiale. Le goût pour le jeu et les investissements désastreux du duc n'était-il pas de notoriété publique ?

Malgré tout, elle imaginait mal Ashbrook renoncer de bon gré à ses prérogatives. Il avait dû être acculé pour accepter de passer les rênes à James. Ce qui signifiait que la situation était alarmante.

Dès que James et le régisseur furent de retour, elle les rejoignit dans la bibliothèque. La tension qui régnait dans la pièce était presque palpable. James avait les cheveux en bataille, et l'air abattu, quant à M. Reede, il semblait à la fois contrarié et sur la défensive.

— Messieurs, les salua-t-elle en entrant. C'est très gentil de votre part de vous joindre à nous, monsieur Reede.

— C'est son travail, lança James d'un ton sec. Et s'il l'avait fait plus consciencieusement, nous n'en serions peut-être pas là.

— Je vous prie de me pardonner, milord, mais je vous rappelle que je n'avais pas le pouvoir d'empêcher Sa Grâce de prendre les décisions que vous désapprouvez.

— C'est exact, acquiesça Theo en s'installant près de James.

S'efforçant de ne pas se laisser distraire par le frôlement de son épaule contre la sienne, elle enchaîna :

— Alors, quelle est exactement l'ampleur du problème ?

— À ce niveau-là, ce n'est plus un problème, mais une catastrophe, répondit James. Mon père a réussi à nous conduire au bord de la faillite. Il a vendu quasiment tout ce sur quoi il pouvait mettre la main. Seuls les biens inaliénables ont échappé à ses griffes.

Theo posa la main sur son bras.

— Dans ce cas, c'est une excellente chose que tu aies pris les rênes, James. Tu te souviens des idées que nous avions pour rendre le domaine de Staffordshire autosuffisant ? À présent, nous pouvons les mettre en pratique.

Il lui adressa un regard où le désespoir le disputait à l'exaspération.

— Nous étions des enfants, Daisy. Nos idées étaient sans doute aussi pragmatiques que les projets stupides de mon père.

Manifestement, il était à bout de nerfs.

— Monsieur Reede, reprit-elle calmement, pouvez-vous m'indiquer précisément ce qu'il reste du domaine, et à combien se monte le total des dettes ?

Le régisseur lui lança un regard stupéfait.

— Je te l'avais dit, ricana James.

— Le domaine du Staffordshire est inaliénable, bien sûr, répondit M. Reede en se ressaisissant. De même que cette maison et l'île écossaise.

— L'île ?

— Islay, précisa James. Personne n'y a mis les pieds depuis des années. Je suppose que ce n'est rien de plus qu'un tas de rochers.

— Les dettes, en revanche, s'élèvent à trente-deux mille livres, continua M. Reede.

— Et les revenus de l'élevage et des autres activités ?

— Ils correspondent à peu près au montant de la pension annuelle allouée à Sa Grâce. La maison de Londres est également hypothéquée à hauteur de cinq mille livres.

— Et l'île ?

— Personne ne prêterait d'argent sur elle, intervint James. On n'y trouve rien d'autre qu'une prairie et une cabane.

— Sa Grâce possède également un navire qui a effectué plusieurs voyages aux Indes. Les cargaisons d'épices sont d'un très bon rapport. Lord Islay et moi-même avons passé la matinée sur le *Percival*, qui est actuellement en cale sèche suite au non-paiement des taxes douanières.

— Je croyais qu'on donnait généralement un nom de femme aux navires, s'étonna Theo.

— Sa Grâce a donné le sien à son vaisseau. En incluant les pénalités de retard, continua M. Reede, les charges liées au *Percival* se montaient à huit mille livres. Nous nous sommes acquittés de cette somme et la saisie a été levée. Mais si l'équipage, dont Sa Grâce a toujours payé les gages, est prêt à prendre la mer, le capitaine, lui, a déjà accepté le commandement d'un autre navire.

M. Reede tourna une page de son registre.

— Cela fait un total de quarante-cinq mille livres de dettes, conclut Theo. C'est vraiment beaucoup.

— Il y a un petit atelier de tissage dans Cheapside, indiqua M. Reede. Les Tissages de Ryburn rapportent environ trois mille livres par an.

— Pourquoi le duc ne l'a-t-il pas vendu ?

— Je crois qu'il a oublié son existence, répondit M. Reede, avant d'ajouter d'un ton hésitant : j'ai utilisé ces revenus pour payer les gages des domestiques et ceux de l'équipage du *Percival*.

— Et je suppose que vous avez pris soin de ne jamais lui parler de cet atelier. C'est très astucieux de votre part, monsieur Reede. Nous vous en remercions.

Elle donna un coup de coude à James, qui marmonna quelques mots incompréhensibles avant de se lever d'un bond, comme s'il ne pouvait supporter de rester assis une minute de plus. Il arpenta la pièce en fourrageant dans ses cheveux.

Préférant l'ignorer pour le moment, Theo se tourna de nouveau vers le régisseur.

— Personnellement, je serais pour régler toutes les dettes avec l'argent de ma dot, et trouver un moyen de rendre le domaine autosuffisant. Cela vous paraît-il possible ?

— J'ai souvent pensé qu'en investissant suffisamment dans l'élevage des moutons, on pourrait augmenter les revenus de vingt pour cent en assez peu de temps, disons, trois ans.

— Je me sentirais plus rassurée si nous variions les sources de revenus. L'une des activités auxquelles lord Islay et moi avions pensé autrefois était la céramique. Wedgwood a connu un grand succès avec l'argile du Staffordshire, et la moitié de nos terres est constituée d'argile. Je trouve les motifs de Wedgwood d'une niaiserie affligeante. Je suis sûre que nous pourrions faire mieux.

— Cela risque de demander de très grosses sommes au départ, fit observer M. Reede en jetant un coup d'œil inquiet en direction de James qui regardait par la fenêtre.

— Quoi que nous décidions, j'en ferai part à mon mari, le rassura Theo.

— Ne vous occupez pas de moi, lança James sans se retourner. Sur ce plan, vous êtes beaucoup plus à même que moi de juger ce qu'il convient de faire.

Il n'avait jamais été à l'aise avec les chiffres, ce qui ne l'empêcherait pas, une fois sur ses terres, d'avoir des milliers d'idées pour accroître la production de blé.

Et dès que l'atelier de céramique serait lancé, Theo était certaine qu'il prendrait en main tous les aspects pratiques. Il avait un vrai talent lorsqu'il s'agissait de parler aux paysans, sans doute parce que, d'une certaine façon, il les enviait.

— Que pensez-vous d'un projet de manufacture de porcelaine sur le domaine, monsieur Reede ? s'enquit Theo.

Le régisseur glissa un autre coup d'œil à James. Le front appuyé contre la vitre, celui-ci était l'image même du désespoir.

— En parallèle avec une extension de l'élevage de moutons, cela pourrait rendre le domaine très rentable, milady.

9

Plus la réunion avançait, plus James avait envie de sauter par la fenêtre de la bibliothèque et de courir en hurlant dans la rue. Il n'était qu'un imbécile qui ne saurait jamais administrer son propre domaine parce qu'il ne supportait pas les chiffres. Tandis que Reede continuait à discourir, James se tendait, en proie à un désir irrépressible de quitter la pièce.

C'était donc Daisy – Daisy qu'il avait trahie – qui avait passé deux heures à consulter les comptes, proposant idée après idée pour éviter la faillite. À un moment, il s'était tout de même rassis à la table, mais les chiffres avaient glissé sur lui aussi inexorablement que lorsqu'il arpentait la pièce.

Le problème n'était pas qu'il était mauvais en mathématiques ou en comptabilité ; il avait étudié l'un et l'autre à l'école. Mais sa concentration finissait toujours par lâcher, et au lieu de penser aux bénéfices que pourrait lui rapporter la vente de ses chevaux, il se retrouvait à chercher un moyen de réparer les écuries. Daisy et Reede comparaient les quantités de foin produites dans les champs du sud et ceux de l'ouest, se demandant si l'écart entre les deux pouvait être dû au ruissellement du cours d'eau. Sa seule contribution au sujet fut de préciser que le champ de l'ouest était plus difficile à faucher parce que situé à flanc de colline.

Il le savait pour avoir moissonné avec les paysans du domaine l'été dernier. Il avait gardé un souvenir ardent de cette journée harassante où, courbé en deux, il progressait sous le soleil brûlant au rythme du sifflement des faux. Le soir, il s'était couché fourbu, mais heureux comme jamais.

La vérité, c'était qu'il n'était bon qu'à cultiver la terre, car seules de longues heures d'exercice quotidien au grand air lui permettaient de dominer son caractère explosif. Or, il aurait préféré mourir plutôt que d'exposer ses proches au danger en lançant des statuettes en porcelaine à tout va.

Néanmoins, il aurait pu vivre avec son impéritie. Après tout, cela faisait des années que Daisy – Theo – se moquait de lui, et grâce à son affection enjouée, il avait fini par accepter le fait qu'il aimerait mieux se pendre que d'assister à un opéra.

La seule fois où il était resté allongé suffisamment longtemps pour écouter quelqu'un lire un livre entier à haute voix, c'était quand les médecins l'avaient contraint à demeurer cloîtré dans le noir suite à son inflammation oculaire. Cela dit, il serait sans doute sorti en cachette, au risque de devenir aveugle, sans la présence continue de Daisy qui prenait soin de lui et le faisait rire. Lu par elle, Shakespeare l'avait fasciné. Mais quand il voulut le découvrir par lui-même, les mots s'étaient mis à danser sur la page, et lui à penser à autre chose.

Enfin, l'entretien avec le régisseur s'acheva. Daisy raccompagna ce dernier et le salua avec une grande élégance, James se contentant de rester planté près d'elle, l'air morose.

— Quoi ? demanda-t-il lorsqu'elle l'entraîna de nouveau dans la bibliothèque. Je dois aller faire ma promenade à cheval, Daisy. Je n'ai pas encore eu le temps, et j'ai mal au crâne.

Il n'arrivait toujours pas à croire qu'il avait une femme. Et que cette femme était Daisy ! Sa Daisy. Il lui caressa la joue.

— J'adore tes pommettes hautes. On dirait une princesse russe.

Le compliment la toucha, il le vit dans son regard.

— Embrasse-moi, répondit-elle. *L'autre sorte* de baiser.

Il obéit.

Le pire, c'était que James s'était rendu compte que tout ce qu'il avait déclaré devant le prince de Galles au cours de cette incroyable soirée de mars, il le pensait. Daisy était *à lui*, il était bel et bien possessif, et il la voulait plus que toute autre femme au monde.

Sauf qu'à présent, rien ne serait jamais pur ni vrai entre eux. Alors, il l'embrassa avec une passion empreinte d'un tel mépris de lui-même qu'il eut l'impression de goûter son propre désespoir, avant de se détacher d'elle en marmonnant quelque chose à propos de son mal de tête.

Après une chevauchée effrénée, qui chassa la douleur de sa tête mais pas de son cœur, il déjeuna à son club. De retour à la maison, il gagna en hâte sa chambre, et s'allongea sur son lit, les yeux fixés sur le baldaquin, incapable de bouger, de réfléchir, ou même de dormir.

Au bout de plusieurs heures, son valet Bairley vint lui demander s'il comptait dîner. Apparemment, la comtesse était toujours chez sa modiste.

— Plus tard, marmotta James.

Il était en proie à ce genre de culpabilité et de désespoir que devaient éprouver les assassins. Surtout, il mourait d'envie d'envoyer un coup de poing dans la figure de son père pour avoir ruiné son mariage, son amour pour Daisy, son avenir. Son corps tremblait de haine lorsqu'il songeait à cet homme égoïste et négligent qui avait gâché leurs vies.

Un peu plus tard, Bairley frappa de nouveau.

James se redressa à contrecœur.

— Je suppose qu'il est temps de s'habiller pour le dîner.

— Oui, milord. Votre bain est prêt. Mais M. Cramble pense que vous devriez savoir que…

Visiblement embarrassé, Bairley n'acheva pas sa phrase.

— Quel est le problème ? s'enquit James. Mon père est-il revenu des courses ?

— Non, milord. C'est au sujet des journaux.

— Eh bien ?

— Ce matin, M. Cramble a dit à la comtesse que nous ne les avions pas reçus. En réalité, il les a portés dans la bibliothèque pour que vous les lisiez.

— Très bien. Je ne les ai pas vus. Mais pourquoi diable Cramble a-t-il raconté une chose pareille à ma femme ?

— C'est à cause de ce qu'ils ont écrit sur le mariage, enfin, sur lady Islay. Il voulait vous les montrer avant.

James secoua la tête.

— Pour l'amour du ciel, qu'est-ce que ces journaux ont dit à propos de mon épouse ? En quoi notre mariage les intéresse-t-il ?

— C'était le mariage de la saison, rappela Bairley d'un ton de reproche. Les descriptions de la cérémonie et de la réception sont très élogieuses. Tout le monde a admiré le carrosse doré et les valets de pied en livrée noir et or.

— J'ai l'impression de devoir vous tirer les vers du nez, Bairley, fit remarquer James en ôtant son gilet. Avez-vous choisi ma tenue pour ce soir ?

— M. Cramble pensait servir le dîner dans les appartements de la comtesse dans sa chambre, déclara Bairley d'une voix un peu bredouillante. Vous pourriez dîner en privé avec elle. Au moment où vous le souhaiterez, bien entendu.

D'ordinaire, son valet avait un vocabulaire très distingué ; le fait qu'il emploie une formule aussi familière que « en privé » était le signe d'un réel problème. Une vague de panique, aussitôt transformée en bouffée de colère, envahit James.

— Bon sang, Bairley, allez-vous vous décider à me dire ce qui se passe ?

— Les journaux l'appellent « la si vilaine duchesse », répondit le domestique d'un ton accablé.

— Pardon ?

— En référence à ce conte *Le Vilain Petit Canard*. Je vous en prie, milord, ne parlez pas trop fort, la comtesse est à côté. Elle s'est retirée dans sa chambre juste après être rentrée de chez sa modiste.

— Quand vous dites « les journaux », duquel en particulier parlez-vous ? demanda James en jetant sa chemise sur le lit.

Daisy devait être dans tous ses états. Ils n'étaient tous que de vils menteurs. Il tuerait les auteurs de l'article de ses propres mains et ferait arrêter les presses le lendemain à la première heure.

— Tous, avoua Barley. À l'exception du *Morning Chronicle* qui a écrit qu'elle avait la majesté d'un roi.

— Très bien, fit James, décidant d'épargner le *Morning Chronicle*.

Il ouvrit ses culottes d'un coup sec, arrachant un bouton.

Bairley courut le ramasser.

— J'aurai des rétractations et des excuses de chacun d'entre eux demain matin, ou je jure de mettre le feu à leurs bureaux moi-même, déclara James entre ses dents. Avoir un duché donne un certain pouvoir, et je compte bien l'utiliser pour les détruire.

— Oui, milord.

Bairley récupéra le bouton et se détourna pour sortir le costume de l'armoire.

— Malheureusement, annonça-t-il après l'avoir posé avec soin sur le lit, d'après sa femme de chambre, la comtesse aurait vu les journaux dans les kiosques en se rendant chez sa modiste.

— Oh, pour...

James s'interrompit.

— Lady Islay est sortie et a vu tout cela, et maintenant... où est-elle ?

— À côté, répéta Bairley. Elle est montée directement dans sa chambre. M. Cramble a dit qu'elle était blême.

— Où est sa mère ?

— Mme Saxby est partie ce matin pour l'Écosse, avant que les journaux soient livrés.

James jeta ses culottes et ses sous-vêtements sur la courtepointe.

— Le temps de prendre un bain rapide et j'irai voir ma femme, lança-t-il par-dessus son épaule. Dites à Cramble de ne pas monter avant que je le sonne. Même chose pour la femme de chambre de la comtesse.

Quelques minutes plus tard, il enfilait un peignoir et se dirigeait vers la porte qui séparait sa chambre de celle de Theo.

10

Theo était si accablée qu'elle n'avait même plus de larmes pour pleurer. Alors qu'elle se rendait chez sa modiste à Piccadilly, elle avait bien remarqué un attroupement devant Hatchards, mais comment aurait-elle pu deviner que les éditions spéciales affichées en vitrine avaient un rapport avec elle ?

Ce n'est que sur le trajet du retour, lorsque la voiture avait ralenti devant un kiosque à journaux qu'elle avait aperçu l'illustration. Elle avait envoyé alors un valet de pied acheter tous les journaux – ceux-là mêmes qui, à en croire le majordome, n'avaient pas été livrés.

Jamais elle n'aurait imaginé qu'on pût se montrer aussi cruel. Non seulement, les dix, vingt, ou quel que soit leur nombre, personnes qui avaient écrit, édité et approuvé ces articles, mais aussi tous ceux qui avaient passé la nuit à graver son portrait affublée de cette horrible robe. Mais, bien sûr, ce n'était pas la robe le problème.

Il suffisait qu'elle tourne la tête pour voir son visage dans la vitre. Un visage anguleux, avec ces pommettes hautes que James aimait tant, mais également un nez droit, une mâchoire forte et quelque chose d'indéfinissable dans le profil qui, au final, donnait… une si vilaine duchesse, voilà ce que cela donnait.

Quand la porte de communication s'ouvrit à la volée, Theo ne leva même pas la tête.

— Je préférerais rester seule pour l'instant, articula-t-elle avec difficulté. Je vais très bien. Je n'ai même pas versé une larme sur ces articles ridicules. Ce sont des bêtises, voilà tout.

Bien entendu, James ne l'écouta pas. Du coin de l'œil, elle perçut un mouvement, et se retrouva soudain sur ses genoux.

— Je suis trop lourde pour m'asseoir sur toi, s'écria-t-elle. En plus, tu n'es pas vêtu convenablement, ajouta-t-elle en découvrant que son peignoir s'était ouvert et qu'elle était plaquée contre son torse nu.

James ignora également cette remarque.

— Ces salauds impudents ! Dès demain matin, je réduis leurs presses en miettes ! lança-t-il, la voix vibrante de fureur.

— Détruire les presses ne servirait plus à rien, à présent, fit-elle valoir.

Mais elle appuya la tête contre sa poitrine, le laissant tempêter contre les vauriens qui s'en étaient pris à elle. James, de même que sa mère, ne la voyait pas comme le reste du monde, et c'était très réconfortant.

Ne la comparait-il pas à une fleur ? Une marguerite ! Elle avait beau ne pas trop penser à son physique, elle savait depuis longtemps qu'elle n'avait rien d'une marguerite ou d'une pâquerette. L'adjectif qui décrivait le mieux son visage était « sévère ».

Qui avait jamais vu une marguerite sévère ?

— Crois-tu que je pourrais être enceinte ? demanda-t-elle lorsqu'il s'arrêta pour reprendre son souffle.

James émit un drôle de bruit, entre déglutition et toux.

— Quel rapport avec cette affaire ? J'espère bien que non. Je ne suis pas prêt pour la paternité. Et vu le modèle désastreux de mon père, il est possible que je ne le sois jamais.

— Je sais que nous sommes jeunes, dit Theo. Mais si je portais un enfant, ma silhouette se transformerait. J'aurais davantage de formes. Nous pourrions peut-être réessayer cette nuit.

James la dévisagea en fronçant les sourcils.

— Tu veux dire que tu espères avoir la même allure bovine que certaines femmes ? Des *pis* à la place des seins ?

Son dégoût était visiblement sincère, et extrêmement plaisant.

— Leur taille est parfaite, ajouta-t-il en posant la main sur sa poitrine. Exactement celle d'une paume masculine. De *ma* paume.

Coupée pour se promener en ville, la toilette que Theo portait lui aplatissait un peu la poitrine. Malgré tout, la main de James s'incurvait joliment autour du globe de son sein. Elle n'aurait su dire pourquoi, mais cela l'apaisa, jusqu'à ce que la réalité lui revienne d'un coup.

— Je crois que je ne pourrai plus jamais sortir de cette maison, désormais. Partout où j'irai, les gens m'appelleront « la si vilaine duchesse ». Tu sais que c'est vrai. Même s'ils ne me le disent pas en face, ils le penseront. Je ne le supporterai pas. Je n'en aurai pas la force.

Les doigts de James se crispèrent un peu sur sa poitrine, puis il l'enlaça de nouveau.

— Ce sont tous des imbéciles, murmura-t-il dans ses cheveux. Tu *es* belle.

— Non, répondit-elle, le cœur serré. Mais c'est gentil de me le dire.

— Je ne le dis pas pour te faire plaisir, s'indigna-t-il, haussant le ton. Je le pense !

— Je te rappelle que tu as pris la décision de contrôler tes colères lorsque tu auras atteint vingt ans.

— Quel homme ne serait pas fou de rage si on insultait ainsi son épouse ? Dès demain, j'irai voir un par un les responsables de ces torchons auxquels on donne le nom de journaux, je les saisirai à la gorge, et je...

Theo posa les doigts sur les lèvres pour le faire taire.

— C'est trop tard, James. Les illustrations sont partout. J'ai vu un attroupement de badauds bouche bée devant la vitrine de Hartchards. Et sur le trajet du retour, j'ai découvert qu'un portrait de moi affublée de cette robe horrible était affiché partout. Je porterai ce surnom toute ma vie.

— Pas du tout, protesta James. Des tas de gens ont eu des surnoms déplaisants. Richard Gray était surnommé « Petit calibre » à une époque, et Perry Dabbes – désormais, lord Fentwic –, « Petit bigorneau ». Qui s'en souvient aujourd'hui ?

— Toi, répondit Theo. Ces surnoms te sont revenus à l'esprit sans que tu aies à chercher. Et je suis certaine que beaucoup pensent « Petit Bigorneau » chaque fois qu'ils croisent lord Fentwick.

Elle hésita un instant avant de demander :

— C'était en référence à la taille de son organe viril ?

— Je le crains.

— J'aurais pourtant cru que c'était un avantage qu'il soit petit. En tout cas, du point de vue des femmes.

James lâcha un petit rire amusé.

— Dois-je en conclure que tu as eu mal cette nuit ?

— En effet, admit Theo. Je préférerais que tu aies un « petit bigorneau ».

— Je suis content que ce ne soit pas le cas, même si je suis vraiment désolé de t'avoir fait mal, Daisy.

— Ce que je veux dire, c'est que la taille de leur organe n'a pas d'importance. Au moins, eux, ils ne sont pas laids. C'est la pire remarque que l'on puisse faire à propos d'une femme.

James resserra son étreinte.

— Tu n'es pas laide, Daisy. Est-ce que tu me trouves laid ?

Elle leva les yeux vers lui.

— Tu es à couper le souffle, et tu le sais.

— Peut-être, mais je m'en moque. Il n'empêche, un homme a sa fierté. Comment diable peux-tu croire que j'aurais épousé une femme laide ?

« Parce que c'est ce que tu as fait », faillit répondre Theo, avant de se raviser : elle n'avait aucune envie de le convaincre qu'elle était laide.

— Je ne me serais jamais marié avec un laideron, poursuivit James avec la superbe assurance d'un futur duc beau comme un dieu. J'ai un certain orgueil, tu sais. Je t'ai épousée parce que tu es adorable, et belle, et que tu ne ressembles pas aux autres filles.

Theo renifla. Elle n'avait pas pleuré en lisant les journaux, mais là, elle sentait les larmes lui monter aux yeux.

— Comment cela, je ne ressemble pas aux autres filles ?

— Les frous-frous roses et les dentelles, tu sais.

— Mais c'est exactement Bella que tu me décris, objecta-t-elle.

Se raidissant soudain, elle demanda :

— Tu ne la vois plus, n'est-ce pas ?

— Je lui ai dit adieu le lendemain du jour où je t'ai demandée en mariage. Je lui ai offert un collier d'émeraudes, ce dont je me serais abstenu si j'avais su que le domaine était couvert de dettes.

Il lui caressait les cheveux comme on caresse un chat pour l'apaiser.

— Ce n'est pas grave, commenta Theo dans un élan de générosité. Je suis sûre qu'elle n'a pas une vie facile. Mais reconnais qu'il n'y a pas la moindre ressemblance entre elle et moi.

— Une maîtresse n'a rien à voir avec une épouse. Je ne supporterais pas ce rose à longueur de journée à la maison. D'autre part…

Sa main glissa sur sa poitrine.

— Je n'aimais pas trop ses seins, pour être franc. J'avais l'impression qu'ils allaient m'étouffer.

Theo lâcha un petit rire éraillé. Comme il continuait à lui caresser la poitrine, elle demanda :

— Pourquoi fais-tu ça ? Ça me fait un drôle d'effet.

— Tu devrais te déshabiller, suggéra-t-il. Ainsi, nous serions deux à éprouver ce « drôle d'effet ».

— James ! Personne ne fait ce genre de chose à cette heure-là.

— La nuit est presque tombée, indiqua-t-il en jetant un coup d'œil à la fenêtre. Et je suis certain que les gens le feraient à longueur de journée s'ils avaient la chance de ne pas partager leur maison avec une ribambelle de domestiques.

— Tu aimerais ne pas avoir de domestiques ?

Il frotta la pointe de son sein du pouce. Malgré ses vêtements, la sensation fut si vive qu'elle tressaillit.

— C'est agréable ?

— Je suppose, répondit-elle, hésitante.

— Je regrette de ne pas être né paysan, déclara James d'un ton presque féroce. Je pourrais agir à ma guise, épouser qui j'ai envie, et vivre au grand air sans avoir à passer des heures enfermé avec un type comme Reede, qui me considère comme un véritable idiot. Ce que je suis, d'ailleurs.

— Absolument pas, se récria Theo. Tu sais très bien que tu aurais pu faire partie des meilleurs à Oxford si tu étais resté plus d'un an.

— Sauf que j'aurais d'abord sauté dans le lac les poches remplies de pierres.

— Ce n'est pas le sujet. Ce que je veux dire, c'est qu'à Eton, tu étais le premier de ta classe chaque fois que tu t'en donnais la peine.

— Dieu merci, cette époque est révolue !

Il recommença à la caresser, ce qui, admit-elle en son for intérieur, était plutôt agréable. Elle envisagea même de retirer sa robe, si scandaleux cela fût-il.

— Donc, tu aimerais vraiment être paysan ?

— Oui.

— Tu as épousé qui tu voulais, fit-elle remarquer. Ta déclaration a été un choc pour tout le monde.

Les doigts de James se crispèrent sur son sein.

— Oui. À vrai dire, j'ai encore du mal à réaliser que je suis marié. Mais ce dont je suis sûr, c'est que je n'aurais pas pu épouser une autre que toi.

— En tout cas, j'aurais détesté être femme de paysan, je suis ravie que tu sois né pour devenir duc. Ce doit être épuisant de cuisiner, nettoyer et s'occuper du feu à longueur de journée. Je préfère réfléchir à la création d'une manufacture de porcelaine. Et que penses-tu de mon idée de spécialiser les Tissages de Ryburn dans la production d'étoffes inspirées de l'époque élisabéthaine ?

— Je la trouve excellente. Je suppose que ce qui me plairait dans le fait d'être paysan, c'est de vivre dehors et de ne plus avoir à porter ces cravates empesées autour du cou. Je déteste l'amidon.

— Nous sommes si différents ! s'exclama Theo.

Elle avait beau le savoir depuis toujours, cela la frappait de nouveau.

— J'adore les vêtements, et je trouve que, utilisé à bon escient, l'amidon peut créer un superbe effet. Avec Mme Le Corbusier, ma modiste, nous avons imaginé une nouvelle manière de l'employer pour durcir les plis. Elle en a mis sur les poignets et le col d'une robe en serge de soie cerise, qu'elle galonnera afin qu'elle ressemble aux uniformes de la cavalerie royale.

— Je ne me rappelle pas avoir remarqué des plis sur leur tunique, commenta James d'une voix traînante.

Il l'avait légèrement penchée vers l'avant, et elle se rendit soudain compte qu'il déboutonnait le dos de sa robe avec dextérité.

— James, nous ne pouvons pas faire cela, protesta-t-elle en tournant la tête vers lui.

— Faire quoi ? Je n'ai pas le droit d'être assis avec ma femme sans que nous soyons encombrés par nos vêtements ? Tu sais qu'il existe certaines sectes où les gens font cela tout le temps. Mon cousin m'a parlé de l'une d'elles au club l'autre jour.

— Pas ton cousin Pink, dit-elle en le laissant continuer à déboutonner sa robe.

Car sous son calme apparent, elle bouillonnait intérieurement à l'idée de se retrouver nue sur les genoux de James.

— Il préfère qu'on l'appelle Pinkler-Ryburn, précisa-t-il en s'attaquant au dernier bouton.

Il repoussa le corsage. Elle l'abaissa jusqu'à la taille pour libérer ses bras.

— Je ne le supporte pas, déclara-t-elle.

— J'ai du mal à comprendre pourquoi. Après tout, vous partagez la même passion pour le style et la mode.

— Cela n'a aucun rapport. Il se contente de suivre bêtement les idées lancées par d'autres. Et il a l'air ridicule. Le col de la veste qu'il portait au mariage était si haut qu'il ne pouvait même pas tourner la tête. Et tu as vu la doublure de satin rose ? Il en était tellement fier qu'il n'arrêtait pas d'écarter les pans pour être sûr que tout le monde la remarque.

— C'est un dandy, mais quand on le connaît, on se rend compte que ce n'est pas un mauvais bougre. Pourquoi ne portes-tu pas une de ces espèces de corsets ?

— Je n'en ai pas besoin, répondit Theo avec une pointe de fierté. Ils sont censés aplatir le ventre, or, je n'en ai pas.

— Tu en as, contra James en la ramenant contre lui.

Il glissa la main sur sa chemise depuis le cou jusqu'au ventre.

— Là, dit-il, comme un chemin menant directement à l'endroit où tout homme rêve de se retrouver.

Theo se tortilla, tiraillée entre l'envie de bondir de ses genoux et l'envie qu'il descende plus bas.

— J'ai une idée, articula-t-elle, le souffle court.

— Je t'écoute.

La main de James descendit encore un peu.

— Eh bien, dans le conte, le vilain petit canard finit par se transformer en cygne, n'est-ce pas ?

James la mit debout et tira sur sa robe pour la faire tomber à ses pieds.

— Comment enlève-t-on cette chemise ?

— Il y a deux boutons tout en haut, indiqua-t-elle en soulevant ses cheveux pour les lui montrer.

— Parle-moi de ce cygne, proposa-t-il en la rasseyant sur ses genoux.

— J'y pense depuis des mois. En fait, depuis que j'ai fait mon entrée dans le monde et que maman m'oblige à m'affubler de tous ces frous-frous blancs.

— Comme cette robe que tu as jetée par la fenêtre ?

— Oui, comme ma robe de mariée. Es-tu vraiment en train de déboutonner ma chemise ? demanda-t-elle, sottement puisqu'elle sentait ses doigts sur sa nuque.

— Oui.

— Mais Amélie peut entrer à tout moment, s'affola-t-elle. Il est quasiment l'heure de s'habiller pour descendre dîner.

— J'ai ordonné à mon valet de chambre d'empêcher quiconque de pénétrer ici tant que nous ne sonnerons pas. Nous dînerons ici.

— Ah.

À la perspective de dîner avec James dans un cadre aussi intime – encore qu'ils se rhabilleraient sûrement –, son pouls s'emballa.

— J'ai l'intention de créer mon propre style de vêtements, annonça-t-elle, revenant à son sujet. Ce qui est le contraire de ton cousin Pink qui se contente d'imiter les autres dandys.

— Cela semble une bonne idée.

James avait fait glisser la chemise sur ses épaules.

Theo eut un moment de panique, puis le laissa faire. Il l'obligea de nouveau à se lever pour lui ôter son vêtement. Sans un mot, il la ramena contre lui, comme si elle n'avait pas été presque nue.

— C'est charmant, commenta-t-il avec une pointe de satisfaction dans la voix en suivant du doigt le bord de sa culotte en dentelle.

— C'est moi qui l'ai dessinée. Elle est en taffetas avec un double feston de dentelles.

— Où puises-tu ton inspiration ? lui chuchota-t-il à l'oreille en posant la main sur son genou.

Il n'avait pas l'air de regarder la dentelle, mais comment le lui reprocher alors qu'elle-même avait presque perdu le fil de son explication ? Elle était fascinée par le contraste entre la main de James brunie par le soleil et la blancheur de sa propre peau.

— Chez les Grecs, répondit-elle.

— Évite tout de même la barbe, plaisanta-t-il. En outre, je te rappelle que tu es ma femme à présent, tu ne devrais pas regarder les autres hommes.

Le ton de James était possessif et elle ne put s'empêcher d'en ressentir de la joie.

— Je ne parle pas des hommes, mais des vêtements de la Grèce antique, précisa-t-elle avec un petit rire.

Elle se sentait d'autant plus nue que James portait toujours son peignoir. Et qu'elle sentait quelque chose de dur sous ses fesses.

— Tu n'es pas un petit bigorneau, fit-elle observer.

James s'esclaffa.

— Tu as raison.

Il semblait heureux tout à coup, débarrassé de cette gravité qui n'avait pas quitté son regard depuis la cérémonie du mariage.

Elle sauta de ses genoux et lui fit face, les mains sur les hanches.

— Il serait temps que tu retires ton peignoir, non ?

Quel bonheur de voir ses yeux étinceler comme s'il s'apprêtait à la dévorer ! Finalement, elle parviendrait peut-être à vivre dans un monde où on la trouvait laide si James, lui, la désirait.

Elle se rapprocha et se pencha pour dénouer la ceinture de son peignoir. Le regard de James était brûlant et avide.

— Donc, c'est un « bigorneau » si ce n'est pas un « petit bigorneau » ? demanda-t-elle, malicieuse, en effleurant son sexe, qui jaillit à l'instant où elle écarta le tissu.

James émit un rire rauque.

— Tu peux l'appeler comme tu veux tant que tu continues…

Il n'acheva pas sa phrase.

Elle fit courir ses doigts sur toute la longueur de sa virilité, s'accroupissant pour mieux le regarder.

— Cette nuit, je ne m'étais pas rendu compte qu'il était aussi gros, commenta-t-elle d'une voix faible.

Sa seule vue lui provoquait un léger élancement entre les cuisses.

— Mais pas trop gros pour toi, déclara James.

Il haletait un peu.

— Peut-être pourrais-tu enlever ta culotte, vu que nous nous déshabillons tous les deux, Daisy.

Une partie d'elle-même aurait préféré que ce « bigorneau » ne s'approchât plus d'elle. Mais il s'agissait de James, alors elle hocha la tête et se redressa. Au moment où elle se tournait pour atteindre les agrafes fermant son sous-vêtement, James laissa échapper un son rauque. Du coin de l'œil, elle vit son sexe tressaillir. Il ne la trouvait pas laide.

Avant de défaire les agrafes, elle prit le temps d'ôter les épingles de ses cheveux, qui retombèrent sur ses épaules et ses seins en mèches couleur de miel et d'ambre.

— Daisy, murmura James.

— Ma culotte est fermée par de petites agrafes, expliqua-t-elle en dissimulant un sourire. Je dois les ouvrir délicatement pour ne pas déchirer la dentelle.

Alors, très lentement, elle défit la première agrafe. Le tissu glissa un peu sur son ventre. La deuxième… Elle jeta un coup d'œil furtif à James : il était magnifique, et intimidant. À la troisième agrafe, la culotte glissa sur ses hanches, mais elle la retint.

— Lâche-la, ordonna James dans un souffle.

Il tremblait d'impatience.

Elle lui sourit, se sentant brusquement toute-puissante.

— « S'il te plaît », précisa-t-elle.

Ignorant sa requête, il tendit les mains, et en un clin d'œil, le sous-vêtement glissa jusqu'à ses pieds, révélant le triangle de boucles claires au creux de ses cuisses.

— Tu n'as pas besoin de porter ce genre de choses, dit-il en la dévorant des yeux.

— J'en porte parce qu'elles sont scandaleuses. Maman refuse que je suive la mode française, sauf en matière de sous-vêtements. Bien que maintenant ce genre de règle n'a plus lieu d'être puisque je n'ai plus à lui obéir. Je peux m'habiller comme il me plaît.

— Je préfère t'imaginer sans rien sous tes robes. Pas de corset, pas de culotte… Juste toi, afin que je puisse te toucher dès que j'en ai envie. S'il te plaît, ne mets plus rien.

Theo écarquilla les yeux, incrédule.

— Tu ne ferais pas cela !

— Que dirais-tu de revenir sur mes genoux pour en discuter ? suggéra-t-il en se débarrassant de son peignoir.

Il se rassit, pas le moins du monde gêné par sa nudité… triomphante.

En vérité, sous son regard, Theo se sentait à l'aise et confiante, comme si elle-même ne se tenait pas devant lui dans le plus simple appareil.

— Pourquoi ne viens-tu pas me chercher ? le défia-t-elle. Autant me montrer tout de suite comment tu comptes me convaincre de ne plus porter de culotte. Ce à quoi tu ne parviendras pas.

Sur ce, sans même un regard, elle se dirigea vers l'autre extrémité de la chambre.

James ne courut pas ; il se contenta de se lever et s'avança vers elle d'un pas tranquille tel un tigre certain de capturer sa proie. Il ressemblait à un félin, d'ailleurs : souple, puissant, vivant, avec des muscles noueux sur lesquels jouait la lumière. Et son sexe... Le seul fait de le contempler lui donnait la fièvre et l'emplissait de désir.

Un rire nerveux lui échappa de ses lèvres comme il se rapprochait.

— C'est tellement différent de cette nuit !

— Pourquoi ? demanda James. Maintenant ne bouge plus, Daisy. Ne bouge plus.

Elle effectua un petit bond de côté au dernier moment, et courut de l'autre côté du lit.

— Parce que nous nous regardons, répondit-elle.

— Je t'ai tout le temps regardée, confia-t-il d'une voix grave en la suivant. Depuis l'époque où tes seins ont commencé à pousser, je te regarde. Mais je ne m'étais jamais autorisé à m'avouer l'effet que cela me faisait. Pourtant, j'ai vécu un enfer lorsque tu as eu seize ans et que tu as commencé à porter des décolletés plus profonds le soir.

Theo recula.

— Tu plaisantes ?

Les lèvres de James s'incurvèrent sur un sourire carnassier.

— J'ai caché mon érection sous ma serviette de table pendant des mois. Des mois !

— Je n'en avais aucune idée.

Sous le choc, elle s'immobilisa un instant. Cela suffit pour qu'il l'attire dans ses bras.

Ce fut comme s'ils se touchaient pour la première fois. La nuit dernière, quand ils avaient consommé leur mariage, ils étaient restés dans le noir et n'avaient quasiment pas échangé un mot. Theo était tout à la fois intimidée, fascinée et effrayée, pour oser dire quelque chose.

Quand le torse de James lui frôla les seins, un frisson la secoua. Elle referma les bras autour de son cou.

— Tu avais vraiment envie de moi ? s'émerveilla-t-elle. À table, devant tout le monde. Sincèrement ?

— Bien sûr.

La saisissant par les hanches, il la pressa contre lui.

— Seigneur, Theo, tu étais assise en face de moi à chaque repas, avec tes seins qui pointaient, suppliant qu'on les touche. Tu te rappelles ce jour où tu as renversé un verre d'eau sur ton décolleté ?

Elle secoua la tête. Elle avait le souffle court et du mal à réfléchir. Chaque fois qu'il l'effleurait, une onde de chaleur l'envahissait.

— Au contact de l'eau, tes mamelons ont durci. Et je ne cessais de me dire qu'ils voulaient cela, expliqua-t-il en prenant l'un de ses seins en coupe.

Ils baissèrent spontanément les yeux sur ces doigts si bruns sur sa peau claire.

James recula et se laissa tomber sur le lit, l'entraînant avec lui. Il la fit rouler sous lui, et, l'instant d'après, sa bouche s'emparait de la sienne. Theo sentit des volutes de plaisir s'enrouler autour de ses jambes.

Elle rejeta la tête en arrière et se cambra contre James, avec l'impression enivrante de voir ses seins avec ses yeux à lui, de les goûter avec sa langue, les toucher avec ses doigts. Elle savait avec une absolue certitude que sous son regard et entre ses mains, sa poitrine avait la taille et la forme idéales. Il gémit, et passa à l'autre sein, l'adorant avec cette même dévotion qui la rendait folle.

— Oh, James ! s'entendit-elle crier. James…

Pour James, ces cris inarticulés étaient comme un cadeau du ciel. Theo l'aimait. Elle lui pardonnerait. Elle éprouvait du plaisir. Pour la première fois depuis leurs fiançailles, son cœur se fit moins lourd.

— Que veux-tu, Daisy ? demanda-t-il. Dis-le-moi.

— Je ne sais pas, balbutia-t-elle. Mais, James…

— Oui ?

Il s'enfonça un peu plus dans le berceau de ses hanches. Retenant son souffle, il recommença, lentement, sans jamais cesser de lui caresser les seins.

Elle tremblait sous lui. Son regard si intelligent brillait de désir, ses longs bras élégants s'agrippaient à lui. Il aurait parié la fortune qu'il n'avait pas que ces demoiselles mignonnes et délicates qu'elle enviait tant n'apparaîtraient jamais aussi délicieuses qu'elle en cet instant. C'était impossible.

— Tu es tellement belle, déclara-t-il avec ferveur. Regarde-toi, Daisy. Ta peau de satin et tes membres si souples. Et ces seins fabuleux aussi appétissants que la pomme qu'Eve offrit à Adam.

— Eve n'a pas offert ses *seins* à Adam, répliqua-t-elle, une lueur malicieuse dans les yeux.

James se redressa, à califourchon sur elle.

— Peut-être que si. Peut-être étaient-ce eux les pommes du paradis. Des seins identiques aux tiens, délicieux, créés pour rendre les hommes fous.

Elle le regardait avec amusement. Amusement, joie et désir.

— J'aimerais te voir avec cette expression chaque matin, murmura-t-il en déposant un baiser sur ses lèvres. Chaque soir, et chaque après-midi.

— Moi aussi, je t'ai beaucoup regardé ces dernières années, avoua-t-elle en lui caressant les épaules. Chaque fois que tu rentrais pour les vacances tu avais grandi, et tu avais tout le temps faim.

Il mourait d'envie de caresser la petite touffe entre ses jambes. Bella ne le lui avait jamais autorisé. « Pas de doigts dégoûtants près de mon trésor », déclarait-elle en lui donnant une tape sur la main. Ce qui ne le dérangeait pas.

Mais avec Daisy, c'était différent. Il avait envie de la regarder fondre de plaisir, de sentir son désir.

— Et maintenant, tu commences à t'élargir, poursuivit-elle en laissant courir ses doigts sur son torse.

James baissa les yeux. Il ne se faisait pas d'illusions sur son corps.

— J'ai les bras musclés, mais mon torse l'est beaucoup moins. Tu devrais voir les types qui font régulièrement de la boxe au Gentleman Jackson's Saloon.

— Je t'aime tel que tu es. Certains hommes ressemblent à des taureaux. Ils ont une poitrine et des cuisses si impressionnantes qu'ils donnent aux femmes envie de s'enfuir en courant pour ne pas se retrouver écrasées sous leur poids.

Elle dessina des volutes sur ses biceps.

— Tu es musclé sans être grotesque. Magnifique, ajouta-t-elle dans un murmure.

Puis elle se redressa pour couvrir ses bras de petits baisers. Alors qu'il était encore tout troublé par son geste si tendre, elle approcha les lèvres de son mamelon et le lécha.

James poussa une sorte de râle ; elle le regarda avec un mélange d'espièglerie et de désir. Puis lui lécha l'autre mamelon. Et le mordilla.

Tremblant de tous ses membres, James tomba sur elle à peu près aussi gracieusement qu'un arbre qui chute. Elle poussa un cri de surprise, mais son corps était souple et accueillant sous le sien.

— Es-tu... prête, Daisy ? parvint-il à articuler.

Elle plissa légèrement le front.

— Tu peux m'embrasser encore ?

— Oh que oui !

Son sexe palpitait contre les cuisses de Daisy, mais il s'inclina sur elle. Embrasser Daisy ne ressemblait à rien de ce qu'il avait connu. Non qu'il eût embrassé beaucoup de femmes, loin de là. Mais quand il embrassait Bella, il n'attendait qu'une chose : plonger en elle, sentir sa tiédeur soyeuse, puis aller et venir. Le plus rapidement possible. « Plus vite ! » l'encourageait-elle toujours.

Avec Daisy, c'était différent. Elle était à la fois douce et grisante. Quand il s'emparait de ses lèvres, sa tête devenait vide, et il ne pensait qu'à l'instant présent sans se soucier d'aller vite ou lentement.

Avec elle, les minutes étaient comme des gouttes de miel, et il pouvait passer une heure à jouer avec sa langue, lécher et mordiller en s'enivrant de ses gémissements, du velouté de sa peau.

Au bout d'un moment, leurs doigts se séparèrent, et ceux de Daisy jouèrent une symphonie sur ses épaules, son dos. Il se positionna à l'orée de l'endroit où il désirait être. Elle était tiède et douce.

— J'aimerais te toucher là, Daisy, murmura-t-il, incertain.

Retenant son souffle, il attendit de voir si elle serait aussi choquée à cette idée que l'était Bella.

— Mes mains sont propres, ajouta-t-il.

— Pourquoi pas ? répondit-elle, le regard brûlant de désir… et d'amusement ! Je l'ai bien fait !

Un son, presque un sanglot, monta de sa gorge tandis qu'un mélange de passion et de gratitude le submergeait. Et déjà il la touchait. Et elle était aussi soyeuse, aussi humide et moelleuse qu'il l'imaginait.

— Ça te plaît ? interrogea-t-il, le corps en feu, plus concentré qu'il ne l'avait été de sa vie.

En réponse, elle se cambra et lui agrippa les bras en gémissant.

Il essaya autre chose. À raison, apparemment, car soudain, elle devint liquide autour de ses doigts, gonflée et encore plus accueillante. Il mourait d'envie de l'embrasser là, si elle était d'accord. Manifestement, elle aimait ses caresses. Paupières closes, elle laissait échapper de longs soupirs lascifs. Peut-être pourrait-il la convaincre que sa langue serait encore plus agile que ses doigts…

Il appuya un peu plus fort ; elle ouvrit les yeux. Puis elle lui saisit la main et la plaça un peu plus bas.

— C'est trop, haleta-t-elle. Cela devient presque douloureux.

— Ici ? souffla-t-il.

Il poussa doucement le pouce à l'intérieur de son fourreau mouillé. Elle était si étroite qu'il semblait impossible que son sexe ait pu entrer en elle la veille.

Elle cria. Il força le passage – oh à peine ! – encore et encore, jusqu'à ce qu'elle se cambre, tremble, hurle et lui serre les bras à lui faire mal. Ce fut le moment le plus fascinant de sa vie : il la sentit jouir autour de son pouce. C'était d'un érotisme affolant, et il comprit que Bella n'avait jamais rien ressenti de la sorte, du moins pas avec lui.

Il prit brusquement conscience que si Daisy réagissait ainsi quand il serait en elle, il ne serait plus question pour lui de vitesse, mais de plaisir. Son plaisir à elle.

Puis cette pensée fut bientôt emportée par l'idée un peu brumeuse que maintenant, maintenant il… Il se redressa un peu, et se frotta assez maladroitement de bas en haut contre elle. Elle était moite et chaude, et ce simple contact faillit avoir raison de lui. Mais il devait se maîtriser. Il voulait de tout son être sentir *cela* quand il serait en elle.

Elle ouvrit de nouveau les yeux.

— C'est bon, murmura-t-elle, l'écho du plaisir comme une drogue dans sa voix.

S'enfouir en elle, le regard rivé au sien... L'expérience était cent fois plus excitante que la veille. Mais il est vrai qu'alors il se sentait trop coupable pour éprouver du plaisir. Trop coupable pour juste être là.

Son cœur battait si fort qu'il n'entendait plus rien. Son existence entière semblait concentrée dans son entrejambe, dans ce courant de désir qui se déversait en lui. Daisy était incroyablement étroite, mais il entra en elle comme si elle était faite « pour lui ».

Il n'avait jamais rien éprouvé d'aussi bon. Il n'était pas complètement en elle, ou peut-être l'était-il, il ne savait pas. Daisy ondulait sous lui et chaque mouvement de ses hanches était une invitation voluptueuse.

— Je vais bouger, la prévint-il. Je veux dire, je ne vais pas pouvoir m'en empêcher.

Elle rit doucement.

— Je ne sais pas, James. Nous devons nous en remettre à tes grandes connaissances sur le sujet.

— Je commence à penser qu'elles ne sont pas très étendues, reconnut-il, sa bouche contre la sienne.

— Les miennes sont inexistantes. Cependant, je peux t'assurer une chose…

— Oui ?

— J'en meurs d'envie, termina-t-elle en se cambrant, le prenant ainsi entièrement en elle. C'est si bon de te sentir en moi, James. Tu me remplis, et cela ne me fait pas mal comme hier.

Ses paroles tranchèrent les derniers liens qui le retenaient. Il plongea en elle, se mit à aller et venir à grands coups de reins, galvanisé par ses cris rauques, par son souffle brûlant contre son visage.

Avec Bella, il n'avait jamais essayé de se contrôler. Il la pilonnait furieusement parce que c'était ce que tous deux désiraient. Mais Daisy, il voulait la voir vibrer et se tendre, et sentir tout son corps trembler sous l'assaut de la volupté.

Mais cela ne venait pas… elle se tortillait sous lui, s'efforçant visiblement de parvenir à la jouissance. James sentit qu'il ne pourrait attendre plus longtemps.

S'appuyant maladroitement sur son bras gauche, il glissa la main entre eux et la caressa là où elle aimait.

— Non ! s'écria-t-elle. Ça fait mal ! Comme cela, l'invita-t-elle en le guidant. Là. Oui, comme cela !

La joie qui envahit James allait au-delà de la concupiscence, au-delà du désir. Elle lui permit de reprendre un tant soit peu le contrôle de lui-même, et il s'enfonça lentement, les yeux fixés sur le visage de Daisy, ses paupières closes, tout en pressant doucement le pouce. Elle tressaillit, puis gémit. Elle tremblait de la tête aux pieds.

— Je vais t'embrasser là, chuchota-t-il, accompagnant ses paroles d'un coup de reins. Je vais lécher ton nectar. J'en ai envie, Daisy, et je vais…

À cet instant, elle resserra les mains autour de ses bras, et ses joues prirent une délicieuse teinte rosée. Elle renversa la tête et poussa un long cri.

C'était aussi incroyable qu'il l'avait imaginé. Le sexe de Daisy se mit à palpiter autour du sien et il s'immobilisa, stupéfait par la façon dont sa jouissance se déployait en lui. Tel un incendie, le plaisir se répandit dans ses veines par vagues brûlantes jusqu'à ce que sa raison cède et que son corps exulte.

Daisy se remit à haleter. Il sentait son souffle chaud contre son cou, mais avant qu'il puisse y prêter vraiment attention, elle l'enserra de nouveau dans son étroit fourreau, lui faisant perdre jusqu'à la notion de lui-même.

Il n'était plus James, ni un duc ni un futur duc. Et elle n'était pas Daisy, ni Theo ni une future duchesse.

Ils étaient deux corps encastrés l'un dans l'autre aussi parfaitement que deux pièces de puzzle.

« Jusqu'à ce que la mort nous sépare, pensa James avec gratitude. Jusqu'à ce que la mort nous sépare. »

11

Quand l'aube se leva, Theo était certaine que plus jamais elle ne serait capable de marcher. En fait, une brève tentative la convainquit qu'il valait mieux ne pas bouger du tout les jambes.

Après avoir fait l'amour pour la deuxième fois, elle était à vif si bien que James avait versé de l'eau froide dans la cuvette de sa coiffeuse, puis l'avait tapotée délicatement entre les cuisses avec une serviette humide. C'était si bon qu'elle s'était mise à glousser.

Finalement, ils avaient dîné, après quoi James avait tenu sa promesse de l'embrasser là, en bas, et avant même de s'en rendre compte, elle s'était retrouvée agrippée à lui en train de le supplier de continuer.

Quand il avait arrêté, son corps entier vibrait de bonheur.

À présent, le soleil montait dans le ciel, et ils étaient toujours allongés côte à côte, nus, ne se lassant pas de cette étrange et merveilleuse expérience.

— J'aime tes genoux, déclara James en déposant un baiser sur l'arrondi de son genou droit.

— Je t'interdis de me toucher plus haut, prévint-elle. Je ne peux plus bouger.

— Je ne te crois pas.

— Tu devrais. Tu as une dette envers moi.

— Tout ce que tu veux, répondit-il en dessinant des arabesques sur ses chevilles. Tu as les chevilles les plus exquises que je connaisse. Comme ces chevaux de course qui semblent trop délicats pour sauter une barrière ou galoper.

— Je voudrais que tu chantes pour moi, déclara-t-elle en regardant les premiers rayons du soleil jouer sur la peau de James.

Il poussa un grognement et enfouit la tête sous les couvertures.

— Tu sais que je déteste chanter.

La mère de James adorait sa voix. Depuis sa mort, il avait renoncé à chanter, sauf à l'église.

Theo avait envie de tester son pouvoir, de déployer ses ailes.

— Tu ne le ferais même pas pour moi ?

Il roula sur le flanc.

— Tu ne voudrais pas me demander autre chose ? Une chose que seul moi pourrais te donner ? Tout le monde peut chanter.

Son regard bleu brillait de cet éclat gourmand qu'elle commençait à reconnaître.

— C'est faux.

— Je ne connais pratiquement plus rien à part des hymnes.

Elle le tira vers elle.

— Viens t'asseoir près de moi. Chante-moi cette chanson que ta mère aimait tant, celle de l'époque de la reine Elizabeth.

Elle retint son souffle. Le ferait-il ? Ce n'était pas très fair-play de sa part, songea-t-elle avec une pointe de culpabilité. Après tout, ils n'étaient mariés que depuis un jour.

— Chanson à Célia, précisa James, le visage indéchiffrable.

Mais soudain, il lui sourit, se redressa pour s'adosser à la tête de lit et l'enveloppa de ses bras.

Il prit une profonde inspiration et se lança :

— « Bois à ma santé, des yeux uniquement, et je m'engagerai par les miens. »

Un long frisson parcourut Theo. La voix de James lui ressemblait ; elle était aussi parfaite que lui.

Il fit une pause.

— Chante avec moi.

Elle n'était pas particulièrement douée, mais comme toutes les jeunes filles de la haute société, elle avait pris des leçons de chant. Mêlée à celle de James, sa voix paraissait plus jolie.

— « Ou laisse juste un baiser sur la coupe, et je n'aurai pas besoin de vin. »

Tandis qu'ils chantaient, le soleil continua son ascension. Sa lumière dorée forma une flaque sur la courtepointe.

Quand la chanson s'acheva, Theo était si heureuse qu'elle ne put articuler un mot. James lui embrassa l'oreille.

— Si tu racontes à qui que ce soit que j'ai chanté pour toi, je dirai à ta mère que tu es allée au bal du Devonshire sans chemise.

Une fois de plus, Theo songea que la mère de James avait fait du tort à ce dernier en l'exhibant comme un singe savant devant ses invités presque chaque soir. Désormais, il était incapable d'apprécier son propre talent.

— Promis. Tu voudras bien chanter pour moi tous les matins ?

— Seulement après des nuits comme celle-ci, murmura-t-il, et ses yeux souriaient.

Il finit par regagner sa chambre, laissant un grand vide derrière lui. Pourrait-elle le persuader une nuit de rester avec elle ? s'interrogea Theo. Elle l'espérait, même si, pour l'instant, elle avait bien trop envie de dormir pour s'appesantir sur le sujet.

Quand elle rouvrit les paupières, Amélie entrait dans la chambre.

— Désirez-vous un bain chaud, madame ?

Theo se hissa sur le coude. Ce qui la fit grimacer de douleur.

— Quelle heure est-il ?

— 11 heures. Le comte a demandé qu'on ne vous réveille pas pour le petit déjeuner.

— Merci, répondit Theo d'un air absent.

Elle regardait les rayons du soleil jouer sur le tapis, et cela lui évoquait ces splendides tissus en provenance des Indes. Peut-être les tisserands de Rybrun pourraient-ils fabriquer quelque chose qui ressemblerait à cela : une soie moirée avec des reflets crème et bouton-d'or. Sauf que les vers à soie vivaient sur des mûriers. Et qu'elle n'avait jamais entendu parler de mûriers poussant en Angleterre.

Quelques instants plus tard, Amélie lui annonça que son bain était prêt. Si elle avait été seule, Theo aurait rejoint la baignoire en clopinant, mais elle n'avait aucune envie que sa femme de chambre devine ce qu'elle ressentait. Alors, elle se redressa et marcha aussi dignement que possible.

Après une demi-heure dans l'eau chaude, elle se sentait beaucoup mieux. Elle s'assit sur le rebord de la fenêtre pour se sécher les cheveux, ignorant les exclamations horrifiées d'Amélie qui la voyait déjà au lit avec une pneumonie. Elle avait toujours aimé le parc à l'arrière de la maison, mais il lui semblait encore plus beau maintenant qu'il appartenait à James plutôt qu'à son père.

« À nous deux », avait dit James. Ce parc était aussi le sien.

Elle y apporterait des transformations, décida-t-elle en brossant ses cheveux humides. Il était assez grand pour un petit labyrinthe, peut-être avec une folie au centre.

Elle y installerait une sorte de lit ou de grand sofa, songea-t-elle en rosissant. Les soirs d'été, James et elle se promèneraient dans le labyrinthe. Cette idée lui fit soudain penser qu'elle aimerait elle aussi l'embrasser *là*, comme lui l'avait fait.

— Sa Grâce le duc a envoyé un message pour prévenir qu'il rentrerait plus tôt que prévu, annonça Amélie en posant une robe sur une chaise.

— Je suppose que je le verrai au déjeuner, commenta Theo sans enthousiasme. Non pas celle-là, ajouta-t-elle. J'ai hâte que les nouvelles toilettes que j'ai commandées hier soient terminées.

— Il faudra attendre au moins trois semaines, lui rappela la femme de chambre.

Theo poussa un soupir.

— Dans ce cas, je me contenterai de la jaune, même si je trouve qu'elle ne va pas avec ma couleur de cheveux.

— Une teinte plus sombre vous siérait mieux, reconnut Amélie.

C'était l'une des nombreuses choses que Theo appréciait chez sa femme de chambre : Amélie était aussi passionnée qu'elle par les étoffes et les couleurs.

Mais elle pensait de nouveau à James. Elle n'aurait jamais imaginé se sentir aussi vivante un jour. Elle avait toujours su qu'elle l'était, bien sûr, mais cette nuit, quand leurs regards s'étaient verrouillés, elle avait senti la vie vibrer dans tout son être comme jamais auparavant.

Qu'importe qu'elle fût la « si vilaine duchesse » dès lors que James voyait en elle la plus belle femme du monde.

Elle se surprit à chantonner pendant qu'Amélie l'aidait à s'habiller. Et à sourire à son reflet tandis que celle-ci lui relevait les cheveux en un chignon élaboré. Avant ses fiançailles, Theo avait pensé demander à sa coiffeuse une de ces coupes modernes qu'arboraient les femmes les plus audacieuses, mais plus maintenant. James aimait ses cheveux, elle le savait, et elle avait envie qu'il continue à jouer avec ses longues mèches, comme cette nuit lorsqu'il avait allumé des chandelles tout autour du lit. Elle ne se couperait jamais les cheveux.

Levant les yeux, elle croisa le regard de sa femme de chambre dans le miroir.

— Cela me fait tellement plaisir de vous voir heureuse, milady, confia Amélie avec son accent français plein de charme. Nous le sommes tous. Ces sales gens qui ont osé vous appeler... On devrait les rouer de coups. Mais milord vous a redonné le sourire. Comme tout bon mari devrait le faire.

Elle ponctua ces mots d'un sourire malicieux et complice.

— En effet, acquiesça Theo. Ce surnom me blesse encore, je l'avoue, mais maintenant que je suis mariée, seule l'opinion de mon époux compte vraiment, n'est-ce pas ?

— Je n'ai jamais été mariée, mais je pense que vous avez raison. La plupart des hommes sont des imbéciles ; milord, lui, a toujours vu votre beauté. Au dire de M. Cramble, il n'arrivait pas à détacher les yeux de vous, et de vos seins, pendant les repas.

— C'est ce qu'il m'a dit ! Je n'arrive pas à croire que Cramble s'en soit aperçu et pas moi.

— C'est que vous étiez encore trop jeune pour ce genre de choses, fit remarquer Amélie très sérieusement.

Theo lui lança un regard moqueur.

— Voudrais-tu me faire croire que tu as beaucoup plus d'expérience que moi dans ce domaine, Amélie ? Je te rappelle que tu as eu dix-huit ans une semaine après que j'ai fêté mes dix-sept.

— Je suis française, argua Amélie d'un air suffisant. C'est cette écharpe que vous désiriez, milady ?

— Regarde !

Theo s'empara des petits ciseaux à ongles sur sa coiffeuse et coupa le foulard en deux.

Amélie poussa un cri.

— De la soie indienne !

— Voilà qui va totalement changer le style de cette robe insipide, déclara Theo en brandissant l'une des deux moitiés de tissu.

D'un geste vif, elle arracha l'encolure de dentelle de son corsage et la remplaça par la moitié d'étole. La couleur framboise créait un contraste saisissant avec la mousseline vert amande de sa robe.

Elle se contempla dans la glace.

— C'est très joli, reconnut Amélie. Je vais juste mettre une épingle ici et une autre là, ajouta-t-elle en arrangeant le morceau d'étoffe.

— Cela attirera l'attention sur ma poitrine, déclara Theo, qui espérait que James apprécierait.

— Voilà, cela devrait tenir. Je la coudrai plus tard.

— Je ne sortirai probablement pas aujourd'hui, annonça Theo.

Elle avait beau se dire que seule l'opinion de James comptait, elle ne se sentait pas de taille à descendre Bond Street en croisant sa propre caricature à chaque coin de rue.

— Peut-être mon mari acceptera-t-il de partir à Ryburn House, dans le Staffordshire.

En vérité, elle avait le sentiment que James accepterait de la suivre n'importe où. Elle sentit le feu lui monter aux joues à cette idée, mais sa voix était ferme quand elle poursuivit :

— Tout bien réfléchi, je crois que si tu prépares mes bagages maintenant, Amélie, nous partirons aujourd'hui même pour la campagne. Nous y resterons sans doute un bon mois.

— Vous ne passerez pas la saison à Londres ?

— Tu me trouves lâche ?

— Absolument pas ! se récria Amélie. Mais les médisances risquent de s'amplifier si vous partez, milady. Certains penseront que vous avez peur, vous comprenez.

— Nous pourrions revenir pour le bal d'Elston, décréta Theo, réfléchissant à voix haute. À ce moment-là, j'aurai ma nouvelle garde-robe. Cramble me l'enverra à Ryburn House, et nous ferons les dernières retouches ici.

Forte de cette décision, elle se leva et jeta un dernier coup d'œil au miroir. Sa robe avait toujours un aspect un peu trop virginal, mais au moins, l'audacieuse touche framboise lui conférait-elle un certain style.

Son cœur s'accéléra à la perspective de retrouver James, même si, dans l'immédiat, il devait galoper au parc ou boxer au Gentleman Jackson's. Il était doté d'une énergie inépuisable et devait absolument la dépenser s'il ne voulait pas se retrouver à errer dans la maison tel un lion en cage.

Elle devrait garder cette réalité à l'esprit, songea-t-elle en descendant l'escalier : son mari avait besoin d'exercice physique tous les jours. Un peu comme un chien.

Sauf que James n'avait rien d'un gentil toutou. Il y avait quelque chose de sauvage et d'indomptable en lui, quelque chose qui le rendait différent de tous les autres aristocrates qu'elle connaissait. Tout ce qu'elle pouvait espérer, c'était de l'amener à passer la majeure partie de son temps avec elle.

L'heure du déjeuner approchait. Si James était là, elle le trouverait probablement dans la bibliothèque. Un frisson la parcourut. Peut-être avait-il décidé de rester à la maison pour la voir, après tout. Et qu'ils feraient une promenade à cheval ensemble. Elle n'était pas très bonne cavalière, mais elle était prête à faire des efforts pour le devenir.

Pas avant, cependant, de s'être fait confectionner une tenue dessinée par ses soins, aussi flamboyante qu'un uniforme d'officier, avec galons tressés et épaulettes.

12

Theo posait le pied sur la dernière marche quand son mari sortit de la bibliothèque en claquant la porte. Il était livide de rage. Pourtant, en l'apercevant, il parut se calmer, et lui sourit.

— Bonjour, le salua-t-elle, presque intimidée.

Sans mot dire, il la rejoignit, lui saisit les mains et regagna la bibliothèque à reculons, l'entraînant avec lui. Il sentait le cuir et le grand air.

— Tu es monté à cheval, dit-elle après qu'ils eurent échangé un long baiser.

— Seigneur, tu me rends fou, lui murmura-t-il à l'oreille comme s'il n'avait rien entendu. Mais je suis surpris que tu puisses encore marcher. Nous n'aurions pas dû recommencer la dernière fois.

— J'avais envie de toi, lui rappela-t-elle. J'ai envie de toi maintenant.

— Tu sens délicieusement bon, ma Daisy. Une vraie marguerite[1].

— Quand vas-tu arrêter de m'appeler ainsi ? C'est Theo, j'insiste.

---

1. En anglais marguerite se dit *daisy*. *(N.d.T.)*

Il l'avait plaquée contre le mur, et sa main recouvrait l'un de ses seins.

— Je ne peux pas, fit-il d'une voix rauque.

— Pourquoi ?

— Parce que tu peux être Theo au salon ou quand nous sommes en société, mais quand je te tiens dans mes bras, tu es ma Daisy.

Sur ces mots, il s'empara à nouveau de sa bouche. Elle se pressa contre lui, oubliant instantanément l'objet de leur discussion sous le doux assaut de ses lèvres.

— On ne peut pas recommencer maintenant, déclara James dans un souffle. Tu es trop endolorie. Contentons-nous de nous embrasser.

Il l'entraîna vers le sofa, puis ôta les épingles de ses cheveux, réduisant à néant les efforts d'Amélie.

— Ne pourrais-tu pas laisser tes cheveux libres quand tu es à la maison ? s'enquit-il.

Theo s'esclaffa à cette suggestion.

— Tu imagines la tête de Cramble s'il me voyait aller et venir, les cheveux sur les épaules ?

— Et si c'est ton mari qui te l'ordonne ?

Il la contemplait de nouveau avec cette expression possessive, ce regard de félin qui lui donnait envie de se fondre en lui et d'accéder à toutes ses demandes.

— Désolée, répondit-elle cependant en lui caressant les lèvres du bout des doigts, mais je ne laisserai plus jamais personne décider de la manière dont je dois me coiffer ou m'habiller. Je me suis fait cette promesse il y a cinq ans, quand maman s'est mis en tête d'ajouter des dentelles et des frous-frous à mes robes pour compenser mon manque de féminité.

James fronça les sourcils.

— Elle ne l'avouera jamais, mais elle voulait être certaine que personne ne me prendrait pour un garçon, expliqua Theo.

Il avait trouvé les aiguilles retenant la bande de soie couleur framboise et tira sur celle-ci sans ménagement.

— Elle trouvait que tu ne ressemblais pas à une fille ! s'étonna-t-il, les yeux rivés sur son décolleté.

Se penchant sur sa gorge, il suivit la profonde échancrure de la pointe de la langue. Puis il se redressa et demanda :

— Et si ton mari t'ordonnait d'enlever ta culotte ?

Elle lâcha un rire. Elle adorait la façon dont il testait les limites de son pouvoir.

— Je ne sais pas. Cela dépendrait de mon état d'esprit du moment.

— Et quel est ton état d'esprit en ce moment ?

Elle se hissa sur la pointe des pieds pour lui mordiller la lèvre inférieure.

— Comment réagirais-tu si, moi, je t'ordonnais quelque chose ?

Il prit une profonde inspiration.

— Tout ce que tu veux, répondit-il avec ferveur. Je ferai tout ce que tu voudras.

— Dans ce cas, j'aimerais que tu t'assoies sans bouger sur le sofa.

James s'exécuta sans un mot. Son regard brillait d'excitation.

— À vos ordres, milady.

— Descends ton pantalon, dit-elle, le cœur battant.

Sans ciller, James se leva et fit ce qu'elle lui demandait.

Theo désigna le canapé du doigt. Il se rassit. Son sexe semblait encore plus gros que la veille, si tant est que ce fût possible. Theo sentit un élancement, comme un avertissement, entre les cuisses.

— Pendant que tu m'embrassais là, cette nuit, murmura-t-elle en s'accroupissant pour le caresser, je n'ai cessé de me demander comment ce serait de t'embrasser *toi*.

— Seigneur ! marmonna James. Je n'y survivrai pas. Je ne pourrai pas.

— Moi si, affirma Theo avec un sourire coquin.

Sur ce, elle s'inclina et le prit dans sa bouche.

James émit une sorte de râle, et Theo baissa davantage la tête pour mieux le goûter.

Ce fut sans doute ce râle qui l'empêcha d'entendre la porte s'ouvrir. Ou peut-être cette grisante sensation de pouvoir qu'elle ressentait.

Avec une seconde de retard, le bruit parvint jusqu'à son cerveau. Elle bondit sur ses pieds, croisa le regard de son beau-père, et se précipita dans la direction opposée, droit vers la porte qui donnait sur le petit salon. Après l'avoir claquée derrière elle, elle s'y adossa, le cœur battant à tout rompre.

Elle se sentait atrocement mal. Le duc avait vu... toute la scène. Il l'avait vue, elle, à genoux devant James.

— Oh, mon Dieu !

Les jambes flageolantes, elle se laissa glisser jusqu'au sol. À travers le battant, elle entendait la voix grave de James, mais ne comprenait pas ce qu'il disait. Elle enfouit le visage entre ses mains.

Pourquoi avait-il fallu que ce soit le duc ? N'avait-elle pas été suffisamment humiliée ces derniers jours ? S'il s'était agi d'un simple valet de pied, elle aurait pu le renvoyer. Non, elle ne renverrait jamais un domestique sous prétexte qu'il avait eu la malchance de la voir se conduire comme une fille de rien.

Ils allaient devoir se retirer à la campagne pendant des mois. Voire un an.

La voix à côté avait changé : son beau-père avait pris la parole.

Elle tendit le bras vers la poignée pour entrouvrir la porte. S'il la traitait de putain dépravée, autant qu'elle le sache.

Mais il riait.

Il riait !

Sa gorge se noua. Le rire était-il pire que le mépris ? Peut-être que ce genre de situation n'était pas rare chez les jeunes mariés. Après tout, James et elle auraient aussi bien pu être surpris en train de faire l'amour. Ç'aurait été le cas si elle n'avait pas été aussi endolorie.

Elle tendit l'oreille.

— Je suis rentré à Londres parce que j'ai entendu parler de cette histoire de « vilaine duchesse », expliquait le duc. J'ai pensé que tu aurais besoin de moi pour menacer certains journalistes, voire faire fermer l'un de ces torchons. Mais, visiblement, tu étais trop occupé pour cela. Quelle importance qu'elle soit laide ? Visiblement, ça ne la rend que plus reconnaissante, pas vrai ? Sur le moment, j'ai cru que j'avais la berlue en la voyant s'occuper de toi avec autant d'ardeur qu'une gueuse au fond d'une taverne.

Theo laissa retomber sa tête sur ses genoux. À quoi d'autre aurait-elle pu s'attendre de la part du duc ? Sa mère l'avait toujours considéré comme un rustre et un imbécile, et elle avait raison.

— En fait, c'est justement parce qu'elle est laide, poursuivit ce dernier. Aucune lady n'accepterait de se mettre à genoux de cette façon…

— Taisez-vous ! aboya James.

Dieu merci, il la défendait.

— Je te prierai de me parler sur un autre ton, répliqua le duc, passant immédiatement de l'amusement à la colère.

— Je vous interdis de dire *quoi que ce soit* sur ma femme !

Contrairement à son père, James semblait totalement maître de lui. Sa voix était glaciale, posée, ce qui ne la rendait que plus inquiétante.

Theo prit une inspiration tremblante. Au moins, son mari était de son côté.

Comme s'il n'avait pas perçu le ton menaçant de son fils, le duc hurla :

— Je dirai ce qu'il me plaît ! C'est moi qui l'ai choisie pour toi, après tout.

— C'est faux !

— Non, ce n'est pas faux ! Tu ne voulais pas l'épouser. Mais je suppose que tu es content de l'avoir fait à présent. Je t'avais dit qu'elles étaient toutes pareilles dans le noir, non ?

— Je vais vous tuer, siffla James.

De toute évidence, il était sur le point de perdre son sang-froid. Il détestait ces moments où il se laissait emporter par la colère et se mettait à crier comme son père, Theo le savait.

Mais pour l'instant, elle n'avait que faire des émotions de James. L'estomac noué, elle se répétait les paroles de son beau-père : « C'est moi qui l'ai choisie pour toi. »

— Je n'avais peut-être pas ton mariage à l'esprit à l'époque, continuait le duc. Je n'avais pas prévu que les choses finiraient ainsi…

— Quoi ? Que vous lui voleriez son héritage ! rugit James.

À ces mots, Theo comprit simultanément deux choses : que James avait perdu le contrôle de lui-même et... que le duc lui avait volé son héritage.

— Je le lui ai juste emprunté, rectifia ce dernier d'un ton chagrin. Pourquoi cherches-tu toujours à me noircir ? Tu devrais plutôt me remercier. Grâce à moi, tu as une épouse si reconnaissante qu'elle t'accorde ses faveurs en plein jour sans même se soucier des domestiques qui vont et viennent dans la maison. Je n'ai jamais entendu parler d'une seule lady qui acceptait ce genre de choses. Jamais. Tu vas économiser un argent fou en maîtresses. Il faudra juste que tu souffles les chandelles avant.

Theo ne put retenir les sanglots qui lui nouaient la gorge. D'un coup, son univers entier basculait. Le duc avait *obligé* James à l'épouser. Et même si elle l'ignorait, elle avait agi comme aucune lady ne devrait le faire.

— Plus un mot sur mon épouse ! hurla James. Nom de Dieu !

La voix vibrait de rage à présent, mais cela n'avait plus d'importance. Tout ce que retenait Theo, c'était qu'il n'avait pas nié.

Le duc – l'ami le plus proche de son père – lui avait volé son héritage. M. Reede le savait sûrement quand ils avaient discuté la veille. James le savait. Depuis le début. Ce qui ne l'avait pas empêché de s'asseoir avec eux pour réfléchir à la manière dont ils pourraient rembourser les dettes du duc grâce à la fortune qu'elle possédait.

Soudain, toutes les pièces du puzzle s'imbriquèrent. Elle n'avait jamais vu James ivre avant le concert chez le prince de Galles... Il avait dû boire pour trouver le courage de lui faire sa demande en mariage.

Dans les semaines et les années à venir, quand elle se retournerait sur le passé, elle considérerait cet instant comme celui où son cœur s'était brisé en deux. Celui qui avait séparé à jamais Daisy de Theo, l'Avant de l'Après. Celui où elle avait remplacé l'amour et la confiance par la vérité.

13

James leva la tête et vit la porte du petit salon entrebâillée. Il tressaillit, plissa les yeux, et perçut un mouvement de tissu jaune au niveau du sol. Daisy était là. Elle avait tout entendu !

Il regarda de nouveau son père. Son père si stupide et méprisable.

— Je ne veux plus jamais vous revoir, articula-t-il, la gorge serrée. Elle vous a entendu. Espèce d'âne bâté !

— Je n'ai fait que dire la vérité, répliqua le duc en pivotant vers la porte.

— Elle ne me le pardonnera jamais.

— D'après ce que j'ai vu…

James fusilla son père du regard.

— Nous avions une chance, dit-il. Malgré la façon dont les choses s'étaient déroulées, nous en avions une.

— Elle ne sera sûrement pas à prendre avec des pincettes, concéda le duc avant d'ajouter d'un ton complice : Offre-lui des diamants. Cela a toujours marché avec ta mère. Pendant des années, j'ai arrondi les angles en…

Mais James ne l'écoutait plus.

— Je vais passer le restant de ma vie à essayer de me faire pardonner.

Pour la première fois depuis très longtemps, sa mère lui manquait. Il n'avait pas ressenti une peur pareille depuis le jour de sa mort.

— Vous feriez mieux de partir, reprit-il. Trouvez un autre endroit où vous installer. Je pense qu'il est inutile de faire semblant de croire qu'un quelconque sentiment nous lie encore l'un à l'autre.

— Tu es mon fils unique. Mon *fils*. Bien sûr que des sentiments nous lient.

— Nos seuls liens sont ceux du sang et ils ne signifient rien. Je ne suis rien pour vous. Daisy non plus. Nous sommes juste des gens que vous croisez dans le hall, utilisez quand vous en avez besoin, et jetez lorsqu'ils ne vous sont plus nécessaires.

Son père étrécit les yeux.

— Tu as beau jeu de m'accuser ! se défendit-il, haussant la voix. C'est toi qui t'es jeté à la tête de cette fille. Alors ne viens pas gémir maintenant.

— Je l'ai trahie. J'ai trahi ma femme pour vous sauver.

— Ce n'est pas moi que tu as sauvé, mais le domaine et le titre. Tu aurais pu m'envoyer au diable – je m'y attendais d'ailleurs –, mais finalement, tu ne t'es pas révélé aussi inflexible que tu le prétends. Nous ne sommes pas si différents au bout du compte.

James serra les poings. Il ne pouvait pas frapper son propre père.

— Le fruit ne tombe jamais très loin de l'arbre, poursuivit celui-ci. Ta mère n'a jamais cru que j'étais parfait, mais nous étions mariés, point final. Néanmoins, il y a un point sur lequel toi et moi différons, ajouta-t-il avec condescendance : je ne gémis pas. Et si j'ai été surpris de te voir prendre la situation en main, je le suis beaucoup moins de t'entendre vous plaindre aujourd'hui du résultat. Conduis-toi comme un homme, nom de Dieu ! Tu me fais honte. Et cela date de l'époque où tu chantais ces chansons stupides devant tout le monde dans le salon. Tout cela, c'est la faute de ta mère.

— Vous ne m'avez jamais aimé, n'est-ce pas ? lâcha James, brisant la règle tacite qui veut qu'un gentleman anglais n'aborde jamais ce genre de sujet.

De fait, le duc devint écarlate.

— Comment peut-on poser une question aussi sotte ? Tu es mon fils, il n'y a rien d'autre à dire.

— Les gens qui s'aiment ne se montrent pas cruels les uns vis-à-vis des autres. Partez maintenant.

Comme s'il n'avait pas entendu, le duc conseilla :

— Tu dois lui parler, lui faire comprendre qui commande ici. Surtout, ne la laisse pas faire une crise si tu ne veux pas que cela devienne une habitude.

— Partez.

Cette fois, le duc parut vexé, mais il pivota et se dirigea vers la porte. La main sur la poignée, il marqua une pause le temps de déclarer à mi-voix sans se retourner :

— Je t'aime.

Puis il sortit.

Les yeux fixés sur le battant, James éprouva de nouveau cette envie terrible de se réfugier dans les bras de sa mère – comme à l'époque où celle-ci, ou même sa nurse, avait le pouvoir de tout arranger. Il devait aller dans le petit salon. Parler à Daisy et lui dire à quel point… À quel point quoi ? Jamais elle ne croirait qu'il l'aimait.

Ne venait-il pas de l'affirmer à son père ? Les gens qui s'aiment ne se montrent pas cruels les uns vis-à-vis des autres.

Le désespoir s'abattit sur lui telle une chape de plomb. Peut-être était-il incapable d'aimer. Peut-être ressemblait-il vraiment à son père. Il ferait mieux de partir ; Daisy serait plus heureuse sans lui.

Il se dirigea vers le petit salon.

Daisy demeura immobile un long moment, les muscles tétanisés, les yeux clos, un goût de bile dans la bouche.

Enfermée dans sa douleur, elle n'entendit pas les pas qui se rapprochaient. Quand elle ouvrit les paupières, James se tenait devant elle.

Il lui fallut rassembler tout son courage pour se relever et croiser les yeux de son mari. Elle y parvint. Et son dernier espoir s'envola : le visage dévasté par la honte, son mari osait à peine la regarder. Parce que tout ce qu'avait dit son père était vrai.

James n'avait jamais voulu l'épouser.

Elle se ressaisit.

— J'espère que tu en as bien profité, lança-t-elle finalement. Car, comme tu l'as deviné, c'était la dernière fois que ta femme t'accordait ses faveurs.

— Daisy…

— Faut-il que je te l'écrive ?

— Ne me quitte pas, dit-il d'une voix étranglée.

Theo s'était réfugiée derrière une épaisse muraille de glace, dans un endroit où aucun sentiment ne pouvait l'atteindre. De là, elle pouvait affronter la situation avec calme et toute son habileté intellectuelle.

— Ne sois pas stupide, déclara-t-elle. Je ne vais pas te quitter ; je te mets dehors. Je gérerai le domaine avec les restes de mon héritage, quels qu'ils soient. Vu la qualité de tes interventions hier avec M. Reede, je pense que tu seras d'accord avec moi sur le fait que tu ne nous seras d'aucune aide pour sauver le domaine de la faillite.

Il déglutit, et elle se réjouit de l'avoir blessé.

— Par conséquent, rien ne te retient ici, poursuivit-elle. Ton père et toi n'êtes manifestement pas dans les meilleurs termes. C'est un escroc méprisable et vulgaire, et toi, un faible et un imbécile qui a délibérément gâché ma vie dans le but de couvrir ses crimes.

Son regard étincelait, mais il ne chercha pas à se défendre.

— Tu quitteras cette maison et l'Angleterre. Tu n'as qu'à embarquer sur ce navire que tu es allé visiter hier. Je ne veux plus jamais te revoir.

James dansa d'un pied sur l'autre tel un enfant coupable.

— Le pire, c'est que ce mariage est consommé, il n'y a aucun moyen de l'annuler.

— Je ne veux pas l'annuler, affirma-t-il d'une voix étranglée.

— Cela ne me surprend pas. Après tout, j'étais à genoux devant toi à quémander les faveurs que tu avais la bonté de m'accorder. Comme ton père l'a si élégamment souligné, tout homme serait au septième ciel dans ces conditions. Je suppose qu'un pareil enthousiasme se paie d'ordinaire. Et qu'en me demandant de ne pas porter de culotte et de garder mes cheveux sur les épaules, tu te comportais exactement comme avec une courtisane.

— Non !

— Ne me crie pas après ! Je ne suis pas une pauvre servante terrifiée en face de ton père. Si tu as le malheur de jeter la moindre statuette dans ma direction, je jure de t'envoyer la table du salon en pleine figure.

— Je n'ai jamais lancé d'objet sur personne.

— Tu commences à peine à devenir toi-même. Je suis sûre que quand tu auras l'âge de ton père, tu seras aussi méprisable que lui. D'ailleurs, tu l'es déjà.

— Je suis désolé, dit-il, et sa voix se brisa. Je regrette tellement, Daisy.

Son visage se tordait comme s'il se retenait de pleurer, mais elle n'éprouvait aucune pitié. À l'abri derrière sa muraille, elle ne ressentait rien.

— Tu es beau, et je ne le suis pas. Mais tu veux que je te dise quelque chose, James ? Je préfère mille fois être à ma place qu'à la tienne. Car mon amour pour toi était sincère. J'ai été stupide, je m'en rends compte maintenant, mais cette nuit, je t'aimais vraiment. J'espère que tu en as profité, parce que je suis probablement la dernière personne qui a été assez bête et aveuglée par ton joli minois pour penser qu'il y avait quelque chose de bon en toi.

James serra les dents, mais ne répliqua pas.

Elle avait encore une chose à ajouter :

— Celui qui tombera amoureux de moi – et il y en aura un, car la vie est longue et ce mariage sans lendemain –, celui-là m'aimera pour moi-même, pas pour mon physique. Il sera capable de voir en moi et me désirera pour autre chose que mon argent ou le fait que je me laisse traiter comme une catin sans même m'en apercevoir.

— Je ne t'ai pas fait cela !

— Tu es répugnant. Profondément répugnant. Mais le plus triste, c'est que j'ai fait tout ça parce que je croyais que mon amour était partagé. Contrairement à toi, je n'ai pas agi par intérêt. D'ailleurs, ton père s'est trompé : ce n'est pas toi qui as profité de moi, mais moi qui ai passé deux nuits hors de prix avec un sigisbée.

— Ne fais pas ça, supplia-t-il dans un souffle. Je t'en prie, Daisy, ne fais pas ça.

— Pas quoi ? Dire la vérité ?

— Nous séparer.

Elle attendit, mais il ne trouva rien d'autre à dire.

— Il n'y a pas de « nous », déclara-t-elle, ébranlée malgré elle. Je te demande de quitter cette maison avant ce soir.

Avec horreur, elle se rendit compte qu'une partie d'elle-même restait sensible à la présence de James. Pour la première fois depuis le début de cette discussion, sa voix faillit se briser quand elle reprit :

— J'étais amoureuse de toi, James. Vraiment. Le plus étrange, c'est que je ne m'en suis rendu compte qu'après notre mariage. Mais même si je ne t'avais pas aimé d'amour, je ne t'aurais jamais trahi, parce que tu étais mon meilleur ami. Mon frère. Tu aurais simplement pu me le demander, tu sais.

James était livide.

— Te demander quoi ?

— Mon argent, répondit-elle, la tête haute et les yeux secs. Les gens qui s'aiment partagent. Je t'aurais donné ce dont tu avais besoin. Il n'était pas nécessaire de me piétiner pour arriver à tes fins.

Sur ce, elle se détourna et quitta la pièce en fermant la porte derrière elle.

Elle avait l'impression d'avoir cent ans, d'être aussi vide et desséchée qu'un arbre mort. Comme elle traversait le couloir du premier, le duc sortit de sa chambre.

Elle le regarda droit dans les yeux. Si quelqu'un devait avoir honte, ce n'était pas elle.

Il baissa la tête.

— Cette maison m'appartient, assena-t-elle, et je vous demande d'en partir. Comme je l'ai appris hier, il semblerait que je vous ai promis une rente conséquente. Vous pourrez vous en servir pour louer votre propre demeure.

— Vous ne pouvez pas faire cela ! s'écria-t-il, relevant brusquement la tête.

— Si vous êtes encore là demain, je traînerai ce menteur de Reede et ses registres chez mes avocats avant d'aller raconter la vérité à la police. Racontez ce que vous voulez. Dites à vos amis que je suis trop laide pour que vous continuiez à supporter ma vue chaque jour. Mais fichez le camp !

— Dis-lui qu'elle n'a pas le droit de faire cela ! hurla son beau-père en direction de l'escalier.

Elle baissa les yeux. James se tenait en bas des marches, la main crispée sur la rampe.

— Lui aussi s'en va, précisa-t-elle à l'adresse du duc. Je compte fermer cette maison pour diminuer les dépenses d'entretien, et m'installer dans le Staffordshire. Si jamais l'un de vous souhaite communiquer avec moi, qu'il contacte mes avocats.

— Je refuse de communiquer avec ma femme par l'intermédiaire d'un avocat, déclara James.

— Tout à fait d'accord. Je préfère ne pas communiquer du tout.

— Vous êtes une virago, gronda le duc, tremblant de rage.

— Il n'y a rien dans ce couloir que vous puissiez me jeter à la tête, lui rappela-t-elle avec dédain.

— Vous ne pouvez pas me chasser de ma propre demeure. La maison que mon grand-père a construite.

— Non, en effet. Mais je peux faire savoir que vous avez détourné l'argent de mon héritage, dont mon père, et, accessoirement, votre meilleur ami, vous avait confié la garde. Qu'en pensez-vous ?

Baissant de nouveau les yeux vers James, elle ajouta :

— Décidément, les meilleurs amis semblent faits pour être trahis dans cette famille.

Face à tant de mépris et de détermination, le duc pivota sur les talons et regagna sa chambre sans mot dire.

Theo reprit son chemin en ignorant James. Elle sentait son regard dans son dos, mais elle continua droit devant, abandonnant à jamais son cœur et Daisy derrière elle.

Deuxième partie

Après

14

Neuf mois plus tard, à bord du Percival,
quelque part dans les Maldives

— Nous n'arriverons pas à les distancer, milord. Nous sommes trop lourds.

Le quartier-maître, un gaillard dénommé Squib, devait hurler pour se faire entendre. Mais si le vent empêchait de percevoir la peur dans sa voix, il ne la dissimulait pas sur ses traits.

— Prenez la barre.

James pivota pour scruter l'horizon. Le navire derrière eux était à peine visible, mais vu l'allure à laquelle il chevauchait les vagues, il serait bientôt à leur hauteur.

— Vous êtes sûr qu'il s'agit d'un bateau pirate ?

— La vigie l'a confirmé, répondit Squib en s'épongeant le front. Bon sang, j'ai réussi à éviter les pirates toutes ces années, et je tombe dessus maintenant que j'ai des petits-enfants. J'aurais dû rester à Londres.

— Il a hissé pavillon ?

Squib hocha la tête.

— On ne s'en tirera pas. C'est *Le Coquelicot volant*. Fleur rouge sur fond noir, impossible de se tromper.

James se détendit un peu. Il avait entendu parler de ce bateau, et s'il s'y prenait bien, ils avaient peut-être une chance de s'en tirer. Une faible chance, mais c'était toujours mieux que rien.

— Ça pourrait être pire, déclara-t-il en priant pour avoir raison.

— À ce qu'il paraît, le *Coquelicot* a abordé cinq vaisseaux cette seule saison. En général, ils ne tuent pas l'équipage, mais ils coulent le navire. On est fichus, milord.

James lui lança un regard contrarié.

— Les canons sont prêts à tirer ?

— Oui.

— Alors, nous ne sommes pas fichus. Et nous ne le serons pas tant que tout ne sera pas fini. Droit devant. Peu importe où nous allons.

James sauta en bas du gaillard d'avant et courut jusqu'au pont inférieur. Les membres de l'équipage s'affairaient autour des canons.

— Messieurs !

Tous levèrent la tête. Une heure plus tôt, ils étaient plongés dans cette léthargie typique des hommes d'équipage saturés de sel, de soleil et de bœuf séché. Mais la peur les avait réveillés.

— Notre objectif est de rester en vie, déclara James.

Il y eut un instant de silence surpris.

— Nous tirerons un coup de canon. Avec de la chance, on les touchera peut-être sur le flanc. Quoi qu'il en soit, ce sont les marchandises qui les intéressent, et je n'ai pas envie que vous vous fassiez tuer en vous battant contre des hommes qui ont fait cela toute leur vie. Si on ne les coule pas au premier tir, je veux que vous montiez tous sur le pont et que vous vous y allongiez face contre terre.

Un chorus de voix outragées lui répondit.

— Je n'ai jamais reculé devant un combat, cria Clamper.

Originaire de Cheapside, il avait une tête de brute et maniait le poignard avec talent.

— Vous le ferez cette fois, répondit James. Sortez seulement votre lame, Clamper, et je vous fais arrêter pour mutinerie.

Nouveau silence. James naviguait avec cet équipage depuis neuf mois. Les débuts avaient été difficiles, mais Squib avait été à son côté durant tout le temps de son apprentissage, et à mesure qu'il s'était familiarisé avec l'océan et le navire, James avait appris à se faire respecter. Il n'était pas question qu'il laisse ses hommes se faire massacrer.

— Je compte parler au capitaine, reprit-il. Invoquer les lois de la mer.

— Les pirates n'ont pas de loi, cria quelqu'un.

— Le capitaine du *Coquelicot volant* en a, répliqua James.

Ce n'était pas pour rien qu'il avait rassemblé un maximum d'informations sur les pirates qui sévissaient sur la route des Indes.

— Il s'agit de sir Griffin Barry, un baronnet et un lointain parent. Nous nous sommes rencontrés quand nous étions enfants. Il se souviendra de moi.

— Vous voulez dire que vous pouvez lui parler dans votre langue ? demanda Clamper, une lueur d'espoir dans les yeux.

— Je peux essayer.

Barry était certes un criminel irrécupérable. Mais un criminel qui était allé à Eton. Et ils étaient cousins au troisième degré. En bref, son père et lui n'étaient pas les seuls dégénérés de la famille.

— Ne tirez pas avant que j'en donne l'ordre.

Mais l'ordre ne fut jamais donné. L'équipage du *Coquelicot volant* était bien trop malin pour exposer son flanc à un navire qu'il s'apprêtait à attaquer. Et avec sa soute remplie d'épices, le *Percival* était trop lourd pour se déplacer rapidement. Le *Coquelicot* dansa autour de lui jusqu'à ce que les pirates se lancent à l'abordage.

Les assaillants sautèrent en masse par-dessus le bastingage. En découvrant l'équipage du *Percival* face contre terre sur le pont, ils s'alignèrent sans un mot, dos à la mer, pistolet dans un poing et couteau dans l'autre. Apparemment, le *Percival* n'était pas le premier navire dont le capitaine se rendait à la seule vue du pavillon noir à la fleur écarlate.

Le capitaine fut le dernier à monter à bord, bondissant sur le pont avec un poignard entre les dents et un pistolet dans la main droite. Il ne ressemblait en rien à un rejeton de la haute société britannique. Habillé comme un docker, il avait un petit coquelicot identique à celui de son drapeau tatoué sous l'œil droit.

— Sir Griffin Barry, salua James en inclinant très légèrement la tête, comme un comte face à un baronet.

Il se tenait au milieu de ses hommes prostrés, eux-mêmes encerclés par les pirates. Il avait intentionnellement revêtu ses habits de cour : une veste brodée de fils d'or avec des boutons en or, et une perruque enfilée à la hâte.

Barry le considéra un instant d'un air stupéfait, puis éclata d'un rire sonore. Un rire dénué de bienveillance, mais un rire tout de même.

Le simple fait de ne pas être déjà mort encouragea James à poursuivre :

— D'après la loi de la mer, je pourrais vous provoquer en duel, fit-il observer du ton le plus détaché possible.

Le baronnet étrécit les yeux et ses doigts se crispèrent sur son pistolet.

— En effet.

— Ou simplement vous offrir un verre dans ma cabine. Après tout, nous ne nous sommes pas vus depuis, quoi ?... nos cinq ans ?

Il ne faudrait pas plus de cinq minutes pour que les pirates égorgent tout son équipage, estima James. Mais il pariait sur l'ancien système de courtoisie britannique gravé dans le cerveau des petits aristocrates avant même qu'ils sachent marcher.

— Je pense que notre vieille tante Agatha préférerait la seconde solution, ajouta-t-il.

— Sacré nom de Dieu ! jura Barry en écarquillant les yeux. Je pensais avoir affaire à un quelconque crétin d'aristocrate. Mais tu es le fils de ce fichu imbécile de duc.

James s'inclina, faisant voleter les dentelles immaculées de ses manchettes.

— Islay. James Ryburn, pour vous servir. C'est un plaisir de vous revoir, sir Griffin Barth...

Barry l'empêcha de prononcer son second prénom en lâchant un juron. James ressentit une pointe de satisfaction, et un regain de courage. Jamais il n'aurait imaginé embarrasser un capitaine pirate en l'appelant Bartholomew.

— Que diable fiches-tu ici ? Outre le fait d'attendre d'être abordé par mes soins, demanda Barry d'une voix de stentor.

Mais l'équilibre des pouvoirs avait basculé. Barry avait beau être un pirate, il n'en était pas moins resté un baronnet, et James était l'héritier d'un duché.

— Je cherche à faire fortune après que mon père a dilapidé celle de la famille et volé celle de quelqu'un d'autre. Vous pourriez sûrement me donner des leçons dans ce domaine, cousin. Un *Coquelicot II*, peut-être ?

Sans quitter Barry des yeux, il se débarrassa de sa veste brodée, révélant sa chemise grossière. Puis il ôta sa perruque et la lança par-dessus bord.

— Cela fait neuf mois que je commande ce navire. J'ai appris à reconnaître les vents, les courants et les étoiles. Ma soute est remplie d'épices, mais j'aimerais faire quelque chose de nouveau. À croire que les membres de notre famille ont tous l'instinct criminel.

Barry ne s'attendait probablement pas à cela. James retint son souffle. À aucun moment, il ne tourna les yeux en direction de son équipage, ce qui aurait pu être considéré comme un signe d'inquiétude, donc de faiblesse.

— Je boirai bien un cognac, déclara finalement son cousin.

— Mes hommes ne sont pas armés, indiqua James comme s'il parlait du temps qu'il faisait.

Barry se tourna vers l'un des siens.

— Sly, rassemble-les près du bastingage et surveille-les pendant que je discute avec le comte. Si je ne suis pas remonté sur le pont d'ici une heure, tue-les tous, conclut-il, impitoyable.

Une heure plus tard, Barry n'était pas réapparu. Mais Sly connaissait suffisamment son capitaine pour jeter un coup d'œil en bas avant d'exécuter les ordres. Quand il le fit, James et Griffin entamaient leur deuxième bouteille de cognac.

Lorsque la nuit tomba, le *Percival* remorquait le *Coquelicot volant*, et chaque équipage vaquait à ses occupations dans la plus grande discipline (même si quelques pirates surveillaient toujours Squib).

James et son cousin, qu'il appelait désormais par son prénom, buvaient toujours.

— Normalement, on ne peut pas boire comme ça, marmotta Griffin à un moment. Un capitaine ne doit pas fraterniser avec ses hommes.

— Je m'en souviendrai, répondit James d'une voix pâteuse. Tu te rappelles ce qu'on a fait la première fois qu'on s'est rencontrés ?

Griffin réfléchit un bref instant, avant de s'exclamer :

— On a grimpé sur le toit, accroché une corde à l'une des cheminées, et on est descendu à hauteur de la nurserie pour faire peur à nos nurses.

— Ça, c'était le plan, déclara James en avalant une autre rasade de cognac à même le goulot. Mais ça s'est passé un peu différemment.

— Ma sœur s'est enfuie en hurlant, mais pas la tienne. Elle a ouvert la fenêtre, tu te rappelles ? Au début, j'ai cru qu'elle allait nous aider à rentrer, au lieu de quoi, elle nous a jeté une bassine d'eau en riant comme une folle. Elle aurait pu nous tuer.

— Pas ma sœur, rectifia James. Je l'ai épousée. Elle est devenue ma femme.

Avant même de s'en rendre compte, il se retrouva en train de parler pour la première fois de ce qui s'était passé neuf mois plus tôt. Il ne raconta pas tous les détails (ce que Daisy et lui faisaient dans la bibliothèque, par exemple), mais l'essentiel.

— Enfer et damnation ! Elle a tout entendu ? s'exclama Griffin.

Une vague un peu plus forte que les autres frappa le flanc du bateau ; James faillit tomber de sa chaise.

— Saoul comme une barrique, marmonna-t-il pour lui-même. Elle a entendu chaque mot. Et m'a dit de ne jamais revenir. Le lendemain matin, j'embarquais sur le *Percival*.

— Moi aussi, j'ai une épouse quelque part, avoua Griffin, manifestement peu soucieux de savoir où. On est aussi bien sans.

Sur ce commentaire succinct, ils trinquèrent avec leurs bouteilles.

— Au *Coquelicot volant* ! cria James.

— Et au *Coquelicot II*, renchérit Griffin. Tu vois ça ?

Il indiqua la mauvaise joue, mais James comprit ce qu'il voulait dire et ressentit une pointe d'appréhension. Aucun homme tatoué ne pouvait espérer réintégrer un jour la bonne société anglaise. Les tatoués ne s'inclinaient pas devant la reine, ne dansaient pas le menuet à l'Almacks, et n'embrassaient pas leur femme le soir avant d'aller se coucher.

Certaines nuits, seul dans le noir au milieu de l'océan, Daisy lui manquait tellement qu'il avait du mal à respirer. Dans ces moments-là, il mourait d'envie de rentrer et de la supplier de le reprendre, quitte à dormir sur le pas de sa porte si elle l'exigeait. Ils avaient été amis toute leur vie, après tout, et amants...

Il rêvait toujours d'elle. Des rêves dont il émergeait tremblant et en érection.

S'il se tatouait, c'en serait fini de ses espoirs de retour. Il ne pourrait plus revenir en arrière. Mais n'était-ce pas ce qu'elle voulait ?

Elle lui avait dit de ne jamais se représenter devant elle. Or, elle pensait toujours ce qu'elle disait. Elle était droite et franche. Contrairement à lui.

— Bien, déclara-t-il en se levant avec difficulté. Il est temps de monter à bord de ton navire. Que je puisse avoir ce tatouage et devenir un vrai pirate.

— Tu peux venir si tu veux, mais pas de tatouage. Si tu veux un coquelicot, tu dois le mériter. Ça ne s'obtient pas juste en le demandant.

James hocha la tête.

— Bon sang, je commence déjà à sentir la barre sur le front.

— Trois bouteilles de cognac, lui rappela Griffin en se mettant debout à son tour.

Il dut s'appuyer à la cloison.

— Je ne tiens plus l'alcool aussi bien qu'avant. Je t'ai dit qu'il ne fallait jamais boire avec l'équipage ?

James acquiesça, ce qui amplifia son mal de crâne.

Sur le pont, l'air marin les revigora.

— Comment allons-nous monter à bord de ton bateau ? s'enquit James.

Le *Coquelicot* s'était approché suffisamment près du *Percival* pour permettre aux pirates de l'aborder, mais à présent les deux vaisseaux étaient reliés l'un à l'autre par une corde longue de plusieurs mètres.

En guise de réponse, Griffin poussa un cri sauvage, se débarrassa de ses bottes, et plongea dans l'océan.

— Complètement fou, marmonna James.

Il sauta pourtant à son tour par-dessus le bastingage, et s'enfonça dans les eaux tièdes, avant de suivre son cousin qui ne nageait pas comme un poisson, mais comme un requin.

Puis il grimpa à l'échelle de corde presque aussi rapidement que lui. Quand il atteignit le pont, l'effet de l'alcool s'était en partie dissipé ; il avait retrouvé quasiment toute sa lucidité.

En matière de cognac et de savoir-vivre, Griffin était un seigneur pirate.

Ses hommes étaient rassemblés autour de lui. Ils se tournèrent vers James quand il se redressa, dégoulinant.

Griffin arborait une expression totalement différente en présence de son équipage. Aucune trace de son ancienne éducation aristocratique ne transparaissait sur son visage sombre et inquiétant.

— C'est mon cousin, annonça-t-il.

Les pirates hochèrent la tête. Personne ne broncha, même si certains étrécirent les yeux.

— Il commandera le *Coquelicot II*. Appelez-le « Le comte ».

Une fois dans sa cabine, Griffin lança à James des vêtements secs : des habits taillés pour les combats en mer. Puis, sans cérémonie, il prit des ciseaux et lui coupa les cheveux.

— Tu ne voudrais pas qu'un coupe-jarret attrape tes jolies boucles par-derrière, expliqua-t-il.

James contempla son reflet dans le miroir. Celui qui le regardait n'avait plus rien d'un comte anglais. Il ressemblait à un homme qui n'a rien à perdre, un homme qui ne se soucie ni de sa femme, ni de sa famille, ni de son héritage.

Ce n'était pas tout à fait la réalité, mais il ne tenait qu'à lui que cela le devienne.

Désormais, il était pirate.

Un an plus tard

Grâce à leur technique (extrêmement efficace) d'abordage en tenaille, le *Coquelicot volant* et le *Coquelicot II* venaient de soulager un autre bateau pirate, le *Redoutable*, de ses gains mal acquis. Des palettes de bois de teck et des barriques de thé de

Chine remplissaient désormais leurs soutes, aux côtés de l'équipage du *Redoutable*, dont le capitaine, Jack le Flibustier, avait disparu au fond de l'Océan Indien en même temps que son navire.

Affalés dans la cabine de Griffin, James et son cousin célébraient leur dernière victoire devant un verre de cognac. Depuis le soir de leur rencontre, ils n'avaient jamais bu plus que de raison ; ce n'était simplement pas dans leur nature.

— Nous nous ressemblons beaucoup finalement, déclara James.

— Nous sommes tous les deux de sacrés bons marins, acquiesça Griffin. Juste au moment où j'ai pensé que le *Coquelicot II* devrait virer un peu plus à droite pour l'abordage, tu en as donné l'ordre.

— Dommage pour ces hommes.

— Ceux qui sont morts ?

— Oui.

— Nous n'avons perdu aucun des nôtres, tempéra Griffin. Et le *Redoutable* semait la terreur dans toutes les Indes orientales. Nous avons rendu service au monde. Un de plus après le sabordage de *L'Araignée noire* le mois dernier. Dois-je te rappeler que le *Redoutable* avait gagné sa réputation après s'être attaqué à un navire rempli de passagers, qu'ils ont tous jetés à l'eau, femmes et enfants compris ?

— Je sais, répondit James.

Les recherches qu'il avait effectuées sur les différents bateaux-pirates et leurs rayons d'action les avaient considérablement aidés au cours des derniers mois. Les *Coquelicots* étaient désormais autant craints par les pirates que ces derniers l'étaient par les navires marchands.

— Nous sommes de sacrés Robins des bois, pas vrai ?

— Sauf que nous ne distribuons pas nos gains aux pauvres, fit observer James, pince-sans-rire.

— Nous avons renvoyé cette statue en or au roi de Sicile. On aurait pu la vendre, répliqua Griffin.

— Une lettre du roi Ferdinand nous autorisant à battre pavillon corsaire vaut largement une statue de sainte Agathe, même en or massif. Ce qui n'était pas le cas de la nôtre, si je puis me permettre.

Griffin haussa les épaules. Il n'aimait pas donner sans rien recevoir en échange. Malgré tout, il devait admettre que, aussi subtile que soit la distinction, les corsaires avaient la vie plus facile que les pirates.

— Qu'as-tu l'intention de faire de tout ce tissu dans ta cabine ? demanda-t-il. Tu comptes convaincre une femme de monter à bord ? Je te préviens que les hommes n'apprécieront pas. À la première tempête, ils jetteront ta dulcinée à l'eau pour apaiser les démons de la mer, Poséidon, ou je ne sais qui d'autre.

— Je pensais envoyer ces étoffes à ma femme. Elle adore créer des vêtements, plus que les porter elle-même, et ces soies sont magnifiques.

— Pourquoi diable veux-tu faire une chose pareille ? s'étonna Griffin. Elle t'a fichu dehors, et sans douceur d'après ce que tu m'as raconté. Pourquoi lui rappeler ta misérable existence ?

— Bonne question. Oublie ces tissus. Que faisons-nous de l'or ?

— On le dépose dans une banque, répondit aussitôt Griffin. Quand je pense qu'avant de te rencontrer, je le cachais dans une grotte, ça me flanque la chair de poule. À ton avis, on le met à Genève ou on ouvre un autre compte ailleurs ?

— Je n'ai pas confiance en Napoléon. Je me demande si nous ne devrions pas fermer notre compte de Paris et tout placer à Genève.

Griffin posa son verre vide et se leva.

— James, j'ai une mauvaise nouvelle, déclara-t-il à brûle-pourpoint. Le quartier-maître du *Redoutable* avait été recruté deux mois plus tôt à Bristol, et j'ai trouvé ça dans ses affaires.

Il prit le journal qui traînait sur la commode et le lui tendit. Une notice nécrologique annonçait le décès subit du duc d'Ashbrook.

James fixa le journal, incrédule. Son père était mort. Depuis deux mois. En un instant, son univers bascula. Au bout de quelques secondes, il se leva.

— Je remonte à bord du *Coquelicot II* pour dire à l'équipage de faire route vers Marseille, annonça-t-il calmement. Nous ferions mieux de hisser le pavillon corsaire.

Griffin lui donna une bourrade dans l'épaule.

— Ne compte pas sur moi pour t'appeler Votre Grâce. Tu crois que les hommes vont saisir si on leur annonce qu'à partir de maintenant tu es le Duc ? Le Comte ne rend pas hommage à l'importance de ton rang.

James ne prit pas la peine de répondre. Il monta les marches d'un pas las. L'un des membres de l'équipage avait pour fonction de les transporter en canot d'un navire à l'autre. Quand James prit place dans la petite embarcation, la nuit tombait sur l'océan, noyant formes et couleurs.

De retour dans sa cabine, il s'affala tout habillé sur sa couchette. La journée avait été longue et éreintante. À partir du moment où ils repéraient un bateau pirate, ses hommes et lui restaient généralement deux jours entiers sans dormir : une période de surveillance intense, qui se concluait le plus souvent par une bataille sanglante. Les pirates étaient des durs à cuire, et seul un assaut violent et une lutte au corps à corps permettaient d'en venir à bout. L'abordage du *Redoutable* n'avait pas échappé à la règle.

Pourtant, malgré sa fatigue, l'esprit de James revenait sans cesse à son père. Un de ses hommes lui apporta une cuvette remplie d'eau chaude avant de ressortir en hâte. James se souleva avec peine et se dévêtit.

S'il avait passé une bonne partie de sa vie à maudire son père, il n'avait jamais envisagé sa mort. Jamais. D'autant que le duc n'était pas très âgé. En repensant au teint violacé de son père durant ses accès de rage, James supposa qu'il avait été foudroyé par une crise d'apoplexie.

Il aurait dû s'en moquer, vu la manière dont ils s'étaient quittés. Or, force lui était de constater que ce n'était pas le cas. Certes, son père s'était conduit d'une manière ignominieuse, mais, en dépit de ce qu'il lui avait dit, James n'avait jamais vraiment douté de son amour. Le duc avait beau être le pire des idiots, un joueur impénitent et un égoïste qui piétinait les sentiments de tous ceux qui l'entouraient, il n'en aimait pas moins son fils. Et qu'il ait quitté cette terre sans savoir si celui-ci était vivant ou mort était un déchirement.

Les souvenirs l'assaillaient soudain : son père ouvrant à la volée la porte de la nurserie et le soulevant dans ses bras ; son père le cachant sous son bureau pour que son précepteur ne le trouve pas ; le jour où il avait débarqué sans crier gare à Eton, et utilisé son titre pour interrompre le cours et l'emmener avec toute sa classe faire du bateau sur la Tamise.

Un chagrin mêlé de culpabilité lui écrasait la poitrine tandis qu'il se répétait que son père était mort le cœur brisé.

Il en était certain.

Il aurait dû… Il aurait dû… Quoi ? De toute façon, il était trop tard. Il n'avait rien fait quand c'était encore possible, et maintenant, le duc n'était plus. Il n'avait plus de père.

Daisy avait dû s'occuper de tout : l'enterrement et le reste. Quel que soit son mépris pour son beau-père, elle avait sûrement veillé à ce qu'il ait des funérailles décentes.

Sa toilette terminée, James contempla les étoffes empilées dans un coin de sa cabine. Elles chatoyaient comme dans les souks africains et les bazars indiens d'où elles provenaient. L'une d'elles lui rappela le ciel d'Angleterre en été quand l'air chaud et bleuté semble s'élever jusqu'au paradis.

Malgré lui, il entendait la voix de son père résonner sous son crâne, lui crier d'arrêter de se buter et de rentrer assumer ses responsabilités à la tête du duché.

Sauf que cette voix s'était tue à jamais. Tous ces souvenirs étaient lointains et inutiles, comme si l'Angleterre n'était plus qu'un royaume enfoui sous l'océan, un monde où il serait à peu près autant à sa place qu'une truite dans la basilique St Paul.

Au diable, tout cela !

Il avait cessé de rêver de Daisy, mais cela ne signifiait pas qu'il l'avait oubliée. Il continuait à penser à elle, le plus souvent quand il se remettait d'une blessure, seul dans sa cabine.

S'il avait pu tout recommencer il n'aurait pas quitté l'Angleterre. Il aurait porté sa femme à l'étage, l'aurait jetée sur le lit et lui aurait prouvé son amour. Mais il était trop tard pour revenir en arrière. Ces rêves étaient aussi défunts que son père.

Il n'y avait plus rien pour lui en Angleterre. Après sept années sans donner de nouvelles, il serait déclaré mort. Dans un mois ou deux, cela ferait deux ans qu'il naviguait. S'il ne réapparaissait pas, son cousin, Pinkler-Ryburn hériterait du titre dans cinq ans. Et Daisy pourrait se remarier. En coupant les ponts avec l'Angleterre, il mettrait un terme une fois pour toutes à ce désir étrange et méprisable de retourner auprès de sa femme.

Il entendait comme si c'était la veille Daisy déclarer que leur mariage était sans lendemain, et qu'un autre homme, meilleur que lui, tomberait amoureux d'elle.

Sur ce point, il n'avait aucun doute. De sa vie, James n'avait jamais ressenti autant de mépris envers quiconque qu'envers lui-même.

Il aboya un ordre, et un homme d'équipage apparut à la porte.

— Flanquez-moi ça par-dessus bord, lança-t-il en désignant les étoffes.

L'homme les ramassa et sortit en hâte de la cabine.

Une heure plus tard, James s'était rasé le crâne et arborait un petit coquelicot sous l'œil droit. Et puisque Jack le flibustier n'aurait plus jamais besoin de son nom, il décida de s'en approprier une partie en se faisant appeler Jack le Faucon.

Longue vie à Jack le Faucon.

Car James Ryburn, comte d'Islay et duc d'Ashbrook, était mort.

15

Juin 1811, Ryburn House, Staffordshire,
duché d'Ashbrook

Theo se passa la main dans les cheveux. Elle les avait coupés le lendemain du départ de James, et ne se lassait pas de la sensation de légèreté que lui procurait sa coiffure courte.

— Qu'avez-vous dit, maman ? J'étais perdue dans mes pensées.

— Veux-tu un morceau de gâteau aux pommes ?

— Non, merci.

— Il faut que tu manges, insista Mme Saxby en lui tendant une part dudit gâteau. Tu passes ton temps à travailler, ma chérie. Le travail, le travail, tu n'as que ce mot à la bouche.

— C'est qu'il y a beaucoup à faire. Reconnaissez que tout se passe plutôt bien, maman. Nous sortirons nos premières porcelaines ce mois-ci. Et les Tissages de Ryburn ont reçu quatorze commandes supplémentaires. Quatorze !

Elle ne put réprimer un sourire triomphant.

— C'est très bien tout cela, mais tu es presque décharnée. Ce n'est pas très seyant.

Theo ignora la remarque. Cela n'avait pas été facile, mais elle avait fini par se résigner à son statut de femme laide. Quand James avait quitté le pays, la bonne société avait supposé tout naturellement qu'il fuyait pour ne pas avoir à rester plus de deux jours en compagnie d'une épouse aussi hideuse. Pendant deux mois, le Tout-Londres, à en croire les journaux, n'avait parlé que de cette histoire. Préférant s'épargner une épreuve inutile, Theo s'était réfugiée dans le Staffordshire le jour même du départ de James. Sa mère l'avait rejointe dès son retour d'Écosse.

Quand la nouvelle de l'embarquement de James à bord du *Percival* s'était répandue, Theo était déjà à l'abri à la campagne. Et si ses activités l'obligeaient parfois à se rendre dans la capitale, elle n'était cependant jamais réapparue dans la bonne société – rien que ce terme lui donnait envie de vomir.

— Le mariage de M. Pinkler-Ryburn approche, lui rappela sa mère. Nous devons nous montrer toutes deux sous notre meilleur jour.

— Comme je vous l'ai dit lorsque nous avons reçu cette invitation, je ne vois pas pourquoi je devrais assister au mariage de l'héritier supposé de mon mari avec cette gourde de Claribel. Du reste, ajouta Theo avec pragmatisme, les noces ayant lieu dans le Kent, je serais absente presque une semaine. Or, comme vous le savez, août est un mois chargé, et je ne dispose pas de ce temps.

Mme Saxby reposa sa tasse de thé sur sa soucoupe avec brusquerie.

— Ma chérie, je regrette d'avoir à te le dire, mais tu deviens de plus en plus rigide.

Des fils d'argent couraient dans ses cheveux, et elle avait perdu un peu de son mordant depuis le départ fracassant de son beau-fils, mais elle demeurait attachée à l'étiquette.

— En tant que représentante du duché, tu te dois d'assister à cette cérémonie. D'autant que M. Pinkler-Ryburn est un homme tout à fait estimable.

— Sa valeur n'est pas en cause. J'ai juste trop à faire ici pour perdre du temps avec ce mariage.

— Je trouve ta vision de la vie très étriquée, commenta Mme Saxby. Ce n'est pas parce que tu as eu une expérience matrimoniale décevante que tu dois te transformer en harpie malheureuse à la langue acerbe.

— Je ne suis pas malheureuse, se défendit Theo. De toute façon, le bonheur ne se décide pas.

— La vie ne t'a pas épargnée, certes. Mais où est passée ma fille ? Celle qui rêvait de créer son propre style ? Tu n'arrêtais de me répéter que dès que tu pourrais choisir toi-même tes vêtements, tu jetterais tes perles et tes dentelles aux orties. Je n'étais pas toujours d'accord, mais j'avais hâte de voir à quoi tu ressemblerais.

Theo baissa les yeux sur sa robe.

— Que reproches-tu à ma toilette ? Je te rappelle que nous sommes en deuil.

— Elle a été confectionnée au village. La seule chose qu'on puisse dire en sa faveur, c'est qu'elle est coupée droit.

— Mon apparence ne m'intéresse pas ; tout cela, c'étaient des rêves de jeune fille. Du reste, je passe presque toute la journée dans mon bureau. Quel intérêt de commander une robe à une modiste, en particulier une robe de deuil, si personne ne peut la voir.

— Une lady ne s'habille pas pour les autres.

— Permettez-moi de ne pas être d'accord, maman. Les débutantes s'apprêtent dans le but de trouver un mari, que Dieu leur vienne en aide…

— C'est précisément le genre de commentaire dont je parlais, coupa Mme Saxby.

Theo soupira.

— Je pourrai faire venir une robe ou deux de Londres quand nous ne serons plus en deuil, si vous y tenez. En revanche, il est hors de question que je me rende là-bas juste pour changer ma garde-robe. Ou que j'assiste au mariage de Pink.

— Le bonheur, affirma sa mère en revenant à son sujet, est une question de volonté. Ce dont tu ne fais guère preuve en ce moment.

Pour la première fois depuis le début de cet échange, Theo se sentit vraiment agacée. Comment sa mère osait-elle l'accuser de manquer de volonté ? Ces dernières années, elle était restée des heures à veiller dans son bureau pour étudier des manuels de céramique italienne et de mobilier élisabéthain pendant que toute la maisonnée dormait paisiblement.

Chaque semaine, elle parcourait l'ensemble du domaine en calèche pour s'assurer que l'état des troupeaux et les conditions de vie des villageois s'amélioraient. Quand elle se rendait à Londres, ce n'était pas pour aller au théâtre ou courir les boutiques, mais pour visiter les ateliers de tissage de Cheapside.

S'efforçant de dissimuler sa contrariété, elle répondit :

— Je pense faire preuve de volonté.

— Oh, tu travailles ! concéda Mme Saxby d'un ton dédaigneux.

— Le domaine est rentable en dépit de la rente que nous avons dû verser régulièrement à cet escroc de duc, lança Theo.

Une pointe de remords la traversa en percevant l'acrimonie dans sa voix.

— Pardonnez-moi, maman. Je n'avais pas l'intention de me comporter comme une harpie. Mes paroles n'étaient pas très convenables, surtout maintenant que le duc est mort.

Sa mère lui tapota la main.

— Je sais que tu ne voulais pas être blessante, ma chérie.

Mais elle ne nia pas qu'elle commençait à ressembler à une harpie. Zut alors !

— Ce ne sont pas quelques jolies plumes achetées à Londres qui vont me transformer, fit valoir Theo.

— Tu es belle, affirma sa mère, montrant une fois encore son aveuglement dès qu'il s'agissait de sa fille. D'autant plus que tu ne ressembles à personne.

— Toutes les plumes et les falbalas dont je pourrais me parer ne serviraient qu'à m'humilier davantage. Y compris à mes propres yeux.

Sa mère posa de nouveau sa tasse de thé.

— Theodora, je croyais t'avoir appris à te montrer plus courageuse. Tu n'es pas la première dont l'amour-propre a reçu un coup, et tu ne seras certainement pas la dernière. Mais ce n'est pas une excuse pour t'apitoyer sur toi-même. En évitant la bonne société, tu ne fais qu'alimenter les rumeurs et les spéculations. Et en ressassant les plus mauvais côtés de ton mariage, tu te rends désagréable.

— Je ne ressasse pas les mauvais côtés de mon mariage ! se récria Theo. Et franchement, maman, pourriez-vous me citer les bons côtés de mon mariage ?

Sa mère plongea son regard dans le sien.

— J'ai la nette impression, Theodora, que tu apprécies la manière dont chacun dans ce domaine boit tes paroles. Sans même parler de l'énergie que tu as investie dans les ateliers de tissage et les manufactures de porcelaine.

C'était indiscutablement vrai.

— Tu n'aurais jamais pu faire cela en épousant lord Geoffrey Trevelyan. À ce propos, je l'ai croisé à l'opéra il y a deux semaines. On donnait *Cosi fan tutte*, chanté en italien.

— Une jolie façon de me prouver que vous avez raison, commenta Theo, le sourire aux lèvres. C'est vrai, je préfère ne pas être obligée d'endurer des opéras des heures durant.

— Malgré tout, tu refuses de t'autoriser à être heureuse. Tu as décidé de te considérer comme une victime, alors qu'en réalité, tu as triomphé de l'adversité. Tu as mis ton mari à la porte, et dans ce que j'imagine avoir été un paroxysme de culpabilité, il t'a obéi.

— Il voulait partir, protesta Theo.

Elle avait fini par le comprendre, et s'était plus ou moins réconciliée avec cette idée.

— Il m'a épousée pour sauver l'honneur de son père, mais cela ne signifie pas qu'il avait l'intention de rester marié, enchaîna-t-elle. Du moins avec moi.

Sa mère la considéra un instant, puis contempla la théière.

— Veux-tu que je te resserve, ma chérie ?

— Non merci. Je viens de recommencer, n'est-ce pas ?

— La vie est beaucoup plus compliquée que tu ne veux bien l'admettre. Personnellement, je conteste ton explication concernant les motifs de James. Mais là n'est pas la question. Après tout, le pauvre garçon est peut-être mort.

Theo cilla.

— Bien sûr que non ! Il boude simplement quelque part. Je ne lui ai pas ordonné de quitter l'Angleterre pour toujours. J'ai juste exprimé le souhait de ne jamais le revoir.

— Selon moi, le seul vrai lien de James avec l'Angleterre, c'était toi. Quand tu l'as rejeté, il a probablement préféré couper avec son passé pour se protéger. Il ne voyait plus en son père que l'homme qui s'était mal conduit envers toi, et maintenant le duc est mort. James n'a plus aucune raison de revenir en Angleterre.

— « Mal conduit » ! répéta Theo. Je vous trouve bien miséricordieuse.

— Le duc a certes dilapidé sa fortune – et ton héritage – de manière irresponsable. Il n'en reste pas moins qu'il nous a ouvert sa porte sans la moindre hésitation à la mort de ton père. Ashbrook a été brisé par la disparition de son fils, et tu en portes une part de responsabilité, Theo. Il aimait James, profondément.

— Vous continuez à parler de James comme s'il était mort, s'insurgea Theo avec une véhémence qui la surprit elle-même. James est *vivant*.

— Espérons-le.

Sa mère se leva avec grâce.

— Je dois vérifier le linge avec Mme Wibble. Nous nous retrouverons pour le déjeuner, ma chérie.

Theo se mit debout à son tour, plus ébranlée qu'elle ne voulait le reconnaître par cette sortie très théâtrale.

Non, James n'était pas mort. Si c'était le cas, elle le saurait.

Refusant de s'interroger sur cette intime certitude, elle gagna son bureau. Elle avait promis de faire parvenir de nouveaux croquis à l'atelier cet après-midi.

À bord du Coquelicot II

Quelques semaines après la naissance de Jack le Faucon (et la déclaration de décès de James Ryburn, comte d'Islay, par la seule personne vraiment informée, c'est-à-dire lui-même), le *Coquelicot volant* et son ombre, le *Coquelicot II*, mouillèrent à quelques encablures d'une île des Indes occidentales sur la route de la France. Là, James – désormais connu sous le nom de Jack – succomba aux avances chaleureuses d'une veuve aussi joyeuse que plantureuse.

Il apprit d'elle une ou deux choses intéressantes, ce qui ne l'empêcha pas de se sentir horriblement mal le lendemain matin. Mais, en pratique, son mariage n'existait plus. Avait-il l'intention de rester chaste jusqu'à la fin de ses jours ? Certainement pas.

Infidèle… infidèle. Il n'aimait pas ce mot. Il le ressassa pendant un mois ou deux, jusqu'à ce qu'il parvienne à le pousser dans un recoin sombre de son cerveau et à l'y enfermer. Sa femme avait mis fin à leur union, il était donc libre d'agir à sa guise. Ce n'était pas de l'adultère, un point c'est tout. Il se conduisait comme tout homme responsable le ferait dans sa situation : il demeurait à l'écart afin d'être déclaré mort au bout des sept années réglementaires et que son épouse retrouve sa liberté. Il vivait sa vie au lieu de simplement réagir aux événements.

James approfondit ses connaissances grâce à une demoiselle parisienne qui se révéla un professeur très doué, puis à Anela, une jeune habitante des îles du Pacifique pour qui le soleil levant se révérait en position horizontale.

Auprès d'elle, il se découvrit un véritable talent pour la prière.

Griffin, pour sa part, n'était jamais aussi heureux qu'avec une fille à chaque bras. Et comme James et lui étaient de nature généreuse (au lit comme en dehors), la vue du *Coquelicot volant* et du *Coquelicot II* à proximité des côtes devint bientôt une occasion de réjouissance dans certaines régions du monde.

Jack le Faucon était désormais un nom maudit par les pirates. À force de hisser les voiles, de se battre au corps à corps, de nager d'un *Coquelicot* à l'autre, et de prier avec Anela, Jack se transforma physiquement : sa peau se burina, ses épaules et son torse s'élargirent, les muscles de ses bras et de ses cuisses se développèrent, et il grandit même de quelques centimètres. Sa propre mère ne l'aurait pas reconnu.

Mais si son regard bleu et ses pommettes hautes indiquaient l'aristocrate, les pirates ne voyaient que le petit coquelicot tatoué sous son œil droit, et ce dernier ne signifiait qu'une chose : la mort.

16

Août 1812

Ce matin-là, Mme Saxby et Theo terminaient leur petit déjeuner quand, une fois de plus, la conversation dériva sur James.

— Un jour, tu le reprendras, affirma Mme Saxby.

— Certainement pas, riposta Theo, agacée. Je ne pense même plus à lui.

— Tu es donc résolue à ne pas avoir d'enfants ?

Une pique typique de sa mère, songea Theo. Pourtant, cette fois, celle-ci ne profita pas de son avantage, mais se prit la tête entre les mains en grimaçant.

— Seigneur, j'ai un mal de tête !

Theo bondit sur ses pieds et vint près d'elle.

— Voulez-vous que je demande qu'on vous prépare une infusion ? Laissez-moi vous reconduire jusqu'à votre chambre. Quelques heures dans le noir avec une serviette fraîche sur le front, et vous vous sentirez mieux.

— Je suis tout à fait capable d'y aller seule, ma chérie, protesta sa mère en se levant. Une petite sieste, et je serai aussi fraîche qu'un gardon.

Caressant la joue de Theo, elle ajouta :

— Tu es le plus beau cadeau que la vie m'ait offert. Je te souhaite simplement la même chose : avoir un enfant avec l'homme que tu aimes.

Theo l'entoura de ses bras et l'étreignit.

— J'ai une nouvelle qui va vous faire plaisir, maman. J'ai décidé de me faire confectionner une nouvelle garde-robe à Londres et de rendre visite à M. Pinkler-Ryburn et à sa délicieuse épouse Claribel.

— J'ai hâte de voir ces nouvelles robes, répondit sa mère en riant. Je t'aime, ma chérie.

Sur ce, elle se détourna pour se retirer dans sa chambre.

Mme Imogen Saxby ne se réveilla jamais de cette sieste. Theo organisa ses funérailles et reçut les traditionnelles visites de condoléances comme enveloppée d'un épais brouillard. Des semaines passèrent avant qu'elle accepte la réalité : sa mère n'était plus. La maison était vide. Theo mangeait seule et pleurait.

Malheureusement, les affaires ne s'arrêtent pas simplement parce que quelqu'un meurt dans la famille. C'était inopportun de pleurer en pleine entrevue avec le régisseur, de sangloter à l'église, au petit déjeuner ou en se rendant à Londres. Une telle attitude manquait de dignité, mais Theo s'en moquait. Sa douleur était telle que l'opinion des autres n'avait aucune importance.

Malgré tout, elle trouva la force de continuer, consciente que beaucoup de gens dépendaient d'elle et qu'elle ne pouvait pas les abandonner.

Finalement, l'année de deuil s'acheva. Elle avait souvent repensé à ses conversations avec sa mère à propos du mariage, et s'était peu à peu réconciliée avec l'idée que James et elle devaient trouver un *modus vivendi* à leur situation. Cela faisait maintenant quatre ans qu'il était parti et qu'elle n'avait aucune nouvelle de lui. Elle décida de le retrouver. Les deux souhaits les plus chers de sa mère n'étaient-ils pas qu'elle reprenne sa place dans la bonne société et auprès de James ?

Sans plus de cérémonie, elle demanda à ses avocats d'engager autant de détectives que nécessaire et de les envoyer à travers le monde à la recherche d'informations sur son mari. Nul doute que cette quête coûterait une fortune, mais vu les gains générés par les manufactures et les terres du domaine, Theo en avait les moyens.

Après quoi, elle s'efforça de chasser James de son esprit. Il n'y avait rien d'autre qu'elle pût faire à son sujet pour l'instant.

Grâce à son goût et à ses talents artistiques, les porcelaines d'Ashbrook avaient connu un essor fulgurant en offrant des pièces exceptionnelles aux quelques privilégiés qui partageaient sa passion pour les poteries de la Grèce antique. Elle avait également mis tout son amour de la couleur dans les créations des Tissages de Ryburn, désormais spécialisés dans la reproduction d'étoffes françaises et italiennes des XVIIe et XVIIIe siècles.

Aujourd'hui, les deux entreprises avaient atteint l'équilibre financier et pouvaient fonctionner sans son implication quotidienne. Ce dont elles avaient le plus besoin, en vérité, c'était d'une personnalité importante à leur tête : quelqu'un dont le goût et l'élégance seraient loués dans toute la bonne société, quelqu'un qui créerait l'envie d'acquérir une porcelaine d'Ashbrook.

Malheureusement, si l'idée était bonne, elle avait un inconvénient de taille : Theo n'avait – volontairement – plus aucun lien avec ceux qu'il lui fallait impressionner.

Elle avait appris à faire confiance à son goût, même si, jusqu'alors, elle n'avait pas pris la peine de le montrer dans sa façon de s'habiller. Le style, qui était l'art de combiner harmonieusement différents éléments, était, selon elle, beaucoup plus important que la beauté. D'ailleurs, la plupart du temps, les gens le confondaient avec elle.

À y réfléchir, il ne serait pas très difficile de tenir le rôle de la cliente idéale. N'avait-elle pas rédigé sa propre définition du style des années auparavant, alors qu'elle n'était qu'une jeune fille passionnée de mode ? En relisant sa liste de critères, elle découvrit avec plaisir que tout ce qu'elle avait écrit à l'époque était toujours d'actualité. Cela suffit à la convaincre : elle deviendrait son meilleur instrument de promotion.

Elle décida de séjourner quelques mois à Paris avant de partir à la conquête de Londres. Si elle en croyait les journaux qui ne parlaient que du traité de Fontainebleau et de l'abdication de Napoléon, la guerre entre les deux peuples était enfin terminée, et les visiteurs anglais de nouveau bien accueillis en France. Personne mieux que les Français ne comprenait que si la beauté est innée, l'art de se vêtir, lui, est à la disposition de tous ceux qui se soucient de l'apprendre.

En mai 1814, la comtesse d'Islay (puisque James devait encore prendre possession du titre de duc) quitta ses terres pour s'installer dans un magnifique hôtel particulier en bordure de Seine face au palais des Tuileries. Elle avait l'intention de s'adonner à l'étude de l'élégance vestimentaire avec autant de passion et d'enthousiasme qu'elle en avait mis dans celle de la poterie et du tissage.

Et elle ne doutait pas de réussir.

17

Paris, 1814-1815

Un mois après son entrée dans le giron de la haute société parisienne, la comtesse d'Islay était considérée comme une Anglaise « intéressante » ; quelques mois plus tard, elle avait acquis le statut de Française honoraire. Personne ne faisait référence à elle par des termes aussi insipides que « laide » ou même « belle » : elle était « ravissante », et, par-dessus tout, « élégante ».

Il était de notoriété publique que la duchesse d'Angoulême, la nièce du roi Louis XVIII en personne, consultait lady Islay pour tout ce qui avait trait au sujet délicat des éventails ou autres accessoires. Chapeaux, gants, souliers et réticules n'ajoutaient-ils pas à l'allure d'une femme ? Les Parisiennes poussaient de hauts cris devant les associations de brun et de noir de Theo ou, pire, sa robe de soirée en taffetas noir cousue d'améthystes ou encore sa tenue d'équitation violette et ses gants vert citron.

Elles poussaient de hauts cris, et s'empressaient de l'imiter.

Ce qu'elles préféraient, c'étaient ses règles épigrammatiques. On s'en emparait comme autant de pierres précieuses, et il suffisait qu'elle proclame « Réservez les dentelles pour votre baptême. Point. » pour que même les plus modestes des vendeuses arrachent les dentelles de leur robe du dimanche.

La rumeur selon laquelle elle aurait déclaré que « la discrétion est synonyme d'intelligence » fit sensation. Le temps que l'on comprenne qu'il ne s'agissait pas d'un commentaire vestimentaire, mais d'une critique de l'adoration ostentatoire que le marquis de Maubec portait à la troisième épouse de son père, nombre de Parisiennes en avaient conclu qu'une femme « discrète » ne croulait pas sous les bijoux. En réalité, la comtesse avait simplement fait remarquer à propos d'une élégante couverte de joyaux : « Elle brille comme un lustre. »

Son influence était telle qu'une délégation de trois diamantaires vint la supplier de voler au secours de la profession. Le soir même, lady Islay apparaissait à un bal parée d'un collier formé de huit rangs de diamants reliés les unes aux autres par un extraordinaire diamant taillé en poire. Désinvolte, elle affirma que, selon elle, une femme raffinée devait rivaliser avec la Voie Lactée : « Les bébés ont besoin de lait, les femmes de diamants. »

Quand Theo fêta son vingt-troisième anniversaire, son mari avait disparu depuis presque six ans, et aucun des détectives envoyés de par le monde (même s'ils n'étaient pas tous rentrés) n'avait retrouvé sa trace. Chaque fois qu'on la questionnait à ce sujet, elle répondait qu'il était égaré, comme s'il s'agissait d'un horrible chandelier offert par une grand-tante.

Mais, en son for intérieur, elle était loin de se sentir aussi détachée. Ce silence ne ressemblait pas à

James. Ou bien si ? Elle n'avait jamais rencontré personne doté d'un aussi mauvais caractère, hormis son défunt père le duc. Sa colère contre elle, ou contre lui-même, l'avait peut-être poussé à s'installer dans un autre pays en rejetant son ancienne vie. Mais se pouvait-il qu'il rumine aussi longtemps ? Qu'il n'ait pas envie de rentrer pour discuter avec elle ?

À moins qu'il n'ait une autre vie, une autre épouse ailleurs... Peut-être même avait-il pris un autre nom.

C'était une éventualité déplaisante, mais pas autant que celle envisagée par Cecil Pinkler-Ryburn, pressenti pour devenir le futur duc. L'héritier de James et sa femme, Claribel, étaient arrivés à Paris quelques mois après elle, à l'instar de nombre d'Anglais raffinés désertant Londres pour le Continent. Si Claribel, très maternelle, préférait rester chez elle avec ses enfants, Cecil, pour sa part, avait rapidement pris contact avec sa cousine par alliance, et, contre toute attente, Theo avait découvert en lui un compagnon fort agréable.

Cecil était persuadé que si James avait été encore vivant, il serait rentré à Londres dès la nouvelle du décès de son père. Or, ce n'était pas le cas, donc, il était mort.

Theo préférait ne pas y penser. Elle adorait sa vie en France, ses journées passées à étudier d'anciennes techniques de tissage, à dénicher des motifs inspirés de la Grèce antique pour les envoyer dans ses fabriques en Angleterre, ses soirées mondaines à la Cour. Pourtant, en son for intérieur, force lui était de reconnaître qu'à chaque nouvelle réussite, elle se demandait ce qu'en penserait James.

Il était comme un public invisible et silencieux au fond d'elle-même. Au fil du temps, elle avait oublié (plus ou moins) le mensonge à l'origine de leur mariage pour se souvenir surtout de l'ami d'autrefois. L'ami qui l'avait soutenue lors de ses débuts dans le monde, alors qu'elle faisait chaque soir tapisserie et vouait un amour sans espoir à lord Geoffrey Trevelyan.

Bien qu'il ne présentât aucune ressemblance avec James, tant sur le plan physique que moral, Cecil était à présent son ami le plus cher. Le dandy d'hier avait laissé place à un homme replet, beaucoup plus intéressé par un turbot nappé d'une bonne sauce au vin que par la hauteur de son col de chemise.

Pourtant, s'il s'habillait désormais plus sobrement, Cecil ne se désintéressait pas pour autant de la mode. Ces derniers temps, il portait souvent de la soie des ateliers de Ryburn, en particulier pour ses cravates colorées (du dernier cri à Paris) qui permettaient de détourner l'attention de son double menton tout neuf.

— C'est une nouvelle cravate ? s'enquit Theo tandis qu'ils prenaient le thé.

— Oui, confirma-t-il avec un sourire qui creusa les petites rides au coin de ses yeux. Mon valet de chambre était choqué à l'idée d'associer une cravate rose avec une veste violette, mais il a suffi que je vous cite en exemple pour qu'il se rende à la raison. C'est extraordinaire de voir un Français se plier aux prescriptions d'une Anglaise. Sans vous, je n'aurais jamais osé mettre son avis en doute.

Theo lui resservit du thé.

— Je vous suis reconnaissante de ne pas avoir cherché à me convaincre de prendre une décision officielle concernant le duché.

— Dieu sait que je n'ai aucune envie d'être duc, avoua Cecil en grimaçant.

Il était sincère. De nature indolente, il regardait avec horreur les responsabilités associées à la possession d'un duché.

— Le seul point positif que je vois dans le fait de devenir duc, c'est de pouvoir juger l'un de mes pairs si jamais il tue quelqu'un. Mais, franchement, cela arrive assez rarement.

— Misérable sanguinaire, plaisanta Theo.

— Ma fortune me suffit largement. En revanche, mon beau-père trépigne de joie à cette perspective.

— Nous ne pouvons pas déclarer James mort sans avoir fait une dernière tentative pour le retrouver. J'envisage de rentrer en Angleterre voir ce qui est arrivé à ces détectives que j'ai envoyés aux quatre coins du monde. Pour Noël peut-être, juste avant le début de la saison. Je ne peux pas demeurer toute ma vie à Paris.

Cecil se racla la gorge.

— Mon beau-père aussi s'est adressé à un détective il y a deux ans.

— L'homme n'a rien trouvé ?

— Il me semblait inutile de vous en informer tant que nous n'avions rien de nouveau. Il existe des dispositions légales, vous savez… Le duc doit être porté disparu depuis sept ans.

— Cela fera sept ans au mois de juin, fit observer Theo en contemplant sa tasse. Votre homme est-il allé aux Indes ? Je me rappelle avoir entendu James parler de ce pays.

— Je lui poserai la question, promit Cecil en se levant.

Noël 1814 fut une période merveilleuse. Les bals se multipliaient, et l'on faisait la fête comme seuls les

Parisiens en sont capables. Pourtant, Theo sentait monter en elle une anxiété de plus en plus palpable. Se pouvait-il qu'il soit réellement arrivé quelque chose à James ?

Ce serait tellement affreux si, à cause d'elle, il avait trouvé la mort sur un rivage étranger. Ou, pire, si son bateau avait sombré en pleine mer. La nuit, au lieu de dormir, elle errait dans son hôtel particulier en imaginant le *Percival* perdu en pleine tempête et James englouti par les vagues. Quand enfin, elle parvenait à s'assoupir, c'était pour se réveiller quelques heures plus tard, certaine que seule la disparition prématurée de James pouvait expliquer qu'il ne soit pas revenu après le décès de son père.

L'ampleur de son inquiétude pour ce mari absent qui l'avait si ignominieusement trahie la déroutait.

Jusqu'au jour où elle décida qu'elle était lasse de toute cette culpabilité, lasse de ce chagrin et ce désir exaspérant qui refusait de la quitter.

— Il est mort, déclara-t-elle à voix haute dans l'air frais du matin.

Cette pensée était douloureuse, mais pas insupportable. Six ans, presque sept, c'était long après tout, surtout comparé à deux jours de mariage. Son ami d'enfance lui manquait bien davantage que l'époux dont il avait tenu si brièvement le rôle.

Elle fit mander Cecil chez elle. Ils avaient tous deux prévu de rentrer en Angleterre en février.

— Donnons-lui une année supplémentaire, proposa-t-elle. Si nous n'avons pas de nouvelles d'ici là, nous ferons le nécessaire pour que le titre vous soit transmis.

— Ensuite, vous devrez vous trouver un autre époux, déclara-t-il. Claribel et moi espérons bien vous voir mariée et heureuse.

Quel genre d'homme épouser ? C'était une vraie question.

Chaque fois qu'elle y réfléchissait, elle aboutissait aux mêmes caractéristiques : une belle voix ; des yeux bleus ; un sourire chaleureux ; de l'humour ; et une authentique gentillesse.

Il ne fallait pas être très perspicace pour se rendre compte qu'elle décrivait là un homme qui avait disparu, peut-être à tout jamais. Aussi redoubla-t-elle d'efforts pour se convaincre de la perfidie de James. Avait-elle vraiment envie de reprendre un homme qui l'avait épousée parce que son père le lui avait ordonné ?

La réponse à cette question était désespérante. Oui, elle en avait envie.

Tant qu'il lui ferait l'amour et chanterait pour elle après.

18

Avril 1815

Le premier bal de la saison est toujours le plus intéressant pour plusieurs raisons, certaines évidentes, d'autres plus ésotériques. Non seulement, il permet de voir les débutantes faire leur entrée dans le monde, mais aussi d'appréhender clairement le statut de chacun : qui est en deuil, et par conséquent, confiné à la campagne ; quel mariage est devenu si désastreux que mari et femme vivent dans des résidences séparées ; qui a tellement perdu aux courses qu'il porte une veste affreusement démodée.

Ce fut lors d'un premier bal que Beau Brummell fit sa première apparition en costume noir et chemise blanche. À un premier bal également que Petunia Stafford exhiba ses boucles courtes qui la faisaient ressembler à une enfant frivole et éblouissante. Et encore à un premier bal que lady Bellingham se présenta avec des jupons mouillés (d'ailleurs, certains se demandaient encore si elle portait une chemise).

Theo décida d'éviter le premier bal de la saison 1815. Son intention aurait été trop évidente, et l'une des règles tacites de la comtesse d'Islay consistait à ne jamais rien faire qui fût évident.

Bien sûr, elle avait reçu une invitation. Dès que le heurtoir de l'entrée du 45 Berkeley Square était réapparu sur la porte, signifiant qu'elle avait repris ses quartiers dans la capitale, les invitations avaient plu.

Comme elle s'était mariée au milieu de la saison 1809 et avait évité la bonne société londonienne depuis, beaucoup de gens se la rappelaient à peine. Ils étaient donc impatients de juger par eux-mêmes de sa laideur.

Mais d'autres, qui avaient séjourné à Paris ou entendu parler de la comtesse d'Islay, avaient conscience que, parfois, les vilains petits canards se transforment en cygnes.

En vérité, Theo n'avait pas seulement choisi de bouder le premier bal, mais également ceux des trois premières semaines de la saison. Elle voulait faire son apparition, son retour dans la haute société britannique, au cours d'un bal donné par Cecil et Claribel.

Claribel était aussi écervelée que dix ans plus tôt. Son insipide beauté avait mal vieilli ; elle commençait à ressembler à une rose fanée juste avant que ses pétales commencent à tomber. Et, à l'instar de Cecil, elle s'était considérablement étoffée au niveau de la taille.

En revanche, la minceur et les traits pleins de caractère de Theo avaient commencé à susciter un certain intérêt après ses vingt ans. Elle savait qu'elle n'avait jamais paru plus à son avantage qu'aujourd'hui, même si cette pensée s'accompagnait chaque fois d'une pointe de culpabilité – sa mère aurait abhorré une observation aussi vaniteuse et égocentrique. Incroyable comme la voix d'une mère continue à résonner dans la tête de son enfant des années après qu'elle se fut tue !

Le soir du bal des Pinkler-Ryburn, le nom de lady Islay était pratiquement sur toutes les lèvres. À en croire la rumeur, la comtesse avait accepté l'invitation de ses cousins.

— Nous avons invité lord Tinkwater ? s'étonna Claribel tandis que le majordome introduisait un lord complètement ivre qui avait eu la sagesse d'inventer une façon de marcher ne nécessitant aucun sens de l'équilibre.

— Non, répondit Cecil. Il y a là toutes sortes de gens auxquels nous n'avons pas envoyé d'invitation, ma chère.

Il pressa gentiment le bras de sa femme et pivota pour saluer lord Tinkwater.

Les Pinkler-Ryburn venaient de se décider à rejoindre à leur tour la salle de bal, et il n'y avait toujours aucun signe de lady Islay. Il descendait le grand escalier quand un grand bruit s'éleva derrière eux.

— Ce doit être Theo, devina Cecil en pivotant. Elle a parfaitement organisé son entrée, évidemment. *Bon sang !*

Claribel ouvrit la bouche pour réprimander son mari d'avoir juré devant elle, et resta muette de stupéfaction.

La femme qui se tenait en haut des marches, un petit sourire plein d'assurance aux lèvres, ressemblait à une déesse qui aurait fait un détour par Paris. Elle possédait cette sorte d'allure ineffable impossible à imiter – au grand dam de Claribel qui n'avait pourtant pas ménagé ses efforts pour y parvenir.

L'étoffe de la robe de lady Islay devait à elle seule coûter l'équivalent de la rente trimestrielle de Claribel. C'était un taffetas rose perle tissé de fils d'argent. La coupe était audacieuse, avec un profond décolleté et une sorte de drapé resserré sous les seins et tombant jusqu'au sol.

Le rose mettait en valeur sa chevelure couleur d'ambre clair mêlée de mèches châtaines. Pourquoi n'avait-elle pas laissé ses cheveux retomber en boucles autour de son visage ? se demanda Claribel en se promettant de lui toucher deux mots de ce nouveau fer à friser utilisé par sa femme de chambre. Elle-même arborait de très jolies anglaises qui tressautaient sur ses épaules.

Mais, boucles ou pas, la comtesse était splendide ; il émanait d'elle un charme presque hypnotique. La pièce la plus étonnante de sa tenue était une cape qui ressemblait à de la fourrure et brillait sous la lumière.

— Bon sang, répéta Cecil à mi-voix.

Claribel lui jeta un coup d'œil et découvrit, non sans surprise, cette lueur admirative dans son regard qu'il réservait d'ordinaire à sa silhouette généreuse.

— Je ne vois là aucune raison de jurer, fit-elle remarquer.

Sur quoi, elle s'avança en direction de leur invitée.

— Vous êtes superbe, lady Islay. Votre toilette est exquise. Voulez-vous que Jeffers vous débarrasse de votre cape ? Elle risque de vous tenir chaud.

Cecil se penchait déjà sur la main gantée de lady Islay.

— Surtout pas, répondit-il sans lui laisser le temps d'ouvrir la bouche. Je suis certain que Theo a prévu de porter sa cape au moins une partie de la soirée.

Claribel perçut une note amusée dans sa voix.

— Si vous êtes certaine de ne pas avoir trop chaud, concéda-t-elle en détaillant ladite cape.

Elle se déployait jusqu'au sol dans un tourbillon d'une incroyable légèreté. L'intérieur était doublé de soie rose, et l'extérieur…

— Quelle est cette matière ? ne put s'empêcher de s'enquérir Claribel en la touchant.

— Je crois que j'ai deviné, intervint Cecil, tout sourires.

— Vraiment ? fit Theo. Aurais-je manqué de subtilité ?

Claribel était complètement perdue. Mais son mari, comme d'habitude, avait compris ce qui lui échappait. La preuve, il éclata de rire.

— Du duvet de cygne, dit-il. Un duvet magnifique. Et tout le monde dans cette pièce a remarqué votre éclat immaculé.

— Je n'ai pas pu résister, avoua Theo, ses lèvres s'incurvant sur l'un de ses rares sourires. Vous avez de la chance d'avoir un tel mari, ajouta-t-elle à l'intention de Claribel. C'est un homme exceptionnel qui connaît ses classiques en matière de contes de fées.

— Je le sais, bien sûr, bafouilla Claribel.

Il y avait quelque chose d'intimidant chez lady Islay. Son élégance, évidemment, mais aussi cet air sévère, qui aurait dû être rébarbatif, et chez elle paraissait presque sensuel, même si Claribel n'appréciait guère ce terme.

Ce fut alors qu'elle se rendit compte que le tissu de la robe de son invitée était scandaleusement fin. Pas étonnant que lady Islay n'ait pas peur d'avoir trop chaud. Quand celle-ci se tourna pour saluer lord Scarborough, Claribel distingua nettement la ligne de son mollet.

Elle réprima un soupir. Certes, elle adorait ses trois enfants, mais sa grossesse avait eu un effet malheureux sur sa silhouette. Comparée à Theo, elle avait l'impression d'être un coussin trop rembourré.

— Elle est merveilleuse, n'est-ce pas ? murmura son mari.

— Je la trouve un peu trop dévêtue, répliqua Claribel plus vivement qu'elle ne l'aurait souhaité.

Cecil s'empara de sa main et la porta à ses lèvres.

— Vous ne pensez tout de même pas que je trouve Theo plus séduisante que vous ?

— Sa silhouette est parfaite, soupira-t-elle, nostalgique. Tout simplement parfaite.

Il se pencha vers elle.

— Ce n'est pas ce qui intéresse un homme, mon petit bouton-d'or.

Claribel leva les yeux au ciel.

— Elle est glaciale, ajouta son mari. Je l'aime beaucoup, mais je plains celui qui l'épousera. Regardez-la.

Ils pivotèrent vers la comtesse qu'entourait un groupe d'hommes serrés comme des sardines.

— Ils sont fascinés, intrigués, sous le charme, commenta Cecil. J'ai vu les mêmes réactions plus d'une fois à Paris. Mais, à mon avis, ce n'est pas un hasard s'il n'y a jamais eu le moindre parfum de scandale la concernant pendant six ans : aucun d'eux n'a vraiment envie de coucher avec elle.

— Cecil ! Comment osez-vous ?

Il lui adressa un clin d'œil.

— Alors que vous… Quel dommage que j'aie tellement changé !

— Comme si je m'arrêtais à ce genre de chose !

— Dans ce cas, pourquoi pensez-vous que, moi, je m'y arrête ? J'adore vos formes, ajouta-t-il avec un regard appuyé. Surtout, Claribel, j'adore le fait que vous veniez dans notre lit avec plaisir. Vous êtes ma…

— Monsieur Pinkler-Ryburn ! Vous vous oubliez, s'offusqua Claribel.

Mais ses joues étaient roses, et ses doigts tremblaient dans les siens.

— Nous avons de la chance, reconnut-elle d'une voix douce. Mais assez de sottises ! À quoi diable lady Islay faisait-elle allusion avec cette histoire de contes de fées ?

— Tous ces gens qui l'avaient surnommée « la si vilaine duchesse » boivent à présent ses paroles, expliqua Cecil. La comtesse est devenue un cygne, et elle les a tous estomaqués en l'affichant.

— J'avais oublié toute cette affaire. Ma mère trouvait cela affreusement inconvenant et nous avait interdit de lire le journal pendant une semaine.

Cecil lui déposa un baiser sur le bout du nez.

— Je sais, ma chérie. C'est ce qui explique que vous soyez une délicieuse tartelette, et Theo un magnifique biscuit sec.

— Je ne suis pas une tartelette ! protesta Claribel.

Mais son regard pétillait de plaisir.

19

Le bal des Pinkler-Ryburn rappelait à Theo ces volées de moineaux qui s'envolent d'une barrière dans un pépiement assourdissant : il suffit que l'un d'eux prenne son envol pour que tous les autres le suivent, avant de se poser de nouveau sur une autre barrière un peu plus à gauche. Ou à droite.

Le secret pour rester maître de la soirée, comprit-elle, c'était d'être le moineau qui détermine le comportement du groupe. Quand la salle de bal fut bondée, Theo sortit sur la terrasse, entraînant dans son sillage une petite troupe de gentlemen attachés à elle par un mélange de concupiscence et d'admiration. Cerise sur le gâteau, il s'agissait d'hommes totalement soumis à ses directives en termes d'élégance.

D'ailleurs, quand M. Van Vechten voulut se joindre à eux avec sa veste en velours violet à rayures pêche, elle afficha juste ce qu'il fallait de dédain pour qu'il reparte aussi rapidement qu'il était venu. Il en fut de même pour M. Hoyt, qui, selon la rumeur, possédait une fortune en or, mais avait la malencontreuse habitude d'exhiber son trésor sous forme de boutons ostentatoires.

Les rires que suscitaient les plaisanteries de Theo au sein de sa petite coterie ne tardèrent pas à attirer l'attention à l'intérieur de la salle de bal, qui se vida peu à peu au profit de la terrasse.

Se sentant soudain aussi à l'étroit qu'elle l'était un peu plus tôt à l'intérieur, Theo décida, avec une malice certaine, d'aller faire un tour dans le parc. Sans hésitation, elle glissa son bras sous celui de lord Geoffrey Trevelyan.

Elle apprit qu'il s'était marié au cours de cette fameuse première saison, et que son épouse était morte deux ans plus tard. Ses joues s'étaient creusées, mais il avait toujours les mêmes yeux sombres légèrement en amande et cet irrésistible petit sourire narquois. À sa vue, Theo avait senti les battements de son cœur s'accélérer.

Lorsque Geoffrey et elle regagnèrent la terrasse, les convives de Cecil titubaient dans les allées sombres.

Ils pénétrèrent dans la salle de bal, désormais moins peuplée, et Geoffrey l'invita à danser une valse. Celle-ci à peine terminée, une autre invitation suivit, puis encore une autre. Apparemment, tous les hommes souhaitaient danser avec le cygne, et pas un quadrille.

Non, ce qu'ils voulaient, c'était entendre son rire rauque et sentir ses jambes minces frôler les leurs.

— Cette femme a du chien, déclara le colonel MacLahan à Cecil. Pourtant, ce n'est pas mon genre. D'ordinaire, je les préfère petites et bien en chair. En plus, elle s'est moquée de moi, et je sais qu'elle n'imaginerait pas davantage coucher avec moi qu'avec le régent en personne !

Ce qui ne l'empêcha pas de la suivre du regard tandis qu'elle valsait à travers la salle. Son cavalier était assez vieux pour être son père, mais il suffit qu'elle lui sourie pour qu'il se redresse et fasse le fringant.

— Theo est pareille à la Diane chasseresse, commenta Cecil, sincèrement ravi de cet engouement pour sa cousine par alliance. Belle et dangereuse. Prête à sortir une flèche de son carcan ou à transformer un homme en porc. Sensuelle, avec une sorte de pureté virginale.

— Bonté divine, vous devenez poète ! s'exclama MacLahan, stupéfait. Évitez de parler ainsi de la comtesse devant votre épouse.

Cecil se contenta de rire. Il n'était pas inquiet quant à la réaction de Claribel : ils se comprenaient parfaitement, et leurs meilleurs moments étaient aussi les plus intimes. Un tel lien était la garantie de sa fidélité, et Claribel en était tout à fait consciente. D'ailleurs, au fond de lui, il avait la conviction que vivre avec Theo devait être extrêmement difficile.

Car si ses principes vestimentaires étaient délicieux à lire, ils reflétaient un besoin de perfection qui s'exprimait dans toute sa personnalité. Elle ordonnait plus qu'elle ne suggérait ; elle était trop opiniâtre, trop dure, trop spirituelle.

Trop de problèmes. Trop de fierté.

Ce qui, évidemment, convenait parfaitement à un cygne.

Theo avait beau se réjouir de sa popularité fulgurante et de son influence en matière de style, elle commençait à se lasser d'être toujours traitée comme un cygne (et jamais comme un canard).

À l'automne 1815, les journaux avaient pris l'habitude de citer quotidiennement l'une de ses « règles » ;

La Belle Assemblée ne manquait jamais d'inclure une illustration détaillée de ses toilettes dans ses pages.

Elle rêvait souvent que James rentrait et découvrait que son épouse était devenue la coqueluche du Tout-Londres et une référence en matière d'élégance.

Car, en réalité, Theo avait un fantôme posé sur chaque épaule : celui de sa mère et celui de James. Et sans pour autant jeter un voile romantique sur le passé, elle considérait désormais son mariage, et surtout la cause de son désastre, d'un œil différent. James, avait-elle conclu, avait été poussé par son père à une action qu'il savait moralement répréhensible. Cependant, à sa manière, il l'aimait. Elle en était certaine.

La date butoir dont elle était convenue avec Cecil approchait à toute allure, et elle avait conscience que les chances d'obtenir des nouvelles de James d'ici là étaient infimes.

À l'orée de 1816, elle organisa une entrevue avec Cecil et l'avocat de la famille, Me Boythorn, qui discourut à n'en plus finir sur le dépôt d'une requête de « présomption de décès » devant la Chambre des lords. Il détailla les différentes raisons pour lesquelles Theo ne pouvait ni assumer ses devoirs et ses responsabilités d'épouse ni bénéficier de la liberté et la protection accordées aux veuves.

Profitant d'un moment où il reprenait sa respiration, Theo déclara :

— Il faudra organiser des funérailles pour mon mari après l'avoir déclaré mort de façon aussi irrémédiable. En revanche, j'imagine qu'il serait absurde de porter le deuil pendant un an. Malgré tout, je le porterai un certain temps. James a beau avoir quitté l'Angleterre très jeune, beaucoup ne l'ont pas oublié.

— Quand j'étais jeune tout le monde me surnommait « Pink » à cause de ma façon de m'habiller. James, lui, ne m'a jamais appelé ainsi, rappela Cecil.

L'avocat s'éclaircit la voix.

— Des funérailles à la cathédrale St Paul seraient parfaites. On pourrait également prévoir une plaque commémorative en hommage à ce jeune homme courageux. Selon moi, le *Percival* a sombré peu de temps après son départ.

— Sûrement pas ! s'écria Theo.

— D'après les témoignages, le bateau a pris la route des Indes, et personne n'en a plus jamais entendu parler, rappela Me Boythorn. Cette route est infestée de pirates, et plus d'un marin m'a affirmé que ce serait un miracle que le *Percival* ait échappé à leurs griffes.

Theo poussa un soupir.

— Cecil, seriez-vous d'accord pour que Me Boythorn engage la procédure de requête de « présomption de décès » auprès du grand chancelier et de la Chambre des lords ? Bien sûr, si des nouvelles nous parvenaient au cours du mois à venir, cette requête serait aussitôt annulée.

— Préféreriez-vous attendre encore une année, très chère ?

Existait-il un homme répugnant davantage à devenir duc que Cecil ? Theo lui adressa un sourire reconnaissant.

— J'ai pris beaucoup de plaisir à m'occuper du domaine, en particulier des ateliers de tissage et des manufactures de porcelaine. Mais il est temps que je me préoccupe de ma vie. Je sais que je commence à être vieille…

— Pas du tout ! se récria Cecil avec une conviction réconfortante.

— Mais j'ai l'intention de me remarier une fois que la requête sera approuvée, poursuivit Theo. Une année de plus ne pourrait que nuire à mon projet.

— Il en sera donc fait selon les règles, conclut Me Boythorn d'un ton solennel. Il est temps de mettre un terme à ce triste épisode de l'histoire des ducs d'Ashbrook. Lord Islay a été fauché en pleine jeunesse, mais la vie continue.

Sur cette désespérante série de platitudes, tout le monde se leva.

Longue vie au nouveau duc.

20

À bord des Coquelicot I *et* II

En 1814, les deux *Coquelicot* naviguèrent vers les Indes sans aborder un seul navire sur le trajet. L'objectif de leurs capitaines était de prouver qu'ils n'étaient pas du genre à se laisser impressionner par les vents de mousson. Une fois sur place, ils firent du cabotage jusqu'à ce que Griffin tombe sur des cages à oiseaux dorées qui, selon lui, raviraient une noble Sicilienne qu'il avait connue intimement. Il emplit donc les cales de ces objets, tandis que James, qui s'était découvert une passion pour une épice connue sous le nom de « curry », les bourra de sacs de curcuma et de cumin.

Sur le chemin de la Sicile, ils coulèrent un bateau pirate assez ignorant pour tenter de les aborder, déposèrent ses occupants sur une île déserte, et poursuivirent leur route avec un petit tas d'émeraudes en sus, preuve que leurs attaquants s'en étaient pris à d'autres avant leur assaut malheureux des *Coquelicot I* et *II*.

En Sicile, ils tirèrent un bénéfice scandaleux des cages à oiseaux. Ils expédièrent le curry en Angleterre, où, au bout de trois mois, leur représentant (car ils possédaient désormais un établissement pour gérer leurs biens dans cinq pays) leur rapporta qu'après un départ un peu lent, ce produit se vendait jusqu'à sept fois son prix d'origine.

Jack avait appris à maîtriser ses sautes d'humeur. Il arrivait même à penser à son père avec sérénité – pour quelqu'un qui tue régulièrement des hommes, même s'il s'agit de pirates en ayant eux-mêmes égorgé et noyé des centaines, une escroquerie équivaut presque à une bêtise d'enfant. Mais surtout, il refusait que la culpabilité dirige sa vie.

Concernant Daisy… De manière fort agaçante, il devait s'avouer incapable d'oublier l'éclat enchanteur dans son regard quand il lui avait caressé les seins pour la première fois. Sans parler de toutes ces années pendant lesquelles ils avaient joué ensemble. Mais il se répétait encore et toujours qu'il s'agissait là des souvenirs d'un garçon prénommé James, et le Faucon mettait un point d'honneur à chasser de son esprit tout ce qui avait trait à sa vie d'avant, mariage inclus.

Ce fut alors que la chance l'abandonna.

On était au début de l'année 1816, et ils venaient de passer à l'abordage du *Groningen*, à la requête expresse du roi des Provinces-Unies. Ce galion avait été volé par une bande de pirates qui s'en servaient pour attaquer des navires marchands. Tout se déroulait sans anicroches : le capitaine pirate avait reçu sa juste récompense, et seuls quelques-uns de ses hommes continuaient à se battre.

Jack s'apprêtait à leur crier de se rendre quand il perçut un brusque mouvement sur sa droite. L'instant d'après, une lame s'enfonçait dans sa gorge, juste au-dessous du menton. Étrangement, ce fut peu douloureux, mais la sensation de sa chair qui se fendait et du sang tiède qui en sortait à gros bouillons était atroce.

Il chancela, lâcha son arme, et s'effondra sur le pont. Un coup de feu résonna, et le pirate au couteau tomba à son tour dans un bruit sourd.

Puis Griffin s'agenouilla près de lui, hurlant des ordres et des jurons.

Jack essaya de distinguer les traits de son cousin dans l'auréole de lumière que faisait le soleil derrière lui.

— Bien joué, commenta-t-il.

Mais aucune parole ne franchit ses lèvres. Ce qui n'avait rien d'étonnant : personne ne peut parler avec la gorge tranchée. Griffin et lui en étaient venus à s'aimer comme des frères, même si, étant des hommes, aucun d'eux ne l'avait exprimé par des mots. Ce n'était pas nécessaire.

Penché au-dessus de lui, Griffin pressait un linge sur sa plaie. James vit la peur dans son regard. Il n'en fut pas surpris, il connaissait la vérité avant de la lire dans les yeux de son cousin : personne ne peut survivre à une telle blessure.

— Ne meurs pas, ordonna férocement Griffin. Bon Dieu, James, accroche-toi. Dicksling arrive, il va te recoudre.

— Préviens Daisy, articula lentement James.

Et soudain, la douleur explosa, monstrueuse, aveuglante. Mais il y avait une chose dans son cœur, la seule chose qui importât vraiment, se rendit-il compte dans un choc, et qu'il devait absolument dire.

— Daisy ? demanda Griffin en se rapprochant. Ta femme ? Que veux-tu que je lui dise ?

Mais les points noirs qui dansaient devant ses yeux étaient de plus en plus nombreux ; ils fonçaient sur lui comme une tempête en pleine mer.

Ce fut à cet instant que le pirate tombé à terre se redressa et, dans un ultime effort, planta son couteau dans l'entrejambe de Griffin. Le sang éclaboussa le visage de James.

C'était fini, tout était fini. Alors, en un éclair, James prit conscience de ce qu'il savait certainement depuis toujours.

Il ne pouvait pas prononcer le seul mot qu'il voulait désespérément dire.

Et il n'y avait personne pour l'entendre.

21

3 avril 1816

La requête visant à mettre un terme officiel à l'existence du comte d'Islay suivait son cours lorsque Theo reçut un message d'un certain M. Badger. L'un des vingt détectives envoyés à la recherche de James, Badger, venait juste de rentrer en Angleterre. Et, contrairement à ses collègues, il assurait avoir des informations à lui communiquer.

Immobile sur sa chaise, Theo fixa la missive.

Si James avait été vivant, le détective aurait certainement écrit : *J'ai trouvé votre mari*, plutôt que : *j'ai des informations*. Un profond désespoir s'abattit sur elle.

Elle appela son nouveau majordome, Maydrop, pour lui demander de faire prévenir M. Pinkler-Rybrun qu'elle l'attendait chez elle cet après-midi.

M. Badger était un homme basané au cheveu hirsute, aux jambes arquées et à l'air féroce. Un individu qui donnait l'impression que des criminels pourraient amèrement regretter de l'avoir à leurs trousses.

— On dirait un poisson-chat avec sa moustache, chuchota Cecil.

Mais Theo était trop anxieuse pour sourire à cette remarque.

Ils étaient assis côte à côte sur le canapé, M. Badger en face d'eux. Theo était si nerveuse qu'elle avait l'impression que des mouches dansaient la gigue sur son crâne, ce qui n'empêcha pas M. Badger de détailler méthodiquement chaque étape de son périple avant d'en arriver au cœur du sujet. Pour la première fois depuis longtemps, elle eut envie de se ronger les ongles, une habitude dont elle s'était débarrassée à l'âge de dix ans.

— Les Indes orientales, poursuivit M. Badger, ne sont pas civilisées selon nos critères, et j'ai été obligé de soudoyer beaucoup de gens pour obtenir les informations que je cherchais.

— Avez-vous retrouvé mon mari ? l'interrompit Theo, incapable d'attendre plus longtemps.

— Non.

Elle déglutit.

— Mais vous avez des renseignements le concernant ?

— D'après moi, il était toujours vivant en 1810, déclara M. Badger en baissant les yeux sur les feuilles posées sur ses genoux. Il… hum…

Il affichait une expression ouvertement désapprobatrice.

— Il vivait avec une autre femme, hasarda Theo.

— Il était pirate.

Cecil hoqueta de surprise. Theo poussa un cri – d'incrédulité ou d'horreur, elle n'aurait su le dire.

— C'est impossible, articula-t-elle.

M. Badger se lécha l'index et tourna une page.

— Il se faisait appeler le Comte. Je dois vous spécifier qu'à ce moment-là, James Ryburn avait officiellement le titre de comte d'Islay. Il agissait de concert avec un autre pirate nommé Griffin Barry.

— Ce nom me dit quelque chose, intervint Cecil.

— Barry est en réalité un pair d'Angleterre.

M. Badger leur lança un regard réprobateur, comme s'ils étaient personnellement responsables de la conduite dégradante des représentants de leur classe.

— Et j'ai la ferme conviction que ledit sir Griffin a entraîné lord Islay dans ses activités odieuses et criminelles.

— Criminelles ! s'étrangla Cecil. Mon cousin James ne se serait jamais livré à des activités criminelles, je suis prêt à le jurer sur ma vie.

— À votre place, je m'en abstiendrais, monsieur. Il règne une certaine confusion concernant les agissements du Comte et de Barry. Certains affirment que Barry attaquait uniquement les autres pirates, du moins, après qu'il se fut associé avec le Comte. Qu'il ait été pirate avant 1808 ne fait aucun doute, mais après cette date, il semble en effet s'être spécialisé dans l'abordage des bateaux de ses misérables pairs en devenant « corsaire ». Une distinction peu évidente pour les personnes respectueuses de la loi.

— Impossible ! décréta Theo.

— En tout cas, si ce « Comte » a un lien avec mon cousin, fit valoir Cecil, je suis certain qu'il ne s'en prendrait effectivement qu'à des bateaux pirates. Sa Grâce est un homme d'honneur, aussi incapable de faire du mal à un innocent que de… tricher aux cartes.

Theo lui pressa la main. Quel dommage que James ne puisse pas voir la ferveur avec laquelle le défendait son cousin !

— Qu'est-il arrivé au Comte ? demanda-t-elle. A-t-il été tué ?

— Plusieurs légendes circulent concernant son navire, le *Coquelicot II*, mais personne n'a pu réellement me dire ce qui lui était arrivé. Bien sûr, j'ai chargé des hommes sur place de poursuivre les recherches. Tout ce dont nous étions certains avant mon départ, c'est que Griffin Barry a eu un acolyte surnommé le Comte, et que peu de temps après, celui-ci a été remplacé par un certain Jack le Faucon.

— Jack ! Ce n'est pas très éloigné de James ! s'écria Theo.

Son envie d'avoir la preuve que James était toujours en vie le disputait à sa crainte de découvrir que toute cette histoire de piraterie était vraie. L'idée que James fut devenu un criminel sanguinaire lui était insupportable.

— Même si je n'y crois pas, ajouta-t-elle en hâte.

— Je reconnais qu'il existe une certaine similarité dans les prénoms, admit M. Badger, mais la ressemblance s'arrête là. Plusieurs personnes m'ont dressé le portrait de ce Jack le Faucon. C'est un personnage assez haut en couleur et très apprécié des femmes, si vous voulez bien m'excuser cette précision indélicate, Votre Grâce. D'après leurs descriptions, le Comte et Jack le Faucon ne peuvent être une seule et même personne. Le Faucon est une sorte de colosse à la tête rasée avec un tatouage sous l'œil droit.

— Un *tatouage*, répéta Cecil.

— Qu'est-ce diable que cela ? s'enquit Theo.

— Un dessin que l'on imprime dans la peau avec du pigment et une aiguille, expliqua M. Badger. Je n'imagine pas un Anglais, qui plus est un aristocrate, se soumettre de son plein gré à une procédure aussi barbare. J'ai croisé quelques individus arborant ce genre de marques dans les îles ; il s'agissait de toute évidence de sauvages.

— Je suis d'accord avec vous : ce pirate et lord Islay ne peuvent être la même personne, approuva Theo. Pour être franche, je n'arrive pas non plus à croire à votre première hypothèse. Le fait que Griffin Barry appartienne à la noblesse ne suffit à prouver qu'il puisse exister un lien entre un criminel surnommé le Comte et mon mari.

— Je crains que nous ne puissions offrir de récompense, même partielle, pour une telle information, renchérit Cecil. Lord Islay n'a jamais été pirate. Cette supposition est non seulement absurde, mais également une insulte à sa mémoire.

Bien que le mot « mémoire » lui déplût, Theo ne releva pas. Cecil avait de plus en plus de mal à parler de son cousin au présent. Ce qui se comprenait : cela faisait sept ans que James avait disparu.

— J'ai été interrompu avant de pouvoir vous montrer une preuve de ce que j'avance, répondit M. Badger avec l'air satisfait du chat qui vient de coincer une souris.

Il sortit de sa poche de poitrine un petit étui en flanelle. À l'intérieur se trouvait un médaillon.

Et à l'intérieur du médaillon… une mèche de cheveux couleur d'ambre aux reflets châtains.

— Je ne vois pas en quoi cet objet nous prouve quoi que ce soit, commença Cecil.

Mais un regard en direction de Theo le fit taire.

— Ce sont mes cheveux, murmura-t-elle. James m'a coupé cette mèche le lendemain de notre mariage.

Elle tendit la main.

— Puis-je la voir, s'il vous plaît ?

M. Badger s'exécuta. Le médaillon était un bijou terni et sans valeur particulière, mais il s'agissait bel et bien de ses cheveux, constata Theo. Cecil lui pressa doucement le bras.

— Où diable avez-vous trouvé cela ? demanda-t-il. Même si je ne suis pas persuadé qu'il s'agisse vraiment des cheveux de lady Islay.

— Apparemment, ce bijou a été volé au Comte. J'avais promis une récompense de cent livres, une fortune dans cette région, à toute personne qui m'apporterait une preuve de l'existence du duc ou d'un pirate nommé le Comte. J'ai reçu cela en réponse.

— Et on ne sait toujours pas ce qui est arrivé à cet homme ? murmura Theo.

Ses doigts tremblaient quand elle referma le médaillon. La simple vue de cette mèche de cheveux avait ravivé en elle la joie de ce jour-là. Elle n'avait jamais rien ressenti d'aussi intense depuis.

M. Badger secoua la tête.

— Trois ou quatre ans se sont écoulés avant que le *Coquelicot volant* revienne dans cette partie du monde, ce qui n'est pas si étonnant. Griffin Barry sévit dans toutes les mers, Votre Grâce. Des histoires circulent sur lui depuis les Indes jusqu'au Canada.

— Et quand il est réapparu, le Comte n'était plus là.

— Exactement. Mais le problème, c'est qu'il y a maintenant deux ans que personne n'a revu le *Coquelicot*, et je n'ai rien entendu à son sujet. Il est donc tout à fait possible que Barry et son bateau aient coulé au fond de l'océan, emportant avec eux tout ce qu'ils savaient sur lord Islay.

Un long silence suivit ces paroles. M. Badger avait enfin achevé son récit.

Ce fut Theo qui formula à voix haute ce que tous pensaient.

— Il est mort, conclut-elle en serrant le médaillon dans son poing. James est mort.

M. Badger hocha la tête, une lueur de compassion dans le regard.

— J'en ai peur. Être pirate est très dangereux, et j'ai été surpris que Sa Grâce ait réussi à survivre aussi longtemps. Lord Islay n'était pas de taille face à des hors-la-loi qui vous tirent dans le dos en guise de salut.

— Pardonnez-moi cette question pour le moins inconvenante, mais je n'ai pas d'autre choix que de la poser, intervint Cecil. Pensez-vous que mon cousin ait pu laisser un enfant quelque part sur l'une de ces îles ? Je serais mortifié qu'un Ryburn grandisse dans un contexte aussi défavorable.

Theo retint son souffle.

Mais M. Badger fit non de la tête.

— C'était Jack le Faucon qui fréquentait beaucoup les femmes. Pour autant que je sache, ce dépravé a dû semer des enfants aux quatre coins des Indes orientales. Le Comte, lui, était fort différent.

— C'est-à-dire ? s'enquit Theo, le cœur lourd.

— On ne lui a pas connu de maîtresse. Ce qui suggère que, même s'il a suivi une voie peu courante, lord Islay n'a jamais tout à fait renoncé à ses qualités de gentleman anglais. Et, bien sûr, il a conservé le médaillon, précisa M. Badger avec sympathie.

— Je suis heureux que le vieux duc ne puisse entendre cela, murmura Cecil. Cette nouvelle l'aurait achevé.

Un sanglot monta dans la gorge de Theo. James était mort, assassiné par un pirate ; son corps reposait au fond de l'océan. Et il avait emporté avec lui sa mèche de cheveux en quittant l'Angleterre. Cette nouvelle était insupportable. Insupportable.

Elle se leva précipitamment.

— Si vous voulez bien m'excuser, balbutia-t-elle, le visage baigné de larmes.

M. Badger se mit debout pour la saluer. Il affichait l'expression d'un homme qui a l'habitude d'annoncer de mauvaises nouvelles.

Cecil se hissa du canapé.

— Allez-y, murmura-t-il. Je vais rester quelques minutes avec M. Badger. Je vous verrai plus tard.

Le médaillon serré dans la main, Theo sortit en courant.

22

30 mai 1816, Chambre des lords, Londres

Le roi d'armes principal de l'ordre de la Jarretière, officier en charge de l'étiquette et du protocole à la Chambre des lords, redoutait la journée qui l'attendait.

— Je dois les faire entrer dans la Chambre les uns après les autres, expliqua sir Henry Gismond à sa femme en étalant nerveusement sa marmelade sur son toast. Ils sont presque deux cents, et ils vont se déplacer dans tous les sens, en particulier les plus âgés. J'ai horreur de ces cérémonies officielles. Une sainte horreur !

Lady Gismond hocha tête. Elle savait que son cher Henry détestait ce genre de cérémonial, même s'il appréciait d'y apparaître comme le conseiller principal de la Couronne en matière de protocole et d'héraldique.

— Toute cette histoire est tellement triste, commenta-t-elle. Lord Islay était un jeune homme charmant. L'imaginer au fond de la mer me fend le cœur.

— Ce sont les ivrognes qui causent le plus de problèmes, poursuivit Gismond. Vous n'imaginez pas, très chère, combien ils sont nombreux à dissimuler une flasque sous leur robe écarlate. Révoltant. Parfois, je ne peux pas m'empêcher de leur donner une petite tape sur la main.

— Ils resteront sobres aujourd'hui, affirma-t-elle. Présumer du décès d'un pair n'arrive pas si souvent. Et lady Islay en personne sera dans l'assistance. Je suis certaine que tout le monde respectera sa douleur face à la perte d'un époux aussi jeune. Il paraît que c'était un mariage d'amour, vous savez.

Quelques heures plus tard, Gismond, aidé de sept hérauts, était enfin parvenu à placer les pairs en ligne afin qu'ils pénètrent en ordre à l'intérieur de la très officielle Chambre des lords, les ducs avec les ducs, les comtes avec les comtes.

— Comme dans l'Arche de Noé, murmura-t-il pour lui-même. Votre Grâce, ne bougez pas d'ici, ordonna-t-il en posant la main sur l'épaule d'un pair très âgé et passablement sourd.

Finalement, la trompette invitant les pairs à entrer retentit. Avec un soupir de soulagement, Gismond franchit les portes telle une mère cane particulièrement digne conduisant deux rangées de canetons bavards. La lumière qui entrait à flots par les hautes fenêtres en ogive faisait étinceler l'or des candélabres.

Sa fierté ne faiblit pas quand il se retourna vers l'entrée en attendant que les pairs en manteau écarlate et col d'hermine prennent place. Lord Fippleshot semblait chercher ses lunettes, et Sa Grâce le duc de Devonshire agitait les doigts à l'adresse des pairesses qui se pressaient dans la Galerie des spectateurs, mais dans l'ensemble, tous demeuraient alignés, et personne n'avait l'air d'avoir abusé du cognac.

Hélas, la salle n'était jamais aussi peuplée et vivante que les jours où il était question de mort ! songea-t-il, que ce soit celle, éventuelle, d'un pair accusé de meurtre ou, comme aujourd'hui, d'un duc disparu. Et si les problèmes d'héritage ou de naissance hors mariage déplaçaient souvent les pairesses, les votes de routine concernant le gouvernement du royaume n'attiraient quasiment personne. Mais jugeant cette pensée indigne, il s'empressa de la chasser.

Il y eut un instant de silence, puis un héraut remonta l'allée, suivi de la jeune comtesse d'Islay. Elle ne deviendrait jamais duchesse, pensa Gismond avec une pointe de compassion. Lady Gismond, qui parcourait les journaux à scandale avec la concentration que certains réservaient à la lecture de la Bible ou de la page des courses, avait décrété que la comtesse devait absolument se remarier.

— Elle a besoin d'un homme à elle, avait-elle affirmé ce matin même. La pauvre femme n'aura jamais d'enfants si elle attend trop longtemps.

Les pairs se levèrent comme un seul homme pour accueillir la comtesse, toute de noir vêtue. Elle s'inclina d'abord devant la Galerie des spectateurs, puis devant les pairs, et enfin devant le grand chancelier. Ces formalités achevées, elle gagna l'alcôve réservée aux pairesses, où elle s'assit à côté de Mme Pinkler-Ryburn.

Gismond prit le temps de la détailler, certain que son épouse lui demanderait moult détails sur la toilette de la comtesse quand il rentrerait. Mais il n'y avait rien de particulier à remarquer. Grande, plutôt mince bien qu'elle portât sans doute quatre ou cinq jupons, elle offrait un contraste saisissant avec les femmes couvertes de bijoux qui l'entouraient.

Le sergent d'armes réclama le silence d'une voix de stentor, et la cérémonie d'introduction commença. Finalement, Gismond s'agenouilla devant le grand chancelier pour lui passer la main.

Celui-ci prit place sur le Woolsack, une sorte de trône sans dossier, dominant les autres pairs vêtus d'or et d'écarlate sur leurs bancs rouges.

Il se leva. Sa voix puissante résonna dans la vaste salle.

— Très honorables lords spirituels et temporels assemblés en parlement, nous sommes réunis et convoqués avec la charge d'une tâche solennelle : décider si oui ou non, le noble pair, notre compagnon, le comte d'Islay, héritier du duché d'Ashbrook, doit être déclaré perdu en mer. En son honneur, nous avons revêtu les glorieux habits d'écarlate et d'hermine afin de répondre à la requête de « présomption de décès » déposée par son héritier dans l'affliction, M. Cecil Pinkler-Ryburn, qui exprime son plus profond chagrin devant ce tragique événement.

Un murmure d'approbation s'éleva, et Pinkler-Ryburn, mal à l'aise, s'agita sur le banc juste au-dessous de Gismond, qui calcula instinctivement la longueur d'hermine nécessaire pour couvrir un tel ventre une fois que l'homme serait duc. En tout cas, il fallait reconnaître que Pink (comme tout le monde se plaisait à le surnommer) ne montrait pas la plus petite étincelle de triomphe ou de joie à cette idée.

— Par courtoisie, nous conférerons le titre de duc d'Ashbrook à notre compagnon absent, poursuivit le grand chancelier, puisque son honorable père est mort après son départ d'Angleterre, et donc probablement, après que les vagues eurent emporté son fils. En conséquence, le jeune comte d'Islay n'a jamais endossé les titres et les obligations de son héritage, ni siégé parmi nous à la Chambre des lords.

Il fit une pause pour reprendre son souffle et donner le temps à l'assistance d'apprécier la portée de ses paroles.

— En son absence, son épouse n'a pu le pleurer, et s'est trouvée dans l'incapacité d'assumer les devoirs et les responsabilités d'une duchesse, et de bénéficier des libertés et protections accordées aux veuves. De surcroît, la duchesse a naturellement souffert de ne pas avoir la main de son maître pour la guider.

Gismond avait entendu dire exactement le contraire. En fait, il était de notoriété publique que la comtesse avait guidé de main de maître les Tissages de Ryburn vers le succès. Sa propre épouse avait d'ailleurs fait retapisser le salon avec des étoffes de Ryburn, qui leur avaient coûté une petite fortune.

Le grand chancelier ouvrait à présent le débat concernant la requête de présomption de décès du duc d'Ashbrook. Comme prévu, l'héritier, M. Cecil Pinkler-Ryburn, demanda la permission de parler. Il monta les marches, et regarda l'assemblée un moment en silence.

En dépit de son physique replet et insignifiant, il émanait de lui une certaine dignité.

— Je suis profondément et très sincèrement affligé de devoir déclarer la perte de mon cher cousin de cette manière. Je ne me suis résolu à déposer cette motion qu'à la requête de lady Islay. Si j'avais eu le choix, j'aurais préféré m'épargner les obligations et les responsabilités liées au duché, mais, bien sûr, elle souhaite se libérer du lourd fardeau qu'elle a porté en l'absence de son mari, ce qui est tout à fait légitime.

Des murmures et des hochements de tête approbateurs accueillirent ces mots.

L'assemblée entendit ensuite un représentant du comité qui avait examiné la requête de M. Pinkler-Ryburn. Il précisa que, au total, vingt détectives avaient été envoyés dans différentes régions du globe à la recherche du jeune comte, et que les seules informations recueillies à son sujet étaient de nature équivoque.

Comme il n'y avait rien à ajouter, le grand chancelier s'avança de nouveau, son sceptre à la main.

— Nous sommes sensibles aux réticences de M. Pinkler-Ryburn, car un gentleman ne reçoit la charge d'un duché qu'accompagnée du chagrin que lui cause la perte de son prédécesseur.

À ces paroles, des petits rires fusèrent dans différents endroits de la salle. L'assistance, de toute évidence, avait été témoin de plus d'un titre reçu avec délectation plutôt que chagrin.

Le grand chancelier ignora cet irrespect du décorum.

— Toute la force et la puissance réunies de l'Angleterre ne peuvent pas plus arrêter la marche du temps qu'elles ne peuvent arrêter les marées ou la course des planètes.

La comtesse de Manderbury arborait de longues plumes d'autruche qui se recourbaient derrière elle et caressaient le visage de lady Bury St Edmond. Gismond plissa les yeux. Cet éclat métallique dans la main de lady Bury St Edmond n'était tout de même pas une paire de ciseaux de manucure ?

Résistant à l'envie de jeter un œil à sa montre à gousset, Gismond se concentra sur la voix puissante de Sa Grâce, qui était passé de la marée à la volonté divine.

Ce fut à cet instant que survint un événement dont Gismond se souviendrait jusqu'à la fin de ses jours. Tout commença par un brouhaha au niveau des deux hallebardiers chargés d'interdire l'entrée aux pairs retardataires.

Sauf que ce retardataire-là n'avait rien d'un pair. Vêtu de simples culottes noires et d'une veste, sans gants ni perruque, l'intrus fit irruption dans la salle et remonta l'allée centrale à grandes enjambées.

Le grand chancelier s'arrêta au milieu de sa description des bras divins s'ouvrant pour accueillir le jeune noble disparu.

Gismond s'avança vers le nouveau venu d'un pas nerveux. Il devait à tout prix le faire sortir de la salle. Il adressa un signe à ses hallebardiers dans le fond, mais ceux-ci conservèrent les yeux fixés sur leurs chaussures.

Il ressentit une bouffée de colère, bientôt remplacée par de la perplexité : ils connaissaient leur devoir, pourtant. Normalement, ils ne devaient garder cette attitude que face à un membre de la pairie. Gismond blêmit. Se pouvait-il qu'un de ces journalistes ait réussi par quelque obscur moyen à les tromper et à s'introduire ainsi dans la salle ?

Carrant les épaules, il se prépara à passer à l'action.

L'homme avait atteint l'estrade, à présent. D'un bond, il sauta dessus.

Il était imposant, très imposant. Pour autant, sir Henry Gismond comprit qu'il s'agissait là d'un moment décisif de sa vie. Il devait montrer qu'il était digne de sa position et empêcher la cérémonie de sombrer dans le chaos. Il le devait à la mémoire du jeune comte.

— Je dois vous prier, monsieur, de quitter cette pièce, déclara-t-il par-dessus les murmures stupéfaits.

L'homme le toisa, et Gismond recula malgré lui. L'intrus portait les cheveux courts ; sa peau avait la couleur d'une noisette, et il arborait une marque de sauvage sous l'œil droit.

— Bonté divine, ce n'est pas un endroit pour un primitif des Amériques, rugit le grand chancelier. Monsieur, rejoignez l'exposition qui vous a fait venir jusque dans ce pays.

L'homme se contenta de sourire, révélant une rangée de dents étincelantes, puis fit face à l'assemblée, qu'il contempla sans mot dire. Impuissant, Gismond s'aperçut que même les occupants de la Galerie des spectateurs étaient debout, se dévissant le cou pour mieux voir.

— Silence ! ordonna le grand chancelier. Si vous aviez l'obligeance de vous asseoir, nous pourrons découvrir la signification de cette interruption.

Les murmures continuèrent, mais les pairs reprirent place sur leurs sièges.

Pendant tout ce temps, l'intrus continua de fixer la salle en affichant un sourire en coin. Gismond réfléchissait à toute allure. Il avait entendu de nombreux récits sur les sauvages des Amériques, leur force physique hors du commun et leur sournoiserie. Il avait même vu un tomahawk et une chemise en peau de renne lors d'une exposition. Cependant, ce spécimen ne semblait pas armé. Que diable…

L'inconnu coupa court à ses réflexions en lançant à brûle-pourpoint :

— Personne ne me reconnaît ?

Gismond n'avait jamais entendu une voix semblable à celle-ci : une sorte de grondement puissant et profond qui résonnait comme un grognement d'ours.

Pourtant, en dépit de sa rudesse, il s'agissait sans conteste de la voix d'un gentleman anglais. La prononciation des voyelles l'attestait. Un silence stupéfait s'abattit sur la salle.

Du coin de l'œil, Gismond vit le grand chancelier tiquer, tiraillé entre son devoir d'autorité et la surprise qui le poussait, à l'instar de tous, à attendre patiemment la suite.

— Vu votre douleur à m'abandonner aux flots meurtriers, reprit l'homme en se tournant vers ce dernier, j'ai pensé qu'il était indispensable que je me fasse reconnaître.

Le grand chancelier poussa un cri de cochon qu'on égorge.

— Impossible !

— Tout à fait possible, au contraire, répliqua l'intrus, qui semblait s'amuser beaucoup. Les bras divins ne sont pas encore prêts à m'étreindre, voyez-vous.

Des murmures surexcités parcoururent l'assemblée. Gismond se tordit le cou pour essayer d'apercevoir la comtesse dans la galerie. Elle était blanche comme un linge.

M. Pinkler-Ryburn se leva et remonta sur l'estrade. Si l'homme prétendant être le défunt duc était, de loin, plus impressionnant physiquement que lui, Pink n'en demeurait pas moins fort digne.

— Je ne vous reconnais pas, monsieur, déclara-t-il.

Il parlait avec prudence et respect, comme s'il s'adressait à un lion venant de l'informer dans un anglais parfait de son intention de le dévorer.

— Nous ne nous connaissions pas très bien, répliqua l'homme.

— Si vous êtes vraiment le duc, votre voix est méconnaissable.

— C'est ce qui arrive quand on a eu la gorge tranchée.

L'homme pencha la tête en arrière, révélant une longue cicatrice sur la peau bronzée de son cou. Un cri effaré s'éleva dans la salle.

— Où étiez-vous durant ces sept dernières années ? s'enquit Pinkler-Ryburn.

— Parmi les trancheurs de gorge.

M. Pinkler-Ryburn se redressa de toute sa taille.

— Dans ce cas, auriez-vous l'obligeance de répondre à une question, monsieur. De quel surnom ridicule m'affublait-on au collège – surnom que vous-même n'avez jamais employé ?

— Pink, répondit l'homme. Et vous détestiez cela.

Si certains dans la salle pensaient que Pink se réjouissait secrètement de devenir duc, ils comprirent leur erreur quand ce dernier prit son cousin dans ses bras comme s'il s'était agi d'un frère enfin retrouvé après une longue absence.

Fascinée par le spectacle, l'assistance ne remarqua pas immédiatement que lady Islay, désormais duchesse d'Ashbrook, s'était évanouie sur l'épaule de sa voisine.

Ce fut son mari, le duc revenu, qui, prenant brusquement conscience du chahut, bondit de l'estrade pour s'élancer vers elle.

Gismond se surprit à avancer d'un pas pour essayer de tenter de voir ce qui se passait (une inconvenance qu'il justifierait plus tard auprès de son épouse en expliquant que c'était encore mieux qu'au théâtre).

D'une pâleur cireuse, la duchesse reposait immobile contre Mme Pinkler-Ryburn. Elle ne bougea pas quand le duc se pencha sur elle. Un instant plus tard, il se redressait, sa femme dans les bras.

(« Une pièce de théâtre, insisterait Gismond. Sa tête contre son épaule, si tu vois ce que je veux dire. Comme un héros, même si aucun héros n'a cet aspect-là. » Il avait du mal à trouver ses mots. « Peut-être à cause de son expression, totalement impassible. Comme si ce genre de chose lui arrivait tous les jours. »)

Avec autant d'assurance que s'il avait porté la robe écarlate bordée d'hermine, le duc revint devant l'estrade, son épouse dans les bras.

— Je pense que mon cousin, M. Pinkler-Ryburn retirera sa requête concernant ma mort présumée, déclara-t-il à l'adresse du grand chancelier.

— Bien sûr ! confirma aussitôt Pinkler-Ryburn. Absolument. Il n'est pas mort. Pas du tout !

Devant tant d'enthousiasme, le duc renversa la tête en arrière et éclata de rire. Et malgré la vision de la cicatrice sur sa gorge, Gismond ne put s'empêcher de rire à son tour. Il se ressaisit sur-le-champ : cela faisait des années qu'il veillait à la dignité des cérémonies, ce n'était pas pour tout gâcher aujourd'hui.

Les autres pairs, en revanche… Une crise d'hilarité balaya la salle, du genre de celles qui surviennent après un moment de tension intense.

(« Il avait un rire plein de charme, dirait encore Gismond à sa femme. Il ressemble à un vrai sauvage, mais son rire est un rire *anglais*. » « Qu'est-ce qu'un rire *anglais*, lui demanderait-elle alors. Et pourquoi discutait-il ainsi alors que sa pauvre épouse était évanouie ? J'espère que vous me traiteriez de façon moins cavalière, mon cher. » Dissimulant le fait qu'il s'imaginait mal porter sa femme, qui pesait vingt bonnes livres de plus que lui, Gismond assura d'un ton solennel : « Certainement. »)

23

La première pensée de Theo fut de s'enfuir. Le sauvage à la peau burinée sur l'estrade ne pouvait pas être James. C'était impossible.

Sa manière de se tenir devant tous ces représentants de la noblesse, ses épaules larges, son regard assuré et tranquille, la couleur de son teint, son tatouage et ses cheveux si courts qu'ils ne lui frôlaient même pas la nuque…

James ne ressemblait pas à cela ; il ne se conduisait pas ainsi.

Mais, bien sûr, elle se trompait. En vérité, c'était la cicatrice sur son cou qui l'avait convaincue. Sous le choc, elle avait poussé un cri, et tout s'était mis à tourner autour d'elle.

Elle était revenue à elle dans les bras de James qui traversait la Chambre. Il sentait les embruns et les grands espaces, une odeur qu'elle aurait reconnue n'importe où, et qui chassa ses derniers doutes. Même si sa voix ne ressemblait en rien à celle de James.

En recouvrant ses esprits, elle perçut la note sardonique et amusée dans le ton de son mari tandis qu'il discutait avec les pairs sur l'estrade. Elle n'y décela pas la moindre trace de sollicitude pour elle, son *épouse* !

Elle décida de ne pas ouvrir les yeux. Elle n'avait aucune envie de croiser les regards de pitié que l'on ne manquerait pas de lui adresser face au manque d'intérêt flagrant dont il faisait preuve à son égard. Elle ne souhaiterait pas pareille humiliation à son pire ennemi.

Sans doute son époux s'était-il caché dans les environs de Londres en attendant de faire irruption tel un barbare dans la Chambre des lords, lui causant un tel choc qu'elle s'était évanouie.

Certes, ils s'étaient quittés fâchés, et elle ne demandait pas qu'il lui tombe dans les bras. Mais tout de même, ils étaient mari et femme. Il aurait au moins pu la prévenir qu'il était en vie avant d'en informer une assemblée de près de deux cents personnes. Un tel affront ressemblait à une vengeance. Son cœur battait douloureusement dans sa poitrine. Elle n'avait pas éprouvé une pareille mortification depuis sa découverte des esquisses de la « si vilaine duchesse » dans les journaux.

Elle avait l'impression que le sol venait de se dérober sous ses pieds, qu'elle était redevenue la jeune fille indigne d'amour d'autrefois, et que tous ses efforts pour se transformer en cygne venaient d'être réduits à néant par ce mari méprisant qui n'avait même pas daigné l'informer de son retour.

L'angoisse qu'elle avait ressentie après le départ de James, quand tout le monde en avait conclu qu'il ne pouvait supporter de partager son existence avec une femme aussi laide, la submergea de nouveau.

Elle garda les paupières closes le temps que James termine sa conversation, sorte de la salle et du bâtiment, et la dépose délicatement sur la banquette de la calèche. Il était si imposant que la voiture tangua un peu quand il y monta à son tour.

— Tu peux te réveiller maintenant.

Il y avait toujours cette pointe d'amusement dans sa voix. Comme s'il se réjouissait de la souffrance que sa disparition avait causée à ceux qui l'aimaient. Le James d'autrefois n'était jamais cruel. Ni méprisant.

Cessant de simuler, elle ouvrit les yeux et s'assit. Après toutes ces années, son mari était de nouveau devant elle. Pourtant, tout avait changé. James était un pirate. Un criminel. Son regard sombre était rempli d'arrogance et de force, et elle n'avait aucun mal à l'imaginer en train d'assassiner quelqu'un.

Elle s'agrippa au bord du siège.

— Bonté divine…

De près, la fleur bleu foncé sous son œil droit offrait un contraste saisissant avec son visage hâlé. Comme le symbole d'un autre monde, d'un langage qu'elle ne comprenait pas.

Toutes sortes de remarques ridicules s'imposèrent à elle. Les Anglais n'étaient pas aussi imposants, ils avaient le teint blanc, ils n'avaient pas de fleurs tatouées sur la peau.

Pourtant, James semblait cent fois plus vivant que tous ces hommes au teint clair rassemblés dans la Chambre des lords, et ce tatouage…

C'était une fleur, mais une fleur très particulière : sinistre, effrayante même.

Elle s'agrippa davantage à la banquette. Jamais elle n'aurait imaginé avoir un jour peur de son ami d'enfance. Or, c'était le cas. Seul un imbécile ne serait pas effrayé par cet homme.

— Bonjour, Daisy, dit-il, aussi calmement que s'ils s'étaient quittés un ou deux mois plus tôt.

Elle ne trouva rien à répondre. M. Badger avait décrit l'homme portant ce tatouage comme un pirate impitoyable dénommé Jack le Faucon : devrait-elle mentionner ce nom ? Puis elle croisa son regard, et sa peur s'envola d'un coup, remplacée par une colère terrible. James la dévisageait d'un air amusé. Rien sur ses traits ne laissait supposer qu'il se rendait compte de la gravité de la cérémonie qu'il venait d'interrompre.

Or, elle avait été sincèrement émue par la déclaration solennelle de sa mort. Elle avait dû lutter pour ne pas pleurer au souvenir de l'ancien duc de Staffordshire lui demandant presque chaque jour si elle avait reçu des nouvelles de son fils. Un fils capable de traiter son père avec une telle indifférence était méprisable.

Malgré sa rage, elle jugea préférable de rester polie.

— Bienvenue en Angleterre.

Elle détacha son voile noir et le posa à côté d'elle.

Comme James se contentait de hocher la tête, elle reprit sur le ton de la conversation :

— Puis-je savoir ce qui t'a poussé à rentrer ?

— J'ai failli mourir quand on m'a tranché la gorge. C'est un lieu commun, mais frôler la mort fait réfléchir.

— En tout cas, tu as fait une entrée fort théâtrale.

Theo n'était jamais aussi fière d'elle que lorsqu'elle parvenait à chasser toute trace d'émotion de sa voix. Son sang-froid lui avait permis d'affronter les humiliations du passé, et il lui servirait encore aujourd'hui. Il était hors de question que James devine à quel point son attitude nonchalante l'avait blessée.

— Certes, admit-il. Je dois préciser que j'ignorais que tu serais à cette cérémonie.

— Cela aurait-il changé quelque chose si tu l'avais su ?

Il inclina légèrement la tête de côté, et pour la première fois, elle reconnut dans ce mouvement le James d'autrefois.

— Oui.

— Où étais-tu en attendant ?

James fronça les sourcils d'un air confus.

— Mon navire n'est arrivé que cette nuit. Dès que le jour s'est levé, je suis passé te prévenir de mon retour, mais tu étais déjà sortie, et le majordome m'a fait comprendre que si je ne courais pas sur-le-champ à Westminster, je risquais d'être déclaré mort. Ce qui m'a d'ailleurs surpris. Les sept années réglementaires ne me laissaient-elles pas jusqu'au 16 juin pour prouver que j'étais toujours en vie ?

— La Chambre des lords s'est réunie plus tôt afin que les papiers officiels parviennent à la chancellerie à la date exacte. C'était le seul moyen d'éviter une vacance entre le nouveau et l'ancien duc.

— À ce propos, j'ai constaté avec plaisir que Cecil n'avait pas trop de réticences à renoncer au titre.

— Si cela n'avait tenu qu'à lui, il aurait même patienté une ou deux années de plus.

— J'en conclus que c'est mon épouse qui était pressée de retrouver sa liberté.

Il avait prononcé ces mots d'un ton égal, sans émotion particulière. Elle lui adressa un sourire poli.

— Uniquement parce qu'il n'y avait pas de preuve que tu étais toujours en vie, ni de raisons de le croire, assura-t-elle. Comment as-tu trouvé la maison ce matin ?

— Je n'y suis resté que quelques minutes, le temps de déposer mes bagages avant de me rendre à la Chambre des lords.

— Tu veux dire ton butin, ne put-elle s'empêcher de rectifier.

— Je vois que tu es au courant, commenta-t-il avec un sourire narquois.

La gorge nouée par la fureur, elle parvint pourtant à déclarer avec calme :

— On nous a parlé d'un possible lien entre un pirate se faisant appeler le Comte et toi. Il était également question d'un certain Jack le Faucon. Je dois avouer que Cecil et moi étions très sceptiques sur le fait que tu aies pu embrasser une carrière aussi inattendue.

« Sceptiques et manifestement stupides », ajouta-t-elle pour elle-même. Mais les mots résonnèrent aussi fort que si elle les avait prononcés.

— La vie est pleine de surprises.

Ses narines durent palpiter de colère, car James étrécit les yeux en la dévisageant. Pourtant, comme s'il n'avait rien vu, il déclara sur le ton de la conversation :

— La circulation dans Londres est devenue impossible. Il m'a fallu tellement de temps pour rejoindre la Chambre des lords que j'ai cru que j'allais devoir jouer une scène de résurrection.

— Je suis heureuse que nous y ayons échappé, assura Theo.

— Ton majordome m'a dit que tu étais partie à 7 heures ce matin, observa-t-il avec une note de réprobation dans la voix. Pourtant, la cérémonie ne commençait qu'à 9 heures.

Incroyable ! Il avait disparu pendant sept ans, et sous prétexte qu'il était de retour, il se permettait de faire des commentaires sur son emploi du temps comme s'il était le maître de maison !

La calèche s'arrêta enfin. Saisissant son réticule et son voile, Theo répondit :

— Je suis passée me recueillir sur la tombe de ton père. Il demandait souvent après toi avant de mourir. Je voulais le prévenir qu'aujourd'hui tu serais déclaré mort. Une démarche stupide à plus d'un titre, semble-t-il.

Pour la première fois, James cilla. Une ombre douloureuse glissa dans son regard.

Theo s'en réjouit. Énormément, constata-t-elle, étonnée, en descendant de voiture. Elle se sentait aussi sanguinaire qu'un pirate.

Il y avait encore un point qu'elle tenait à éclaircir. Enfin, beaucoup plus qu'un, mais celui-là ne pouvait attendre. Dans le hall d'entrée, elle adressa un signe de tête à Maydrop, qui ouvrit la porte du petit salon.

James la suivit à l'intérieur. Lorsqu'elle pivota vers lui, il se contenta de la regarder, un sourcil arqué, attendant qu'elle prenne la parole. Elle n'avait pas oublié cette expression. Autrefois, elle était le signe d'une certaine curiosité, aujourd'hui, elle révélait une arrogance toute masculine.

Theo sentit sa bouche s'assécher : qu'allait-elle faire ? Il était hors de question qu'elle vive avec un pirate. Elle était probablement la femme possédant le plus de sang-froid et de sophistication de tout son entourage, pourtant, en cet instant, son cœur battait si vite qu'il semblait prêt à s'échapper de sa poitrine. Elle s'efforça de se ressaisir.

— Le détective qui pensait que tu étais le Comte était convaincu que tu ne pouvais pas être Jack le Faucon, expliqua-t-elle en ôtant ses gants pour éviter de le regarder.

Ce qui ne l'empêcha de voir du coin de l'œil qu'il s'était adossé au mur avec une nonchalance qu'aucun gentleman anglais ne se serait permise.

— Ton détective se trompait.

— Il est arrivé à cette conclusion en découvrant que Jack le Faucon avait dû semer des enfants aux quatre coins des Indes orientales, précisa-t-elle en relevant la tête.

Elle le fixa droit dans les yeux en espérant qu'il lirait dans son regard tout le mépris que lui inspirait un homme qui avait disparu des années durant sans donner de nouvelles ni s'inquiéter de son père vieillissant. Un homme qui avait choisi de vivre de rapines, trahi son serment de mariage, et abandonné ses propres enfants, aussi illégitimes et sauvages qu'ils puissent être.

James ne répondit pas tout de suite. Le jeune homme dont elle avait gardé le souvenir aurait baissé les yeux, mais l'homme face à elle se contenta de croiser les bras en la considérant pensivement.

— Tu semblais très en colère contre moi quand j'ai quitté l'Angleterre, lui rappela-t-il. J'avais l'espoir qu'avec le temps tu reviendrais à de meilleurs sentiments.

— J'étais furieuse parce que tu m'avais épousée sous un faux prétexte. Notre mariage n'avait pas de valeur pour moi, même si, je m'en rends compte aujourd'hui, il en avait un peu plus que pour toi. Quoi qu'il en soit, cette histoire de trahison appartient au passé, et, rassure-toi, c'est à peine si j'éprouve un pincement au cœur quand j'y repense. Malgré tout, je te repose la question : As-tu laissé des enfants derrière toi ? Tes rejetons sont-ils les « bagages » dont tu parlais tout à l'heure ?

Un silence pesant tomba dans la pièce. Finalement, James répondit :

— Ton détective s'est trompé. Je n'ai pas d'enfant, illégitime ou autre.

— Tu en es certain ? As-tu envoyé quelqu'un le vérifier ici neuf mois après ton départ d'Angleterre ?

— Je l'ai fait.

— Dommage que tu n'en aies pas profité pour demander à cette personne de rassurer ton père sur ton sort.

La dernière pensée d'Ashbrook avait été pour son fils disparu, une précision qu'en dépit de sa colère, Theo préféra garder pour elle. Ç'aurait été par trop cruel.

— Je ne voyais pas mon père comme un homme vieillissant, avoua James. C'est idiot, je sais, mais il ne m'est pas venu à l'esprit qu'il risquait de mourir avant que nous nous réconciliions. C'est l'un de mes nombreux regrets.

Étonnamment, il s'exprimait d'un ton détaché, presque léger.

— Pour être franc, c'est la nouvelle de sa mort qui a transformé le Comte en Jack le Faucon, ajouta-t-il.

Elle s'attendait qu'il lui donne plus de détails, mais il s'en tint là. Visiblement, il ne se sentait pas obligé de lui fournir des explications. Alors, sans un mot, elle passa devant lui et sortit de la pièce.

Une demi-heure plus tard, tandis qu'elle prenait son bain, Theo trouva la solution qui lui permettrait de sortir de l'incroyable situation qui était la sienne. Elle se mit debout si vivement qu'un peu d'eau passa par-dessus bord.

— Il me faut Boythorn ! s'exclama-t-elle.

Amélie se détourna de la planche sur laquelle elle pliait des bas.

— Je vous demande pardon, Votre Grâce ?

— S'il te plaît, dis à Maydrop d'envoyer prévenir mon avocat, Me Boythorn. J'aimerais qu'il vienne demain à la première heure.

Il devait y avoir un moyen de dissoudre un mariage quand l'époux réapparaissait après sept ans d'absence avec une réputation d'assassin. Certes, il était difficile, voire quasiment impossible d'obtenir le divorce dans des circonstances ordinaires. Mais qui oserait qualifier ce qui lui arrivait de « circonstances ordinaires » ?

En fait, elle était presque certaine que ses arguments triompheraient. Et si personne d'autre n'acceptait de s'en charger, elle convaincrait le régent en personne de mettre fin à cette union insensée. Il l'avait bien fait pour la femme de lord Ferngast après que celui-ci eut rejoint la Famille de l'Amour et exigé qu'elle partage son lit avec tous les autres membres de la secte. Or lord Ferngast n'avait tué personne.

Une fois l'éblouissement passager provoqué par le retour improbable du duc d'Ashbrook, chacun finirait par se rappeler quel sort était réservé aux pirates capturés : la pendaison.

Tandis qu'elle réfléchissait à tout cela, la porte s'ouvrit à la volée. Sa femme de chambre fit volte-face en poussant un cri. Theo se tourna à son tour, nue et ruisselante. Le corps absurdement imposant de James s'encadrait dans la porte.

— Amélie, une serviette, s'il te plaît, ordonna-t-elle d'un ton un peu sec.

Sa femme de chambre lui plaça vivement un drap de bain entre les mains et en drapa un autre sur ses épaules.

Le regard de James était toujours aussi bleu, mais il était aussi impassible – le regard d'un étranger.

— Dans la société civilisée, il est de rigueur de frapper avant d'entrer dans un cabinet de toilette, rappela Theo en s'enveloppant dans sa serviette.

Sur ce, elle sortit de la baignoire et se dirigea vers la porte donnant sur sa chambre.

24

James descendit l'escalier, l'esprit en ébullition. Il avait oublié combien la peau de Daisy était rose et pâle, aussi délicate qu'une rose anglaise. Il avait oublié la courbe de ses hanches et ses longues jambes fuselées.

Il s'était obligé à bannir ces souvenirs, mais à présent, tout ce qu'il avait aimé chez elle autrefois lui revenait en force : son beau visage anguleux, le dessin de ses lèvres, ses longs cils sombres. La vision de Theo faisait vibrer son âme, et pas seulement de désir.

Bon sang !

De toute évidence, il ne l'avait jamais vraiment chassée de ses pensées.

Ce qui lui faisait le plus mal aujourd'hui, c'était le regard qu'elle posait sur lui. Il y lisait de la surprise et de la colère, ce qui n'avait rien d'étonnant, mais aussi de la peur. De la peur ? *Sa* Daisy ?

Il avait abandonné cette femme fascinante en espérant trouver la paix sous d'autres cieux, mais aujourd'hui, il se rendait compte qu'il ne voulait plus, ne *pourrait* plus, s'éloigner d'elle. Elle était son cœur, l'autre moitié de lui-même. Elle remplissait ce vide au fond de lui qu'il avait désespérément tenté d'oublier en courant les océans et les femmes légères.

Et elle avait peur de lui !

Il avait été confiant quant à sa capacité à venir à bout de la colère de Daisy. Mais, apparemment, le destin le confrontait à une autre épreuve. Daisy le connaissait depuis toujours. Comment pouvait-elle le percevoir comme une menace ?

La réponse s'imposa d'elle-même : parce qu'il l'avait trahie et qu'elle craignait d'être de nouveau blessée. Émotionnellement, bien sûr, car elle ne pensait sûrement pas qu'il était capable de lui faire du mal physiquement. Ou avait-elle aussi des doutes à ce sujet ? Il serra les poings à cette idée.

Évidemment, les gens le craignaient : il était pirate, avait une carrure impressionnante, le crâne rasé, et un tatouage sur la joue. Pour autant, il ne lui était jamais venu à l'esprit que l'homme qu'il était devenu pourrait effrayer Daisy.

Elle était la seule qui ait su voir au-delà des apparences, et l'ait jamais aimé pour lui-même. La seule à penser qu'il était autre chose qu'une jolie voix et un beau visage.

Il pénétra dans la bibliothèque, nota vaguement que le décor avait changé. Comment diable avait-il pu abandonner Daisy ? s'interrogea-t-il encore. À quoi avait-il pensé pendant ces sept années ? Les journées étaient longues et riches en aventures parfois violentes, mais, finalement, le temps avait filé à une allure folle.

Il s'immobilisa devant la fenêtre. Son cœur battait si vite qu'il en avait la nausée.

C'était impossible, il ne pouvait pas être trop tard. Il existait forcément un moyen de la reconquérir.

Il envisagea un instant de tomber à genoux devant elle, mais repoussa aussitôt cette idée. Jamais plus il ne supplierait. Enfant, il avait mendié l'affection de ses parents, qui semblaient ne jamais le remarquer. Il avait chanté de tout son cœur pour sa mère sans jamais obtenir en retour plus qu'un sourire satisfait et une petite tape sur la joue.

Le poids qui l'oppressa à ce souvenir le prit au dépourvu. Il serra les dents. Assez de sentimentalisme ! Bien sûr qu'il pourrait reconquérir Daisy sans se prosterner devant elle. D'ailleurs, les femmes n'aimaient pas les faibles. Si elle ne le respectait pas, elle ne le reprendrait jamais. Or, qu'y avait-il de respectable chez un homme dont le corps s'embrasait à la seule vue de son épouse nue, et qui était obsédé par l'envie de la soulever dans ses bras, de la porter jusqu'à son lit, et...

Et de la supplier de l'aimer comme autrefois.

Sa gorge se serra. Dans un instant de lucidité, il vit se dessiner les deux routes de son avenir : sur l'une, Daisy lui souriait ; sur l'autre, elle l'abandonnait, comme il l'avait abandonnée.

La seconde ressemblait à l'enfer. Et la première...

L'expression effrayée de sa femme lui revint en mémoire, aussi douloureuse qu'un coup de poing au plexus.

Certes, il avait l'air d'un sauvage et une voix de docker, mais ce n'était pas une raison pour se comporter comme tel. Ce qu'il fallait au contraire, comprit-il soudain, c'était imiter ce fichu Trevelyan. Daisy ne raffolait-elle pas des moqueries et des piques caustiques de cet insupportable roquet ? Même si, à son avis (mais Daisy ne le lui avait jamais demandé), l'attitude de Trevelyan trahissait surtout un formidable manque de confiance en soi.

À cette idée, un rire sans joie s'étrangla dans sa gorge. Car si quelqu'un manquait de confiance en soi aujourd'hui, c'était bien lui. Quoi qu'il en soit, tant que Daisy n'aurait pas découvert son talon d'Achille, c'est-à-dire *elle*, il pourrait la séduire par sa conversation pleine d'esprit. Et une fois qu'il aurait réussi à l'attirer dans son lit, il trouverait sûrement le moyen de rallumer son ancienne flamme.

Mais pour ce faire, elle devait voir en lui le genre d'homme qu'elle aimait et non pas un pauvre idiot cherchant à attirer son attention, ou un pirate effrayant. Non, il devait se transformer en un gentleman raffiné et amusant.

Elle découvrirait bien assez tôt quel animal se cachait derrière la façade. En attendant, il pouvait jouer les hommes cultivés.

Probablement.

Le front appuyé contre la fenêtre, il élabora son plan, tint compte des imprévus, réfléchit à la meilleure manière de procéder, comme il le faisait toujours en vue d'un navire ennemi. Griffin et lui ayant été reçus à de nombreuses reprises dans les cours royales, il possédait une garde-robe qui, à n'en pas douter, ravirait Daisy.

Elle aussi s'était transformée : elle était aussi éclatante et élégante qu'une coupe en argent ciselée. Et elle affichait une totale maîtrise d'elle-même. En fait, elle ressemblait à ce qu'aurait pu être une générale très sensuelle si les femmes avaient été admises dans l'armée de Sa Majesté.

Il la préférait sans conteste nue. Le seul souvenir de l'instant où il l'avait surprise sortant de son bain suffit à le faire durcir. Des filets d'eau ruisselaient le long de ses cuisses, et il avait dû faire appel à toute sa volonté pour ne pas tomber à ses pieds et caresser ses jambes magnifiques... et ce qui se trouvait entre.

Mais plus que tout, ce qu'il désirait, c'était vivre à ses côtés, être le premier à entendre ses idées brillantes et ses opinions arrêtées. Durant son long périple, il n'avait jamais rencontré personne, pas même Griffin, avec qui il prenait autant plaisir à discuter qu'avec Daisy. Maintenant qu'il l'avait revue, il avait l'impression que toutes ces années en mer n'avaient été qu'un long rêve : la réalité était ici. Il voulait vieillir auprès de Daisy ou ne pas vieillir du tout.

Bon sang !

Il était vraiment dans de sales draps.

25

Theo ferma la porte en s'attendant déjà à voir James la rouvrir et pénétrer dans la pièce. Ne venait-il pas d'entrer dans le cabinet de toilette sans prendre la peine de frapper ? Pourquoi diable, depuis tout ce temps, n'avait-elle jamais divisé cette pièce en deux, afin que chaque chambre dispose de sa salle d'eau particulière ? Au lieu de quoi elle avait fait installer un système moderne de pompage de l'eau et une magnifique baignoire en céramique réalisée dans les ateliers du domaine.

Elle poussa un soupir de soulagement en entendant James regagner sa chambre. Peut-être avait-il simplement oublié que leurs deux chambres partageaient le même cabinet de toilette ? Si c'était le cas, elle pouvait être tranquille : après cet épisode, il respecterait son intimité.

Elle s'habilla sans hâte, s'efforçant de chasser de son esprit les images de jeunes beautés exotiques aux formes généreuses.

À l'origine, elle avait prévu de passer la soirée seule chez elle en hommage à la mémoire de James. Mais maintenant qu'il n'y avait plus personne à pleurer, rien ne l'empêchait de sortir. Au contraire. Elle n'avait aucune envie de se retrouver en tête à tête avec James durant le dîner.

Elle envoya donc Amélie informer Maydrop de son intention de se rendre au théâtre, puis enfila une toilette en soie vert olive. Coupé en biais à partir de la taille, le lourd tissu chatoyant tombait jusqu'à ses pieds en épousant chaque courbe de son corps. Une bande de dentelle or cousue de perles noires bordait l'encolure du corsage et se prolongeait sur les épaules de façon à former des manches courtes.

Theo attacha ses cheveux en un chignon serré, et refusa le collier de rubis que lui tendit Amélie. Elle ne voulait rien qui pût détourner l'attention de son visage.

En revanche, elle glissa à son doigt le rubis étincelant qu'elle s'était offert pour fêter les mille premières guinées gagnées par les Tissages de Ryburn.

Enfin, elle laissa Amélie déposer une touche de maquillage sur quelques zones stratégiques. Même si elle refusait de se plier aux critères de féminité conventionnels, elle s'était aperçue qu'un mince trait de khôl ajoutait de la profondeur et du mystère à son regard.

Elle jeta un dernier coup d'œil à son reflet, et sentit sa confiance en elle lui revenir : une confiance qu'elle avait durement acquise en sauvant le domaine de la faillite, en conquérant la cour du roi de France, et en gagnant le respect de la bonne société anglaise.

Le mépris que son mari affichait à son égard – y compris devant l'entière assemblée des pairs – ne diminuait en rien l'ampleur de sa réussite.

Elle trouva son majordome qui l'attendait dans le hall.

— Sa Grâce est dans la bibliothèque, annonça-t-il d'un air soucieux.

— Merci, Maydrop. Je compte sur vous pour rassurer tout le monde. Le retour du duc était pour le moins inattendu, mais je suis certaine que cela n'aura aucune incidence sur les habitudes de la maison.

Il hocha la tête.

— Sa Grâce étant venu sans domestiques, j'ai pris la liberté de demander au bureau de placement de nous envoyer trois personnes demain matin. J'ai installé l'invité du duc dans…

— L'invitée ! coupa Theo.

Elle se sentit blêmir. James n'avait tout de même pas ramené une femme des Indes orientales !

— Sir Griffin Barry, précisa en hâte Maydrop. J'ai cru comprendre que Sa Grâce et sir Griffin Barry étaient associés, ces dernières années. J'ai installé sir Griffin dans la chambre rose.

— Parfait, commenta Theo d'une voix faible.

Elle devait lutter pour ne pas se sauver en courant. Non seulement son mari était rentré, mais il avait en outre ramené avec lui le complice de ses turpitudes. Et M. Badger n'avait-il pas précisé que Barry avait une réputation encore pire que celle de James ?

Seigneur ! Dès demain, la police serait à leur porte. Jamais sa mère ne lui avait autant manqué. Même l'ancien duc aurait été une présence bienvenue à ses côtés en cet instant.

— Votre Grâce, je crois que vous avez l'intention de…

Theo interrompit Maydrop d'un geste.

— Plus tard, s'il vous plaît.

Elle devait affronter James avant de tourner les talons et de s'enfuir en courant.

Sans se laisser le temps de changer d'avis, elle pénétra dans la bibliothèque.

Elle avait refait la décoration de la pièce après la mort d'Ashbrook. Tout ce qui aurait pu lui rappeler le moment d'humiliation qui avait mis fin à son mariage avait disparu.

À cette époque, les murs étaient couverts de boiseries sombres et les fenêtres encadrées de rideaux bordeaux ; les seuls portraits accrochés représentaient les chiens de chasse défunts de la famille. À présent, des panneaux blancs ornés de cartouches bleu pervenche mettant en scène des fantasmagories inspirées des ruines de Pompéi alternaient avec des rayonnages de livres montant du sol au plafond.

Les tentures, sorties des ateliers de tissage de Ryburn, étaient imprimées de rayures et de petites fleurs blanches et bleues.

Les quelques bergères en porcelaine qui avaient échappé aux crises de rage de l'ancien duc avaient été depuis longtemps reléguées au grenier. À leur place trônaient des statuettes d'inspiration grecque et romaine fabriquées dans les manufactures d'Ashbrook.

Theo parcourut la pièce du regard, cherchant à se rassurer en contemplant les symboles de sa réussite.

Installé derrière le bureau sur lequel elle faisait sa comptabilité, James semblait écrire une lettre. Il avait ôté sa veste et retroussé ses manches de chemise.

Theo prit une profonde inspiration.

— Bonsoir, James.

Il leva la tête, puis se mit debout pour l'accueillir. Apparemment, il n'avait pas totalement perdu ses manières de gentleman.

— Daisy.

Il avança à sa rencontre et prit la main qu'elle lui tendait. Comme il se redressait, elle l'examina avec attention.

— Mon nom est Theo, lui rappela-t-elle sèchement tout en l'étudiant. Dieu que tu as changé, James. Pas étonnant que je ne t'aie pas reconnu ce matin. Puis-je t'offrir un verre de cognac ?

Elle se dirigea vers la cave à liqueurs, d'où elle sortit un flacon.

— Je bois rarement, répondit James juste derrière son épaule.

Elle sursauta, et laissa échapper le flacon. James le rattrapa.

— Tu permets ? demanda-t-il en la servant. Je constate que tu as trois sortes de cognac, ce qui semble indiquer que tu es différente des autres femmes sur ce plan-là aussi.

Essayait-il de la vexer par une allusion indirecte à son physique ? Refusant de se laisser déstabiliser, elle balaya cette pensée avec une gorgée de cognac, qui lui réchauffa la gorge.

— Ton cousin Cecil adore le cognac ; j'en ai toujours pour lui, dit-elle en allant s'asseoir sur le canapé qui remplaçait l'ancien sofa rococo.

Elle regarda l'inconnu qui se prétendait son mari se servir un porto et la rejoindre.

— Ta carrure est devenue impressionnante, commenta-t-elle.

— En effet.

James prit place à côté d'elle. Elle s'écarta un peu, mais pas assez pour ne plus sentir la chaleur qui émanait de son corps.

— Après mes vingt ans, je me suis soudain mis à grandir et à m'élargir. L'air marin probablement.

De fait, le canapé paraissait minuscule tout à coup. Theo avala une autre gorgée de cognac et se pencha vers James.

— C'est un coquelicot sous ton œil ?

Il hocha la tête.

Elle aurait préféré mourir plutôt que de l'avouer, mais ce tatouage avait quelque chose de primitif qui ne la laissait pas indifférente.

— Sir Griffin a-t-il le même ?

Elle était très fière du brio avec lequel elle gérait la situation. Combien de femmes avaient l'occasion de discuter avec un pirate, qui plus est sous leur propre toit ? En tout cas, elle était certainement la seule aristocrate anglaise à en avoir un pour époux. Tout se terminerait bien, se rassura-t-elle. James quitterait bientôt l'Angleterre – il n'aurait du reste pas d'autre choix s'il ne voulait pas être pendu –, et elle pourrait reprendre sa vie normale.

— Tout à fait, acquiesça-t-il aussi naturellement que si elle l'avait interrogé sur une cravate.

Cravate que, d'ailleurs, il ne portait pas. Son cou, bien visible, était aussi nu et bronzé que celui d'un paysan.

— Te rends-tu compte que la profession que tu t'es choisie peut avoir des conséquences désagréables ?

— Lesquelles ?

— Étant donné le caractère, disons, peu orthodoxe de tes activités, je ne serais pas surprise que la police nous rende très prochainement visite. Ou bien des officiers de la marine royale. Enfin, qui que ce soit qui s'occupe des pirates.

S'enfonçant confortablement dans le sofa, il lui sourit par-dessus son verre.

— De quoi devrais-je m'inquiéter ?

— De finir au bout d'une corde ? D'après le peu que je sais, les actes de piraterie sont punis de mort.

Elle avala une autre gorgée de cognac.

— C'est le cas, je suppose, admit James, imperturbable. D'ordinaire.

— Tu n'es pas inquiet ?

— Pas le moins du monde. Mais si nous parlions plutôt de toi. Qu'as-tu fait ces sept dernières années, Theo ?

— Travaillé, répondit-elle, opposant la franchise à ses faux-fuyants. La vie n'a pas été facile après ton départ. Mais tu seras probablement heureux d'apprendre que les tissages de Rybrun et les manufactures d'Ashbrook sont désormais des entreprises florissantes. Après les avoir remises sur pied, je me suis installée à Paris, d'où je ne suis revenue que l'année dernière. Je comptais...

Elle s'interrompit.

— Tu comptais transmettre le domaine à Cecil, devina James. Je ne peux pas te reprocher d'avoir eu envie de te débarrasser de cette charge. Un peu honteusement, je dois avouer que c'est l'une des raisons pour lesquelles je pensais ne jamais rentrer en Angleterre. Et pour laquelle j'ai changé mon surnom : je ne voulais pas que quelqu'un fasse un jour le lien entre le Comte et le comte d'Islay.

— Quelle chance pour nous tous que tu aies changé d'avis, commenta-t-elle sans le moindre enthousiasme.

Il la considéra un long moment.

— Tu es contrariée parce que je ne t'ai pas prévenue de mon retour avant la cérémonie à la Chambre des lords ? Mon navire a accosté en pleine nuit, et je n'ai pas voulu réveiller tout le monde. Pour moi, il n'y avait que des hommes à la Chambre. Je n'ai pas songé un instant que des femmes assisteraient à l'assommant débat visant à prouver mon identité.

— Une femme s'oublie si vite, acquiesça-t-elle.

James eut un instant d'hésitation, avant d'assener :

— J'ai cessé de penser à toi comme à une épouse il y a des années, et je suis sûr que tu as fait de même.

Ces paroles firent à Theo l'effet d'un coup de poing. En réalité, elle n'avait jamais cessé de penser à James comme à son mari, même si, Dieu lui en était témoin, elle avait essayé.

Néanmoins, elle parvint à maîtriser sa colère, et répondit d'un ton posé :

— Je vois. Au cas où tu te demanderais si je t'ai trahi durant ces années d'absence, la réponse est « non ».

— La mienne sera l'inverse, déclara James aussi tranquillement que s'ils parlaient du temps qu'il fait. Deux jours de mariage n'ont pas réussi à se graver en moi. Je suis certain que la plupart des hommes comprendraient mes écarts de conduite.

— Le serment du mariage n'a pas la même valeur pour tout le monde.

— Pour reprendre tes propres termes, notre mariage était « sans lendemain », rappela-t-il avec froideur. Tu m'as jeté dehors en me demandant de ne jamais revenir. Difficile de voir dans cet ordre une expression de notre promesse de rester ensemble « jusqu'à ce que la mort nous sépare ».

— Dois-je comprendre que ma colère lorsque j'ai découvert comment tu m'avais manipulée pour couvrir l'escroquerie de ton père a servi d'excuse à ton infidélité ?

La tension entre eux était palpable. Cependant, James demeurait parfaitement maître de lui-même, constata Theo avec intérêt. Il avait vraiment mûri.

— Visiblement, il y a beaucoup de rancœurs entre nous. À vrai dire, je suis surpris que tu m'en veuilles encore autant. Pour moi, notre mariage appartient au passé. C'est à peine si je me rappelle notre dernière conversation, hormis le moment où tu as décidé que tout était fini. Néanmoins, au cas où je ne me serais pas excusé à l'époque, je tiens à le faire maintenant.

Une bouffée de désir aussi soudaine qu'incongrue envahit Theo. Pas pour l'homme au visage dur qui lui faisait face, mais pour le jeune homme qui baissait les yeux quand elle lui criait après, le jeune homme qui l'aimait.

Interprétant sans doute son silence comme un encouragement, James poursuivit :

— Je regrette sincèrement d'avoir accédé à la requête de mon père et d'avoir menti pour t'épouser. Au fil des années, j'ai compris que notre proximité avait rendu la blessure de ma trahison encore plus douloureuse.

— Quoi qu'il ait pu se passer par le passé, nous sommes presque des étrangers aujourd'hui, fit-elle observer.

— Le garçon d'autrefois t'aimera toujours, dit-il avec un sourire désarmant. L'homme que je suis ne te connaît pas encore.

Le regard dont il l'enveloppa en prononçant ces mots réveilla quelque chose en elle.

Elle étouffa aussitôt le trouble qu'elle ressentait. Plutôt sauter du haut d'un clocher que de coucher avec un homme qui avait attendu sept ans avant de prendre la peine de l'informer qu'il était toujours vivant. C'était l'une des leçons qu'elle avait tirées de son expérience de « vilaine duchesse » : si elle ne se respectait pas elle-même, personne ne le ferait.

Sauf, peut-être, ce garçon auquel James ne ressemblait plus.

— Tu n'as couché avec aucun homme pendant sept ans, murmura-t-il, et son regard était ouvertement avide soudain.

— C'est exact, acquiesça-t-elle. Mais c'était avant d'apprendre que notre serment n'avait plus de valeur, du moins en pratique. Je vais devoir rattraper le temps perdu.

Sur cette affirmation, elle se leva.

Le désir dans les yeux de James fut aussitôt remplacé par ce qui ne pouvait être interprété que comme de la jalousie.

— Je ne suis plus ta femme, James, rappela-t-elle. D'ailleurs, il semblerait que tu n'aies été mon époux que deux ou trois ans, avant de devenir Jack le Faucon.

— Comment diable sais-tu cela ?

— C'est incroyable tout ce qu'un bon détective peut découvrir. J'ai cru comprendre que le Comte était mon mari, mais que Jack appartenait à la moitié de la population féminine des Indes orientales et au-delà.

— C'est très exagéré, marmonna-t-il.

— Vraiment ? Selon M. Badger, tu aurais des enfants illégitimes dans toute la région.

Le rire de James était aussi rauque et profond que sa voix.

— Je préférerais faire mon premier enfant à ma femme.

— J'ai bien peur que ce ne soit pas possible, répondit-elle, glaciale. Mais je ne doute pas que notre mariage sera bientôt annulé, et je te souhaite d'avoir une flopée d'enfants avec ta prochaine épouse.

— Ma *prochaine* épouse ?

— La situation actuelle est intenable. Je demanderai la dissolution du mariage dès que possible. Je dois voir mon avocat. Je suis sûre que le régent accédera à ma requête.

— C'est hors de question !

— Je pense que nous préférerons l'un et l'autre dissiper cette hostilité qui existe entre nous, dit-elle, ignorant son intervention.

— Je ne vois aucune raison de nous montrer désagréables, approuva-t-il.

Mais son ton, aussi aimable fût-il, la rendit nerveuse.

— Mon héritage suffit amplement à répondre à mes besoins, et, il y a cinq ans, le domaine a investi dans l'achat d'une maison sur Hennessy Street. Je pensais la racheter au domaine et m'installer là-bas.

— Plutôt mourir que de laisser ma femme quitter le foyer conjugal ou, pire encore, m'acheter une maison !

Pour la première fois, James s'emporta. Sa voix si courtoise depuis le début se transforma presque en rugissement.

C'était étrangement séduisant, se surprit à remarquer Theo. Avant de chasser cette pensée absurde. Comment pouvait-elle trouver ce grondement animal séduisant ? Il était certes profond et…

Elle se ressaisit. Voix profonde ou pas, elle ne reviendrait pas sur sa décision. James l'avait fascinée lorsqu'elle était une toute jeune fille, mais il était désormais un étranger. Et elle ne pouvait pas vivre avec un homme pareil.

— Ce n'est pas négociable, prévint-elle avec ce même sourire dont elle avait gratifié le dessinateur de Wedgwood qui l'avait accusée de leur voler des clients. D'ailleurs, je ne vois pas pourquoi tu voudrais me garder ici alors que tu es convaincu que notre mariage est fini. Si tu préfères, je peux quitter l'Angleterre.

— Notre mariage *était* fini. Je suis de retour maintenant.

— Un mariage n'est pas un objet que l'on peut jeter et reprendre quand on le souhaite.

Elle marqua une pause, mais il ne contesta pas son argument.

— As-tu l'intention de rester en Angleterre, ou comptes-tu repartir en mer ?

— Je reste.

Manifestement, la menace d'une condamnation pour actes de piraterie ne l'inquiétait pas le moins du monde.

— Je suis certaine qu'avec le temps, tu retrouveras ta place au sein de la bonne société, assura Theo. Bien sûr, l'annonce de la dissolution de notre mariage fera scandale, mais l'aura du titre de duc est telle que tu te trouveras rapidement une autre duchesse. À présent, si tu veux bien m'excuser, j'ai prévu d'aller au théâtre.

James fit un pas vers elle.

— Je peux t'y accompagner.

— Ce ne sera pas nécessaire.

Elle le considéra des pieds à la tête. Il ressemblait à un paysan avec son visage buriné qui contrastait avec sa chemise blanche et ses manches retroussées sur ses bras musclés.

— Tu devras passer chez un tailleur avant de rejoindre le monde. Si tu veux bien me suivre un instant, James, j'aimerais te présenter mon majordome.

Il lui emboîta le pas sans un mot tandis qu'elle parlait à toute allure pour empêcher le silence de retomber.

— Maydrop est une perle ; il a fait un travail inestimable pour tenir cette maison après le départ à la retraite de Cramble. Maydrop, je sais que vous avez rencontré le duc ce matin, mais je tenais à ce que vous soyez officiellement présentés l'un à l'autre.

Le majordome s'inclina. James le salua d'un signe de tête.

— Vous pourriez présenter Sa Grâce aux autres domestiques, suggéra Theo. Voudriez-vous me donner ma pelisse, Maydrop ?

— La voiture vous attend, Votre Grâce. Cependant…

James s'adressa directement au majordome :

— Vous avez fait appeler une voiture alors que vous saviez que la duchesse verrait son mari pour la première fois ce soir après plusieurs années ? demanda-t-il d'un ton moins sec qu'intrigué.

Maydrop s'inclina de nouveau.

— La femme de chambre de Sa Grâce m'a informé que sa maîtresse se rendrait au théâtre ce soir.

— Ainsi, tu n'as pas imaginé que nous pourrions passer une soirée tranquille tous les deux et renouveler notre serment ? demanda James en se tournant vers elle sans se soucier du majordome.

— Non.

Theo enfila sa pelisse, un splendide modèle en brocart aux lignes sobres venu tout droit de Paris.

— Qui t'accompagne au théâtre ?

— Une femme mariée depuis aussi longtemps que moi n'a pas besoin de chaperon. Lord Geoffrey Trevelyan – tu te souviens de lui, n'est-ce pas ? – m'a invitée à le rejoindre dans sa loge aussi souvent que je le souhaitais. Je suis désolée de ne pas avoir le temps de saluer sir Griffin.

Elle adressa à James un sourire qui se voulait sincère, même s'il répondait davantage à la colère qu'elle lisait dans son regard qu'à un réel élan du cœur. Apparemment, il n'appréciait pas l'idée que Geoffrey et elle soient restés amis.

— Transmets mes salutations à sir Geoffrey.

Elle fit une petite révérence et attendit un instant, pensant que James la saluerait à son tour, mais il n'en fit rien. Aussi, pivota-t-elle vers la porte, où deux domestiques moins bien éduqués que Maydrop observaient la scène avec fascination.

Sans avertissement, James enroula le bras autour de sa taille et la ramena vivement contre son torse.

— Ma femme ne m'adresse pas de révérence, lâcha-t-il entre ses dents.

Theo se figea tel un lapin à la vue d'un renard.

— Je te prie de me lâcher.

James leva la tête.

— Dehors ! ordonna-t-il.

Les deux valets les contournèrent en hâte et disparurent par la porte de service,

— J'ai dit *dehors*, répéta James en fixant Maydrop.

Sa voix était encore plus rauque quand il était agacé, nota Theo.

Maydrop parvint cependant à lui répondre d'un ton à la fois ferme et déférent :

— Si vous voulez bien me pardonner, Votre Grâce, je suis au service de Sa Grâce, et je détesterais me détourner en la laissant dans une situation qui pourrait l'embarrasser.

Toujours emprisonnée dans les bras de James, Theo s'efforçait de cacher sa réaction à la chaleur qui émanait de son corps musclé. Il semblait croire qu'après toutes ces années de solitude, elle avait désespérément besoin d'un homme. Une pensée révoltante. Car s'il y avait bien une chose qui ne l'avait jamais tentée en sept ans, c'était une quelconque aventure érotique.

Mais peut-être imaginait-il que sa fidélité n'était qu'une conséquence de sa réputation de laideron.

Il lui fallut faire appel à toute sa force de caractère pour garder son calme.

— Je te serais reconnaissante de me lâcher, lança-t-elle d'un ton glacial.

Il baissa les yeux vers elle.

— Tu es ma femme, Theo, articula-t-il à mi-voix. À un moment ou un autre, tu seras de nouveau mienne.

Elle s'interdit de hurler « non ! ». Mais sans doute lut-il sa réponse dans son regard, car il déposa un baiser dur sur sa bouche et la libéra.

Les jambes flageolantes, Theo se tourna vers son majordome.

— Maydrop, ayez l'amabilité de demander à Amélie de préparer mes bagages. Nous partirons demain matin.

— La duchesse n'ira nulle part, intervint James sans regarder le domestique.

— Votre Grâce, déclara ce dernier à l'adresse de sa maîtresse, je dois vous informer de ce qui se passe à l'extérieur.

— Ce qui se passe ?

Theo avait le souffle court, tout son corps tremblait tant elle était pressée de fuir cette demeure.

— Les journalistes, expliqua Maydrop. Je crois que la nouvelle du retour de Sa Grâce a excité leur intérêt : ils entourent la propriété. Certains ont même essayé d'escalader les murs. J'ai dû poster plusieurs garçons d'écurie dans le parc pour les empêcher d'espionner par les fenêtres.

— Quel dommage ! ironisa James. Il semblerait que tu ne puisses pas aller au théâtre ce soir, Daisy.

Theo lui jeta un regard noir.

— Bien sûr que si. Maydrop, pouvez-vous demander à un valet de m'accompagner ?

— Ne sois pas bête, soupira James. Ils sortiront une édition spéciale dans laquelle ils diront combien tu as été cruelle de me laisser seul le soir de mon arrivée à Londres. Sans compter qu'ils ne te lâcheront pas de la soirée : ils te suivront au théâtre tels des vautours ayant repéré une vache à l'agonie.

— Une vache à l'agonie ? répéta Theo.

— Je dois avouer que je suis d'accord avec Sa Grâce, intervint Maydrop, l'air mortifié. S'ils vous voient, la situation risque d'empirer. J'ai dû placer un homme dans le grenier pour veiller à ce que personne ne s'introduise dans les communs en passant par le toit.

Theo déglutit. Tout à coup, elle se sentait totalement débordée par la situation. À son grand désarroi, elle sentit les larmes lui monter aux yeux.

— Très bien, déclara James avec brusquerie.

Sur quoi, sans lui laisser le temps de réagir, il la souleva dans ses bras et l'emporta dans l'escalier.

Theo ouvrit la bouche pour protester, puis la referma. Elle éprouvait un étrange sentiment de sécurité enserrée dans ces bras puissants.

— N'imagine pas en faire une habitude, le prévint-elle, décidant finalement de protester.

— Je le ferai si j'en ai envie.

— Je suis une personne, pas un objet ! Tu feras *quoi*, si tu en as envie ? Me prendre et me jeter comme un vulgaire sac de farine ? Revenir dans cette maison et agir comme si tu étais parti la semaine dernière ? Qu'est-ce qui te fait croire que tu peux me traiter de façon aussi cavalière ?

Il la considéra, une expression indéchiffrable sur les traits.

— Je suis ton mari, Daisy.

— Theo ! aboya-t-elle.

Il hocha la tête.

— Theo. Puis-je néanmoins te faire remarquer que je ne trouve pas agréable d'appeler ma femme par un prénom d'homme ?

— Non, tu ne le peux pas.

James poussa la porte de sa chambre de l'épaule, et la reposa sur le sol. Puis il recula en souriant.

— Porteras-tu cette robe pour dîner ?

Elle étrécit les yeux.

— Pourquoi ?

— Tu es ravissante.

Elle éprouva une curieuse sensation au creux de l'estomac. Comment cet homme qui ressemblait à un barbare pouvait-il se montrer aussi « mondain » ?

Elle détestait cela.

Mais elle porterait cette robe pour dîner.

26

James regagna le rez-de-chaussée, mais ne retourna pas terminer son courrier dans la bibliothèque. Il n'avait pas envie d'écrire. Ce qu'il voulait, c'était jeter sa femme sur le lit, glisser la main sous le tissu chatoyant de sa robe et...

Il secoua la tête et réajusta l'entrejambe de son pantalon. Dans l'ensemble, il s'en était assez bien sorti avcc son imitation de Trevelyan. D'autant qu'il se sentait beaucoup plus proche d'un pirate enragé et possessif que d'un aristocrate sophistiqué.

L'entrée étant assiégée par les journalistes, il sortit par la porte de derrière et se dirigea vers les écuries.

Il avait gardé le souvenir d'un lieu poussiéreux et encombré qui sentait le foin et le cheval. À présent, les murs étaient blanchis à la chaux et le sol assez propre pour y dormir, voire y manger. Sa femme aimait que tout soit immaculé, lui apprit un palefrenier quelques secondes plus tard.

Il regarda des garçons d'écurie changer la litière d'une jument pommelée. C'était la deuxième fois de la journée qu'ils nettoyaient son box, lui confièrent-ils. Tandis que ladite jument était pansée pour la troisième fois. James haussa les épaules et poursuivit son chemin. Apparemment, il possédait un attelage de deux chevaux pommelés, un autre de quatre bais, et deux hongres noirs, du sabot à la pointe des oreilles.

Le palefrenier chef, Rosloe, était un homme enjoué qui maintenait l'ordre dans les écuries avec une autorité tranquille. Mais il semblait n'avoir que la phrase « comme Sa Grâce l'a demandé » à la bouche. À tel point que James finit par articuler silencieusement les mots avec lui. Rosloe le surprit, et éclata de rire.

— Sa Grâce a des idées très précises sur la meilleure façon de faire les choses, expliqua-t-il. Ce qui ne veut pas dire qu'elle n'écoute pas les autres, au contraire. Si un garçon d'écurie a une suggestion pour améliorer le travail, elle en tient compte. Mais c'est toujours elle qui prend la décision finale, bien sûr.

Manifestement, Theo aurait fait un parfait capitaine, songea James.

Griffin et lui avaient survécu ensemble pendant des années, mais ils avaient chacun leur navire et leur équipage. Comment diable diriger une maisonnée avec deux maîtres à bord ?

De retour dans la maison, il laissa Maydrop lui présenter la gouvernante, Mme Eltis, et le cuisinier, M. Fableau, un Français si petit que sa tête dépassait à peine de ses fourneaux. Tout, dans la cuisine, témoignait d'une organisation exemplaire. Ainsi, il y avait deux tournebroches.

— Un pour les volailles, l'autre pour les quartiers de viande, expliqua Fableau.

Les quatre murs du cellier disparaissaient derrière les conserves.

— La maisonnée ne mange sûrement pas tout cela en une année ! s'exclama James.

— Oh non ! se récria Mme Eltis avec une fierté évidente. À mesure que les bocaux arrivent de la campagne à l'automne, j'inscris la date sur chacun d'eux et je les place à gauche. Nous prenons toujours celui qui est le plus à droite, et à la fin de l'année, j'envoie ce qui reste à un orphelinat. Comme Sa Grâce l'a demandé.

Le sourire rayonnant de la gouvernante était plus éloquent que des mots.

À bord d'un navire, le capitaine est le chef incontesté, et James avait toujours veillé à le rester : lui désobéir était aussi inconcevable pour les membres de son équipage que de plonger au milieu des requins.

Il était à peine de retour chez lui et avait déjà compris qu'il n'était pas le maître à bord. Le nouveau capitaine était Daisy, et il avait l'impression d'être un simple visiteur. C'était déconcertant.

D'après les indications de Maydrop, Griffin était dans la chambre rose. Non que James eût la moindre idée de l'endroit où celle-ci se situait. Tout avait changé dans la maison. Il se souvenait d'un corridor sombre à l'étage, mais Theo avait fait ouvrir l'espace et l'escalier débouchait sur une galerie avec un grand balcon en encorbellement. Il aimait le contact de la rampe sous sa main, cela lui rappelait la rambarde d'un bateau.

Il finit par dénicher Griffin, qui l'accueillit avec une bordée de jurons.

Feignant de ne pas avoir remarqué sa mauvaise humeur, James se laissa tomber dans un fauteuil et annonça :

— Je viens d'avoir une délicieuse entrevue avec mon épouse.

À ces mots, Griffin parut se ragaillardir.

— Elle t'a foutu dehors à coups de pied dans le cul ?

— Disons qu'elle a visé une zone plus sensible. Elle s'apprête à partir. La seule chose qui la retient encore sous mon toit, ce sont les journalistes qui assiègent la maison.

— Attends un peu que ma femme apprenne que je suis à Londres, grommela Griffin en déplaçant le poids de son corps sur la gauche.

Si James, vu la gravité de sa blessure, s'était rétabli rapidement, Griffin, lui, n'était toujours pas totalement remis de l'entaille à la jambe qui avait failli lui coûter la vie – et sa virilité.

— Elle sera en Écosse dès la semaine prochaine.

— J'ai ordonné à Daisy de rester, expliqua James en allongeant les jambes devant lui. Au cas où cela t'intéresse, j'ai employé le même ton avec elle qu'avec mon équipage.

Griffin lâcha un grand rire.

— J'imagine que Sa Grâce n'a guère apprécié.

— Même le majordome savait que je n'avais pas l'ombre d'une chance. J'ai surpris une lueur de sympathie dans son regard.

— Elle a décidé de t'en faire voir, pas vrai ? grogna Griffin en s'appuyant de nouveau sur sa hanche droite.

— Elle est furieuse. À raison, je suppose. Mais j'avais espéré que…

— Qu'elle te sauterait au cou ?

— Au moins qu'elle cesserait les hostilités. Elle a changé.

— Toi aussi. Tu te rappelles ce jeune gars qui m'a accueilli en lançant sa perruque par-dessus bord ? C'est de lui dont elle se souvient. Aujourd'hui, elle se retrouve face à un solide pirate avec une cicatrice sur la gorge et un tatouage sous l'œil. Pas étonnant qu'elle s'en aille.

— Elle aussi a changé, s'entêta James.

Griffin haussa les épaules.

— Tu crois que la vie a été facile pour elle après ton départ ? Tu as déjà de la chance qu'elle ne soit pas devenue une virago.

— C'est également valable pour ta femme, rétorqua James.

Mais son attaque manquait de conviction.

Sa vieille amie, la culpabilité, était revenue. Oui, il était furieux quand il avait quitté l'Angleterre sept ans plus tôt, et ne s'était pas beaucoup inquiété de la situation de Daisy. Il s'était comporté comme un infâme salaud, il n'y avait pas d'autre mot.

— Elle est devenue glaciale. Elle qui était... pétillante et drôle.

Griffin eut un petit rictus, mais ne dit rien.

— Bon Dieu, j'ai tout foutu en l'air dans ma vie ! Je l'ai abîmée, Griffin. Maintenant, elle ressemble à l'une de ces statues de glace qu'on a vues à Halifax. Belle mais froide. Elle n'était pas ainsi avant que je l'épouse. Elle m'en veut d'avoir couché avec d'autres.

— Ça se comprend, non ?

— Le jour où elle m'a jeté dehors, elle m'a dit que notre mariage était sans lendemain, et je l'ai crue. J'étais censé rester chaste jusqu'à la fin de mes jours ?

— Apparemment, répondit Griffin, qui semblait beaucoup s'amuser.

James lui lança un regard mauvais.

— Parfois, je regrette que ce coup de couteau ne t'ait pas entaillé un peu plus haut. Les hommes sont beaucoup plus compatissants sans ce petit truc qui leur pend entre leurs jambes.

— Qui a « un petit truc » ? rétorqua Griffin. Personnellement, j'ai un tronc d'arbre, ajouta-t-il en se tapotant l'entrejambe.

— Tu vérifies qu'il est toujours là ?

— Tu imagines l'effet que ça fait d'avoir une épée sifflant juste devant ce que tu as de plus précieux ? J'en ai encore des cauchemars. J'aurais fait un castrat très amer, crois-moi.

Il se gratta l'intérieur de la cuisse.

— Ce truc gratte comme le cul du diable, je suppose que ça signifie que ça cicatrise enfin.

Griffin se leva et poursuivit en déambulant dans la pièce :

— À ton avis, il va falloir combien de temps pour obtenir ce foutu pardon ? Ça ne fait qu'une demi-journée que je suis enfermé dans cette pièce, et j'ai déjà envie de grimper aux rideaux.

La procédure d'obtention du pardon royal pour deux *corsaires* qui avaient sécurisé les mers en s'attaquant aux bateaux-pirates qui les sillonnaient avait été lancée deux mois auparavant.

— À ce stade, il suffit que le régent appose sa signature. J'ai confié à McGill ce rubis que nous avons pris sur le *Redoutable* pour qu'il le donne à Sa Royale Majesté en signe de notre gratitude.

— Comment le régent pourrait-il refuser d'accorder le pardon à un vertueux corsaire appartenant à la crème de sa noblesse ? déclara Griffin. Je n'insinue pas, bien sûr, qu'un rubis de la taille du gros orteil royal puisse influencer sa décision. À ce propos, cela n'a pas été trop difficile de récupérer ton titre ou t'avaient-ils déjà envoyé au fond du trou ?

— J'étais encore vivant en arrivant à la Chambre.

— Tu penses que ta femme avait déjà un remplaçant en vue ? Si c'est le cas, ton retour a dû le refroidir.

— J'en suis quasiment certain, répondit James, l'air sombre. Avant notre mariage, elle s'était amourachée d'une espèce de dandy nommé Trevelyan. Je ne supportais pas ce type à l'époque où nous étions en pension ensemble, et je suis sûr que je ne le supporterais pas davantage aujourd'hui. Elle voulait le rejoindre au théâtre avant de découvrir que nous étions piégés ici.

— Je me demande si ma chère Coquelicot a quelqu'un sur sa liste. Même si, contrairement à ta femme, elle me sait toujours vivant.

— Pourquoi ne vas-tu pas la voir ? Je t'enverrai le pardon là-bas.

— Je mentirais en disant que je suis impatient. On était des étrangers l'un pour l'autre avant que je couche avec elle. Et je n'ai pas réussi à bander une seule fois, précisa Griffin avec un ricanement. Elle avait trois ans de plus que moi, et, comme tu le sais, à dix-sept ans, quelques années de différence entre un garçon et une fille représentent un siècle.

— Dix-sept ans, c'est jeune.

— Tu n'étais pas beaucoup plus vieux lorsque tu t'es marié. Après cet échec, j'étais tellement humilié que je suis allé me saouler dans un pub. Quand je me suis réveillé, j'étais marin sur un bateau. À la première escale, j'ai quitté mon équipage pour un autre, avant de me rendre compte, un peu tard, qu'il s'agissait de pirates. Ainsi a commencé ma sinistre carrière.

— Pour notre nuit de noces, il faisait tellement noir dans la chambre que ni l'un ni l'autre n'avons vraiment vu ce que nous faisions.

— Tu avais peur de perdre tes moyens en allumant une chandelle ?

— Theo est belle, affirma James d'un ton sans réplique. Tu le constateras demain si tu descends avant son départ. Mais il faudra te lever tôt, parce que je suis prêt à parier qu'elle quittera la maison peu après l'aube.

— Ça change de toutes ces filles qui affluaient sur le quai dès qu'on approchait, pas vrai ? Si mon épouse daigne poser les yeux sur moi, tout ce qu'elle verra, c'est un éclopé à la patte folle.

— Si j'arrive à convaincre une femme qui pense que je l'ai épousée pour sa fortune que je tiens à elle, il n'y a pas de raison que tu ne puisses pas convaincre la tienne que tu n'es plus la tige molle dont elle a gardé le souvenir.

— Tu lui as menti dès le départ, elle ne te croira plus jamais, prévint Griffin.

Piqué au vif, James rétorqua :

— Mon problème est plus facile à résoudre que le tien. Après tout, Daisy m'aimait. Toi, tu vas devoir persuader une quasi-étrangère de t'accorder une seconde chance.

— On ne correspond vraiment ni l'un ni l'autre à l'image du soupirant idéal, fit remarquer Griffin dans un éclat de rire. Tu veux parier sur celui qui couchera le premier avec sa femme ?

James se surprit à sourire.

— Ça manque d'élégance pour un gentleman.

— Il est trop tard pour réclamer ce statut. Tu peux jouer les ducs tant que tu veux, mais les gentlemen ? Non, tu n'es pas un gentleman.

— Je prends le pari. Mais tu vas devoir aller à Bath pour parler à ta femme.

— Je le ferai, juste pour gagner mon pari.

James était si agité qu'il se leva et marcha jusqu'à la fenêtre.

— Bon sang, il y a des journalistes sur le mur du parc !

Griffin le rejoignit à l'instant où deux robustes garçons d'écurie déboulaient dans l'allée, armés de maillets. Lesdits journalistes disparurent en un clin d'œil.

— Nous sommes coincés ici, murmura James.

Une idée venait de germer dans son cerveau.

— Je pars, annonça Griffin en pivotant. Je n'ai pas envie que ma femme apprenne mon retour en Angleterre par le *London Chronicle*.

Il examina James en plissant les yeux.

— Par tous les diables, qu'y a-t-il de si drôle pour que tu souries ainsi ?

— Rien. Je descends voir le majordome. Il faut qu'il nous débarrasse de cette foule devant la maison.

— Tu n'as qu'à sortir et jouer le grand méchant boucanier. Histoire de leur montrer qu'on ne garde pas un pirate en cage.

— Sauf s'il le décide, répliqua James. Sauf s'il le décide.

27

Pour le dîner, Theo décida de porter sa robe verte et sa bague avec le gros rubis. Après réflexion, elle y ajouta un collier de rubis.

L'idée d'être vêtue comme une reine pirate lui plaisait. À moins que ce ne soit une impératrice ? Même ses souliers à talons brillaient de mille feux grâce aux éclats de diamants qui les bordaient. Elle examina son reflet dans la glace. L'épouse d'un pirate scintillait sûrement de la tête aux pieds.

Sauf qu'elle soupçonnait les pirates de ne pas avoir d'impératrices, mais des putains. Heureusement, un coup d'œil au miroir suffit à lui assurer qu'on ne risquait pas de la confondre avec une fille de joie. Elle avait une allure royale, peut-être un peu trop sévère. Comme si elle ne riait pas assez souvent.

Elle fronça les sourcils. Bien sûr qu'elle riait. Tout le temps.

Pourtant, en descendant dans le hall, elle fut incapable de se rappeler la dernière fois où cela lui était arrivé. Sans doute lorsqu'elle avait vu Geoffrey ; il était si drôle. Elle l'imagina en cet instant, entouré d'un petit groupe de gens hilares l'écoutant raconter comment le « sauvage » avait fait irruption à la Chambre des lords juste avant qu'on le déclare mort.

Il y avait une certaine propension au mauvais goût chez Geoffrey. Plus elle le fréquentait, plus cela lui semblait évident. D'ailleurs, elle ne voulait pas se moquer de James, elle désirait juste en être débarrassée. En vérité, elle n'avait pas envie d'entendre qui que ce soit le ridiculiser.

Elle pensait encore à Geoffrey et à ses probables plaisanteries sur James quand elle pénétra dans le salon.

— Sa Grâce, annonça Maydrop, avant de fermer la porte derrière elle.

Elle croisa le regard de James, puis se figea, bouche bée.

Il portait la tenue la plus extraordinaire qu'elle ait jamais vue, à Paris ou ailleurs. Sous sa veste en soie or lustrée, il arborait un gilet brodé de roses, fermé par des boutons bleu azur. Sa cravate en soie indienne chatoyait dans des tons variant de l'orange au rose. La touche finale ? Des culottes moulant ses cuisses musclées resserrées au-dessous du genou par de petits nœuds roses.

Ces nœuds étaient l'élément le plus incongru de ce costume. Lentement, elle l'examina de haut en bas. L'ensemble était magnifique, avec des étoffes exotiques et une coupe très parisienne : le col était plus large qu'à Londres, et les culottes trop moulantes pour le goût anglais.

Pourtant, aussi élégante qu'elle fût, cette tenue n'atténuait en rien la puissance retenue qui émanait de James.

Pour la première fois depuis plus d'un an, Theo demeura muette d'admiration devant autant de beauté et de créativité vestimentaire.

— Ta veste a été confectionnée par M. Bréval, n'est-ce pas ? articula-t-elle finalement.

James s'avança nonchalamment vers elle, une coupe de champagne à la main.

— Ce nom me semble familier, acquiesça-t-il avec amabilité. Un petit homme avec de tout petits pieds et un goût prononcé pour les dorures ?

— Son délai d'attente est de deux ans, fit-elle observer en acceptant le verre qu'il lui tendait.

— Tout homme a son prix. Si je me souviens bien, Bréval a été fasciné par un grenat serti dans un médaillon d'argent. Si j'avais su que ce monsieur était à ce point apprécié, je me serais montré moins irrévérencieux quand il a voulu orner cette veste de glands.

Theo s'esclaffa et but une gorgée de champagne. Une bouffée de soulagement la submergea, si violente qu'elle en fut presque déstabilisée. James ne ressemblait plus du tout à un pirate. Sa cravate était nouée avec élégance, et ses cheveux courts, coiffés à la Brutus. Certes, il était toujours aussi imposant, mais cela ne faisait qu'ajouter à son allure. Il était duc jusqu'au bout des ongles.

— Cette soie est splendide, murmura-t-elle en frôlant sa manche du bout des doigts.

Seule sa stupidité lui fit remarquer la puissante musculature dessous.

— C'est embarrassant, déclara James après un silence. Par où commencer avec une épouse que l'on n'a pas vue depuis sept ans ? Le temps qu'il fait ne me semble pas un sujet de conversation approprié.

Theo s'assit sur un petit sofa. Un instant, elle crut que James allait s'installer près d'elle ; il y avait quelque chose d'intense, comme une lumière intérieure, dans son regard. Mais il prit place, de manière plus convenable, dans le fauteuil en face d'elle.

— Griffin nous rejoint-il pour le dîner ?

— Non. Il avait prévu d'aller retrouver sa femme à Bath demain matin, mais la foule de journalistes qui encerclent la maison l'a incité à partir sans attendre. Il m'a demandé de te présenter ses excuses pour ne pas t'avoir remerciée en personne de ton hospitalité.

— Sa femme ! s'exclama Theo, ébahie d'apprendre qu'une autre aristocrate était dans la même situation qu'elle. Elle savait qu'il était pirate ? Et vivant ?

— Vivant, c'est certain. Pour la piraterie, j'en suis moins sûr.

— Bien.

Elle ne souligna pas le fait que sir Griffin Barry, lui, avait pris la peine d'informer son épouse qu'il était sain et sauf. Sans doute ne s'étaient-ils pas quittés en aussi mauvais termes que James et elle.

— Si tu m'en disais plus sur la vie d'un pirate ? suggéra-t-elle.

Elle but une dernière gorgée de champagne et posa sa coupe. Elle préférait rester sobre.

— Ah, la vie d'un pirate ! répéta James d'un ton rêveur.

Il posa sa coupe à son tour, révélant une manchette amidonnée bordée de fil d'or.

— Oh, tes manchettes sont magnifiques !

— Tu ne trouves pas que c'est un peu excessif ? interrogea-t-il en examinant la manchette en question C'était mon impression jusqu'à ce que je rencontre une princesse sur l'île de Cascara qui partageait ton enthousiasme.

À son sourire, Theo devina qu'il avait gardé un souvenir très agréable de ladite princesse. Elle se raidit.

— Elle m'a fait comprendre que mon navire serait toujours chaleureusement accueilli sur ses rivages. Non pas que j'aie choisi d'y accoster.

— Pourquoi pas ? s'enquit Theo avec froideur. Trop fatigant pour un homme de ton âge ?

— Trop fréquenté, répondit-il, les yeux brillants de malice. Les pirates préfèrent les îles si petites qu'aucun homme n'y a posé le pied. Un havre qui nous attend en rêvant sous le soleil.

Theo se surprit à sourire malgré elle. James adorait jouer avec les mots quand il était jeune. Il la faisait souvent rire aux éclats avec ses trouvailles. Peut-être n'avait-il pas tant changé que cela, au fond.

— Donc, tu aimerais en savoir plus sur la vie d'un pirate, reprit-il en allongeant les jambes.

Theo détourna vivement les yeux de ses cuisses musclées pour les fixer sur son visage. Enfant, James ressemblait à une sculpture de Donatello. Rien d'étonnant que sa mère l'eût considéré comme un ange : il avait l'aspect et la voix d'un chérubin, le genre à rendre les oiseaux jaloux de ses hymnes emplis de joie.

Rien à voir avec l'homme d'aujourd'hui. Ses joues s'étaient creusées, ses traits durcis. Son nez avait été visiblement brisé. Et il y avait le tatouage, bien sûr.

— Qu'est-ce qui te plaisait dans cette vie ? demanda-t-elle.

Elle retint son souffle. Même si elle ne l'avait pas prononcée, la seconde partie de sa phrase : « plus que moi » résonna dans le bref silence qui suivit. Bon sang, ce n'était pas le moment que Daisy pointe le nez et montre sa vulnérabilité ! Mais cela faisait tellement souffrir d'avoir mal.

Or, par deux fois, elle avait senti son cœur se déchirer dans sa poitrine : lorsqu'elle avait compris que James avait menti pour l'épouser, et quand elle avait perdu sa mère. Le souvenir de la douleur l'aida à se ressaisir.

— Tu sais comment je suis, répondit James. Gamin, je filais toujours dans le parc pour essayer de me calmer. Les trois ou quatre premières années, j'étais toujours en mouvement. Naviguer est épuisant, et aborder des bateaux-pirates encore plus.

— Je ne peux que l'imaginer.

Sur ces mots, Theo se leva pour tirer le cordon de la sonnette. Cette intimité devenait insupportable. Elle se sentirait mieux dans la grande salle à manger, avec des couverts dans les mains et deux ou trois domestiques autour d'eux.

— Et qu'as-tu vu ? l'interrogea-t-elle en se rasseyant.

Il lui parla d'énormes poissons qui sautaient hors de l'eau pour leur sourire, des longs bras des pieuvres, du soleil levant irisant la surface de l'océan, des eaux bleues immenses qui s'incurvaient légèrement à l'horizon pour embrasser la courbe de la terre.

Quand ils gagnèrent la salle à manger, James congédia les valets derrière leurs chaises d'un bref signe de tête. Theo ouvrit la bouche pour lui rappeler qu'elle avait donné des consignes précises à ses domestiques concernant le service, avant de se souvenir qu'il ne s'agissait plus de *ses* domestiques.

Puis James l'interrogea sur les ateliers de tissage, et elle oublia l'incident, toute à sa joie de parler à une personne réellement intéressée, et à laquelle elle ne versait pas de salaire.

Les chandelles commençaient à grésiller, et ils discutaient toujours. À plusieurs reprises, Theo rappela son intention de quitter la maison le lendemain, mais loin de réagir violemment à ce projet comme il l'avait fait le matin, James se contenta d'opiner calmement.

Ensuite, il l'accompagna jusqu'à la porte de sa chambre, s'inclina tel un parfait gentleman, et s'éloigna.

Ce ne fut qu'une fois couchée que Theo prit conscience de sa tristesse. James l'avait abandonnée pour des poissons volants.

Quelle idiote ! Au fond d'elle-même, elle avait toujours conservé le souvenir de leur amitié d'enfance. Et tout à l'heure, alors que la version adulte de l'ami d'autrefois lui souriait de l'autre côté de la table, poli et charmant, elle s'était rendu compte qu'elle voulait davantage. Elle avait envie que James la chérisse comme il la chérissait avant.

Mais le James de cette époque n'existait plus.

Incapable de trouver le sommeil, elle demeura allongée dans l'obscurité à se reprocher cette maudite coupe de champagne qui, de toute évidence, la rendait sentimentale. Et toujours lui revenaient en mémoire les paroles de James à propos de cette princesse et de ces rivages sur lesquels il n'avait soi-disant jamais accosté. Sauf qu'il l'avait probablement fait. Et à en juger par son sourire, le paysage devait être séduisant.

Vallonné, sans aucun doute.

Theo pouvait être charmante peut-être... mais jamais séduisante. Les anciennes blessures se remirent à saigner, et au cœur de la nuit, elle comprit que, quelle que soit la magnificence des étoffes dont elle s'enveloppait, elle se sentait toujours laide. Ni cygne ni canard ou autre volatile.

Juste laide.

Et accablée.

Le lendemain matin, Theo se réveilla en colère, en grande partie contre elle-même, mais aussi contre James. Pourquoi n'était-il tout simplement pas resté à l'autre bout du monde auprès de ses sirènes exotiques aux criques accueillantes ?

Elle aurait été une veuve joyeuse. Elle se serait trouvé un homme au regard intelligent et au visage mince, un homme fort, mais svelte. Et doux. Après réflexion, elle lui ajouta un menton un peu trop long. Elle ne voulait pas qu'il soit beau.

À plusieurs reprises, elle se surprit à penser à l'amabilité avec laquelle James l'avait considérée durant le dîner, aux questions pleines d'intérêt qu'il lui avait posées – tel un oncle bien intentionné –, et sentit son irritation s'accroître.

Quand elle descendit déjeuner, Maydrop l'attendait dans le hall.

— La situation à l'extérieur a encore empiré, annonça-t-il en allongeant le pas pour rester à sa hauteur.

Elle n'avait pris qu'un chocolat au petit déjeuner et mourait de faim.

— Empiré ? répéta-t-elle, la tête ailleurs.

Elle poussa la porte de la salle elle-même.

Installé à table, James mangeait ce qui ressemblait à un demi-cochon rôti en lisant le journal. Theo prit une profonde inspiration. Il leva les yeux et se leva pour l'accueillir.

— Pardonne-moi d'avoir commencé sans toi. Je croyais que tu déjeunais dans ta chambre.

— Je ne mange *jamais* dans ma chambre, articula-t-elle en s'efforçant de ne pas hausser le ton.

James arqua un sourcil et adressa un regard réprobateur à Maydrop.

— Cela signifie que tu n'as pas pris de petit déjeuner. Personne ici ne s'est aperçu que tu te transformais en derviche tourneur si tu ne t'alimentais pas régulièrement ?

Theo s'installa sur la chaise qu'un valet venait de tirer à son intention. Après une truite cuite à la perfection avec une pointe de beurre, elle commença à se sentir mieux.

Toujours plongé dans son journal, James n'avait pas dit un mot. Si la vie conjugale ressemblait à cela, elle préférait s'en passer. Si des siècles de civilisation aboutissaient à lire le journal devant son assiette, les humains auraient aussi bien pu continuer à dévorer leurs morceaux de mammouth calcinés autour d'un feu.

Maydrop leur proposa trois desserts, tous présentés par des domestiques qui s'avancèrent vers eux exactement au même instant. Au moins, tout ne partait pas à vau-l'eau dans cette maison, se réconforta-t-elle. Elle désigna d'un signe de tête le gâteau aux poires.

— Je prendrai la même chose, déclara James à l'autre bout de la table.

Maydrop se dirigea vers lui, suivi des trois autres valets.

— J'ai vu ce que vous avez servi à Sa Grâce, observa James avec impatience. Vous n'avez pas besoin de tous vous déplacer.

Il montra le gâteau avec sa fourchette.

Theo se sentait bouillir. Mais elle entama son dessert en silence, s'efforçant d'oublier James et son maudit journal. Une tâche d'autant plus difficile qu'il gloussait, sans prendre la peine de partager avec elle la cause de son hilarité.

— C'est absurde, lâcha-t-il enfin en levant la tête. Je n'avais encore jamais vu ce genre de journal.

Il brandit une page.

— Ils ne nomment personne autrement que par ses initiales.

— Un journal à scandale. D'ordinaire, on ne me livre pas ce genre de torchon. Où diable l'as-tu trouvé ?

— Maydrop a envoyé quelqu'un acheter tous les journaux, répondit James en reprenant sa lecture. Je voulais voir comment l'on décrivait mon arrivée impromptue à la Chambre des lords. Une curiosité vulgaire, je l'admets.

— Et ?

Elle prit une bouchée de gâteau aux poires. Il était exquis.

— Sa Grâce goûtera la tarte aux mûres, décréta James en agitant sa fourchette en direction de l'un des valets.

— Je prends ce genre de décision moi-même ! se récria Theo.

Elle avait pour règle de limiter les sucreries. Mais le domestique avait déjà placé une part de tarte devant elle. L'odeur en était délicieuse ; elle ne put s'empêcher d'y goûter.

— La plupart des journalistes manquent d'imagination et me dépeignent simplement comme un sauvage, poursuivit James. *Town Twaddle* est le seul à avoir fait un effort.

Theo commençait à se sentir un peu mieux.

— Que disent-ils ? Que tu es une brute ? Un monstre ?

— Neptune en personne ! Écoute un peu.

James fouilla dans une pile de journaux posée par terre à côté de sa chaise.

Theo ferma les yeux. Évidemment, elle ne pouvait pas demander à Maydrop de ranger ce bazar sur-le-champ. Une feuille voleta jusqu'à elle ; elle l'écarta d'un coup de pied.

— *Il est sorti de la mer tel un dieu antique, avec des épaules assez larges pour supporter les infortunes d'un royaume*, lut James à voix haute.

Theo émit un petit son méprisant.

— Quoi ? Tu n'as pas envie de savoir comment j'ai dompté les flots ?

James lui lança le journal par-dessus la table. Il atterrit dans son assiette.

Elle baissa instinctivement les yeux, et lut le portrait de James.

— Tu as rapporté un trésor ? fit-elle.

— Ce détail, au moins, est exact. J'ai demandé à Maydrop de le ranger au grenier en attendant que tu aies envie d'y jeter un coup d'œil.

Le regard de Theo se posa automatiquement sur le paragraphe suivant qui décrivait une « société ébahie » qui attendait de voir si un certain duc se rendrait compte que son épouse n'était, comme dans la fable d'Esope, qu'un geai paré de plumes de paon. Selon l'auteur de l'article, il choisirait de redescendre, tel Orphée, dans le monde des morts.

Elle n'entendit pas James bouger, mais le journal disparut brusquement de ses mains. Avec un juron qu'elle n'avait jamais entendu auparavant, il le déchira et jeta les morceaux à travers la pièce.

— Cela pourrait être pire, commenta-t-elle avec un sourire forcé. Je commence à m'habituer à être comparée à différentes espèces d'oiseaux.

James émit ce qui ressemblait à un grognement de bête féroce. Des bouts de journaux s'étaient collés sur le beurre, et un autre flottait dans un verre.

— Maydrop, dit-elle, si vous voulez bien faire préparer la voiture, je compte partir dans une heure.

Le majordome la fixa d'un air accablé.

— Votre Grâce, j'ai bien peur que ce ne soit impossible.

— Vous vous trompez, répliqua-t-elle d'un ton sans appel.

Le majordome se tordit les mains, un geste qu'elle ne lui avait jamais vu faire.

— La maison est assiégée, Votre Grâce.

Une voix s'éleva à côté d'elle.

— Maydrop, je vais convaincre la duchesse.

Le majordome et les autres domestiques sortirent sans un mot tandis que James l'aidait à se mettre debout. Elle sentit la tête lui tourner. Comment osait-il donner des ordres à ses serviteurs ? Sauf qu'ils n'étaient pas *ses* serviteurs, mais ceux de James.

— Viens voir.

James la conduisit à la fenêtre et écarta légèrement le rideau.

La rue était pleine de monde, et il y en avait toujours plus qui arrivaient.

— C'est impossible ! s'exclama-t-elle d'une voix étranglée.

— C'est la même chose de l'autre côté. Nous ne pouvons pas quitter la maison avant que cette histoire se soit calmée, Daisy.

Elle faillit lui rappeler qu'elle se nommait Theo, puis y renonça. Elle n'allait pas se montrer hargneuse parce qu'un imbécile de journaliste l'avait comparée à un geai. Geai, canard, cygne, quelle différence, après tout ?

Elle demeura un moment immobile, consciente de la chaleur du corps de James derrière elle tandis qu'ils regardaient les badauds toujours plus nombreux se presser devant la maison.

— Je ne comprends pas ce qui les intéresse tant, déclara-t-elle finalement.

— Donnons-leur du grain à moudre.

Sans lui laisser le temps de réagir, James ouvrit en grand le rideau, la prit dans ses bras et l'embrassa à pleine bouche. Une clameur s'éleva dehors, mais Theo n'écoutait pas.

Les baisers de James lui avaient tellement manqué. Il était ardent, possessif, et…

Protecteur. Elle s'arracha à ses lèvres. Le repousser fut aussi difficile que de tenter de déplacer un bloc de marbre.

— Je n'ai pas besoin que tu me défendes, siffla-t-elle.

James jeta un coup d'œil par la fenêtre. Sur le trottoir, les gens sautaient sur place pour essayer de mieux voir. Il leur adressa un petit salut de la main.

— Bonté divine, gémit Theo.

Alors, il lui souleva le menton et déposa un baiser sur ses lèvres tandis qu'il refermait le rideau de sa main libre.

Ils se dévisagèrent un instant. Où était passé le raffinement mondain de la veille au soir ? Elle ne lisait que du désir sur ses traits.

Un désir brut, impudique.

Prise de panique, elle recula.

— Daisy ! fit James. Daisy, tu n'as pas peur de moi, n'est-ce pas ?

Elle ne pouvait pas lui avouer la vérité. Elle n'avait pas peur de lui, bien sûr que non.

Juste d'elle-même.

C'est pourquoi elle courut se mettre à l'abri dans sa chambre.

28

Depuis des années, la vie de Theo était magnifiquement organisée. Elle connaissait chacun des livres de sa bibliothèque, chaque ruban dans ses tiroirs, chaque pièce de sa garde-robe. Elle poursuivait la beauté, et tout ce dont elle s'entourait était d'un goût exquis.

Autrefois, James aussi possédait cette sorte de perfection.

Mais désormais – en dépit du costume extraordinaire qu'il portait la veille –, il apparaissait plus brutal que beau. Si la formidable énergie qui émanait de lui était toujours là, elle avait été convertie en puissance physique. Et, de toute évidence, il désirait reprendre la relation érotique débridée qu'ils avaient si brièvement partagée.

Elle ne referait plus jamais cela avec lui. *Jamais.*

Pourtant, en dehors du roi, il n'y avait personne de plus puissant qu'un duc en Angleterre. Si James voulait la garder, il la garderait. Et veillerait à ce qu'elle finisse dans son lit.

À cette pensée, son cœur s'emballa et la température de la pièce grimpa de plusieurs degrés. James ferait sûrement irruption dans sa chambre cette nuit en exigeant son dû en tant qu'époux.

Elle ôta sa robe et sa chemise. Ce soir, elle porterait un sac pour le dîner, décida-t-elle, avant de se rouler en boule dans son lit.

Peut-être que si elle faisait une sieste, elle s'apercevrait à son réveil que cette journée n'avait jamais eu lieu, que tout ce chaos n'était qu'un cauchemar.

Après tout, le conte était censé s'arrêter au moment où le vilain petit canard se transformait en cygne. Tout le monde savait que les cygnes obtiennent toujours ce qu'ils veulent. Comme les gens beaux.

Elle s'endormit en songeant à la beauté, et rêva qu'elle dansait dans les bras d'un homme auréolé de lumière. Elle plissait les yeux, tentant de voir si cette lumière irradiait de sa peau.

— Oui, lui déclara-t-il avec douceur. Je suis béni des dieux.

À ces mots, le bon vieux sentiment d'infériorité qui ne l'avait jamais vraiment quittée refit surface Peu importe ce qu'elle portait, jamais elle n'irradierait.

Son cavalier la fit tourner de plus en plus vite... et elle se réveilla en pleurant. Elle n'avait jamais su se mentir à elle-même : elle n'était pas un cygne, plutôt l'une de ces bergères en porcelaine pour lesquelles l'ancien duc avait si peu de considération.

Elle se sentait comme un vase vide, une femme inutile dont le mari avait oublié l'existence pendant sept ans. Le genre de femme assez stupide pour épouser un criminel en puissance.

Elle commençait tout juste à contenir ses sanglots quand la porte de sa chambre s'ouvrit.

— Amélie, appela-t-elle d'une voix enrouée, tu veux bien m'apporter un mouchoir ?

À quoi bon essayer de cacher à sa femme de chambre qu'elle avait pleuré ? Amélie savait et saurait toujours tout de sa vie.

Theo resta donc prostrée sur son lit, se contentant de tendre la main en entendant les pas d'Amélie se rapprocher.

— Je me sens plutôt déprimée, expliqua-t-elle en saisissant le mouchoir sans lever la tête.

Elle avait tant pleuré que ses cheveux étaient mouillés dans son cou.

— Tu peux demander qu'on me prépare du thé, s'il te plaît ?

Elle s'attendait qu'Amélie s'éloigne, au lieu de quoi elle sentit le matelas s'affaisser tandis que quelqu'un s'asseyait près d'elle. Quelqu'un qui pesait au moins cent livres de plus que sa femme de chambre.

— Oh, bon sang ! chuchota-t-elle en fermant les yeux.

— C'est le pire juron que tu connaisses ? railla James.

— J'en ai un meilleur, répondit-elle entre ses dents, mais je le garde pour les insultes. Tu veux bien me laisser ?

Il y eut un silence, comme s'il réfléchissait à sa requête.

— Non.

Elle aurait dû se redresser et lui faire face. Mais elle était trop abattue et trop malheureuse. Alors, elle remonta le drap sous son menton et se recroquevilla un peu plus.

— Je t'ai dit ce que faisaient les pirates après une journée particulièrement difficile ?

— À part regarder leurs prisonniers sauter au milieu des requins ? répliqua-t-elle.

— Après cela. Un capitaine pirate ne peut se permettre de baisser la garde. C'est pourquoi Griffin et moi n'avons jamais participé aux réjouissances organisées par les équipages.

Theo s'efforçait de respirer calmement, mais un hoquet nerveux la prit par surprise.

— Je prenais un bon bain chaud et je m'enveloppais dans une couverture avant d'aller me coucher.

Sur ce, il se leva et se dirigea vers le cabinet de toilette. Un moment plus tard, elle reconnut le grincement de la pompe et entendit l'eau jaillir. Le chagrin et l'épuisement semblaient avoir réduit son cerveau en miettes.

Elle s'assoupit même un moment en écoutant l'eau couler dans la baignoire. Et se réveilla en sursaut comme deux bras se glissaient sous elle et la soulevaient. Elle agrippa le drap, mais celui-ci vint avec elle.

— Arrête ! protesta-t-elle d'une voix cassée. Pose-moi immédiatement !

— Dans un instant.

Elle avait les yeux à la hauteur de la longue estafilade qui barrait le cou de James. De manière incongrue, elle se surprit à souhaiter qu'il ait réussi à tuer le pirate qui lui avait fait cela.

Puis il la déposa sur le sol et la domina de son imposante stature. Elle fut parcourue d'un frisson, et se rendit brusquement compte que le drap avait disparu, la laissant presque nue.

Un cri étranglé lui échappa.

— Que diable fais-tu ? s'écria-t-elle.

Sans laisser à James le temps de répondre, elle lui arracha le drap des mains. Surpris, il perdit l'équilibre et se rattrapa au mur.

— Sors d'ici ! cria-t-elle Où est ma femme de chambre ? Pourquoi ne peux-tu pas simplement me laisser tranquille ?

— Je suis venu à la place de ta femme de chambre.

— Va-t'en ! lança-t-elle, un peu plus sûre d'elle maintenant qu'elle s'était enveloppée dans le drap.

Ses yeux la piquaient, sa gorge la brûlait. Elle ressentait une fatigue comme elle n'en avait pas éprouvé depuis la mort de sa mère.

Elle prit une longue inspiration.

— Je te demande de respecter mon intimité, reprit-elle plus calmement. Je comprends que tu te sois habitué à la promiscuité en vivant sur un bateau, mais j'ai besoin d'être seule.

Une ombre passa dans son regard et, l'espace d'un instant, elle eut l'impression de retrouver son compagnon d'enfance, le James d'autrefois.

— Tu devrais prendre ton bain, lui conseilla-t-il. Tu te sentiras mieux après. Je vois que tu as pleuré.

— Brillante déduction. Quand je prends un bain, je le prends seule. Au revoir.

— Pourquoi ta culotte est-elle aussi simple ?

— Pardon ?

— Ta culotte. Je me souviens que celles que tu portais étaient en soie, avec de la dentelle française et de petits rubans. J'y ai souvent repensé durant toutes ces années.

Elle fronça les sourcils.

— Ma culotte est simple parce que j'ai renoncé à ce genre de puérilités.

— Dommage.

— Je croyais que tu ne voulais pas que j'en porte, rétorqua-t-elle avant même de s'en rendre compte.

James haussa les épaules.

— Il s'agissait d'un jeu érotique.

— Ces sous-vêtements étaient frivoles, décréta-t-elle.

Surtout, ils lui rappelaient trop cet horrible après-midi où son beau-père les avait surpris dans la bibliothèque. Depuis lors, elle ne portait que des dessous sobres en lin.

Elle vit sa main bouger.

— N'essaie pas de m'arracher encore ce drap, le prévint-elle, ou je te donne un coup de genou là où ça fait le plus mal.

Il eut une expression... De la compassion ? Plutôt de la pitié, estima-t-elle. C'était la cerise sur le gâteau aigre de cette journée.

— Pourrais-tu, je te prie, sortir de cette pièce ? Pas par courtoisie, mais simplement parce qu'un jour tu as eu du respect pour moi ? S'il te plaît.

Au lieu de lui obéir, il s'installa sur le tabouret de la femme de chambre dans le coin.

— Non.

— Dans ce cas, c'est moi qui sortirai, lança-t-elle en pivotant sur ses talons. Merci d'avoir pompé l'eau pour mon bain.

Bondissant sur ses pieds, il la saisit par le poignet avant qu'elle ait eu le temps de faire un pas.

— Qu'est-ce que tu fais ? s'écria-t-elle. Tu... tu n'as jamais violé de femmes, James, n'est-ce pas ? Pas toi ?

Malgré elle, les larmes lui montèrent aux yeux.

— Comment peux-tu penser une chose pareille ?

— Je le pense parce que tu es un pirate. Et que tu... tu...

Ses yeux croisèrent les siens, et elle fut incapable de finir sa phrase. Il paraissait plus blessé que furieux.

— As-tu peur que je me conduise ainsi avec toi ?

Theo déglutit. Le regard de James avait la couleur d'un ciel d'été avant l'orage.

— Bien sûr que non, assura-t-elle.

Mais son ton manquait de conviction. Le pire, c'était qu'elle n'était même pas certaine de résister si jamais il passait à l'acte.

— Je n'ai *jamais* violé de femmes, martela-t-il.

— Mais tu as tué des gens.

— Seulement lorsque je ne pouvais pas faire autrement. Et jamais des innocents : sous mon commandement le *Coquelicot II* n'a abordé que des bateaux pirates. Et le *Coquelicot I* a fait de même à partir du jour où nous nous sommes associés.

— Pas de victimes jetées aux requins ? insista-t-elle, incapable de dissimuler la note d'espoir dans sa voix.

— Non.

Il soutint son regard. En dépit de tout ce qui avait changé chez lui – son corps, sa voix, son visage –, son regard, lui, était resté le même. Fier et honnête.

Honnête ?

Une nouvelle vague de lassitude la submergea. James n'était pas honnête : il l'avait manipulée pour qu'elle accepte de l'épouser, avait menti devant Dieu et les hommes. Ses jambes se dérobèrent sous elle ; elle se laissa tomber sur le tabouret qu'il venait de quitter.

Elle s'assura que le drap la couvrait suffisamment, croisa les mains sur ses genoux et baissa les yeux.

— Cela ne marchera pas, déclara-t-elle. Jamais.

— Pourquoi ? fit-il.

Son calme avait quelque chose de rassurant.

— J'ai changé. Je suis plus compliquée. J'ai besoin d'ordre dans ma vie, besoin qu'on m'estime et qu'on me respecte dans ma maison. Soyons honnêtes l'un avec l'autre, veux-tu ? Je t'ai aimé autrefois. Et je crois que toi aussi tu m'aimais, même si ton sentiment n'était pas assez fort pour que tu t'opposes à ton père. Quoi qu'il en soit, c'est ce mariage qui m'a permis de prendre conscience de mon sentiment pour toi, du moins sous cette forme.

Le souvenir de leur brève intimité lui revint en mémoire, si intense qu'elle en tressaillit.

— Quoi ? demanda-t-il aussitôt.

— Avec le recul, je me rends compte qu'il y avait des aspects troublants dans notre relation, en particulier conjugale. C'est vrai que j'étais furieuse contre toi après ton départ, ajouta-t-elle, mais c'était fini depuis des années.

— Jusqu'à ce que je réapparaisse à la Chambre des lords.

— Ce n'est pas une excuse, mais je t'assure que ce n'est pas facile de passer aux yeux de tous pour le laideron qui a fait fuir son mari à l'autre bout du monde. Peut-être suis-je trop sensible.

— Tu n'as jamais révélé la véritable raison de mon départ pour ne pas dévoiler l'escroquerie de mon père, comprit James en s'asseyant sur le rebord de la baignoire.

Elle ne répondit pas.

— Les gens ont vraiment pensé que j'avais quitté le pays parce que je te trouvais laide ?

Au moins, il avait l'air consterné, ce qui était réconfortant. Après sa mère, James avait toujours été son admirateur le plus aveugle.

— Il m'a fallu des années pour me détacher de tout cela, confia-t-elle. Après avoir remis le domaine sur pied, je me suis installée à Paris, et pour mon retour à Londres, l'année dernière, je me suis rendue au bal de Cecil vêtue d'une cape en duvet de cygne.

Il n'eut même pas un sourire.

— Ç'a été un succès, insista-t-elle en s'adossant au mur.

— Tu es magnifique quoi que tu portes, affirma-t-il simplement.

Il n'y avait aucune compassion dans son regard. Ne l'ayant jamais vue autrement que belle, il ne pouvait se réjouir de son triomphe en tant que cygne.

— Ce que je veux dire, c'est que ta soudaine irruption à la Chambre des lords a réveillé ma sensibilité exacerbée, et avec elle, ma colère. Je sais que tu as essayé de m'avertir le matin, mais le fait que tu n'aies pas pris la peine de m'informer que tu étais toujours en vie avant de réapparaître semble confirmer la thèse du mari fuyant son hideuse épouse. Quoi qu'il en soit, ma colère est totalement retombée.

Elle avait essayé de prononcer ces derniers mots d'un ton léger, sans succès.

— C'est absurde, commenta-t-il.

— Je vais aller en France, annonça-t-elle brusquement. J'irai n'importe où, James. Je te demande juste de me laisser être celle que je suis devenue. Je ne te ferai pas croire que la jeune fille que tu as épousée pourra revenir un jour. Je ne peux pas coucher avec toi.

Malgré elle, une note de dégoût perça dans sa voix.

James se raidit. Après un silence, il demanda :

— Parce que tu ne me pardonnes pas d'être parti ou à cause de ce que je suis aujourd'hui ?

— C'est moi qui t'ai demandé de partir. Crois-le ou non, je m'en veux de m'être montrée aussi dure il y a sept ans.

— Je n'avais nullement l'intention de te manquer de respect devant la Chambre des lords.

— Je te crois. Et je pense, ou plutôt j'espère, que nous pourrons être juste honnêtes l'un avec l'autre, comme les amis que nous étions, en respectant l'affection que nous avons partagée autrefois.

Il marmonna quelque chose.

— Pardon ?

— C'était de l'amour, pas de l'affection.

— Tu as raison. D'une certaine manière, notre mariage a ressemblé à celui de Juliette et Roméo en durée et en intensité. Je suppose que c'était une bonne chose que nous n'ayons jamais eu à affronter l'épreuve du quotidien. Notre amour était trop passionné, aussi bref et soudain qu'un orage d'été.

— Je ne suis pas d'accord. Je crois au contraire que nos sentiments se seraient approfondis et que nous aurions des enfants à l'heure qu'il est. À un moment ou à un autre, je t'aurais avoué la véritable raison de notre mariage et tu m'aurais pardonné, comme seuls peuvent pardonner ceux qui aiment vraiment.

Theo frissonna sous l'intensité de son regard. Néanmoins, elle répondit :

— Peut-être. Mais, de toute façon, il est trop tard pour ranimer ces sentiments. Le passé est le passé. Je pense vraiment que la justice royale nous accordera le divorce. Elle l'a déjà fait pour des cas exceptionnels.

— Ce que tu qualifies d'exceptionnel, c'est ma carrière de pirate ?

— Même si tu n'as jamais tué d'innocents, précisa-t-elle, un peu gênée.

— Ni violé de femmes.

— En effet. Que tu en aies eu la possibilité leur suffira.

Le calme dont il faisait preuve la mettait un tantinet mal à l'aise. Elle préférait presque quand il s'énervait et se mettait à crier.

— Tu veux que je me présente comme un violeur et un meurtrier afin d'obtenir la dissolution de notre mariage, résuma-t-il d'un ton neutre.

— Absolument pas !

Comme il restait silencieux, elle poursuivit :

— Je ne veux certainement pas que les gens pensent ce genre de choses. Et je suis sincèrement soulagée que tu n'aies rien fait de tout cela. Je crois juste que le fait que tu... Écoute, tu as conscience que tu es très différent d'avant, James. Tu es devenu si imposant. Et tu portes un tatouage. Et ta voix...

Elle eut un geste d'impuissance.

— Nous n'allons pas ensemble.

— Pourquoi ?

La question la fit presque rire.

— Je n'hésiterais pas à parier que je suis la femme la plus organisée de tout Londres. C'est ce qui m'a permis de diriger le domaine et de développer les manufactures de tissage et de céramique. Je dresse des listes. Non, rectifia-t-elle, je dresse des listes *à l'intérieur* des listes. La vie est tellement plus agréable quand chaque chose est à sa place.

— Je ne vois pas en quoi tes capacités à administrer le domaine s'opposent au fait d'être mariée avec moi.

Il n'y avait aucune agressivité dans le ton de James. Aussi tenta-t-elle de s'expliquer.

— Je prends de nombreux bains, et j'aime qu'ils soient à la bonne température au degré près. J'ai fait installer cette pompe dans le cabinet de toilette pour éviter aux domestiques d'avoir à porter l'eau dans les escaliers. De cette manière, elle arrive directement des tuyaux dans l'arrière-cuisine. Mes bains sont parfumés avec trois gouttes d'huile de primevère. Attention, pas n'importe laquelle : une huile particulière fabriquée spécialement pour moi sur le domaine de Staffordshire.

James ne semblait pas impressionné.

— La vie est plus facile, beaucoup plus facile, quand on évite de tergiverser. Mon bain est parfumé avec des fleurs de sureau en hiver, et des primevères à partir du 1er avril.

— Tu es rigide, conclut-il, et ce n'était pas le premier à le lui dire.

— Sans doute. Même si, personnellement, je préfère me voir comme une personne rationnelle. Je sais précisément comment je veux m'habiller pour chaque type d'occasion. Je ne possède pas plus de robes que je ne peux en porter, et je les porte toujours le même nombre de fois avant de les donner à ma femme de chambre. Ainsi, je n'ai pas à me demander si ma tenue est démodée ou si j'ai l'air de faire étalage de ma garde-robe.

Il inclina la tête de côté, exactement comme autrefois, et elle eut un petit pincement au cœur.

— Un tel niveau de rigidité est-il vraiment nécessaire ?

— Cette organisation ne nuit à personne, et elle me permet de me sentir bien. Ma maison est réglée comme une horloge, chacun ici sait exactement ce que j'attends de lui et que je n'exigerai jamais plus que ce dont il est capable.

Il ne paraissait toujours pas convaincu.

— Grâce à ce système, je suis plus efficace que beaucoup de femmes, et bien entendu, d'hommes. De manière générale, les femmes de l'aristocratie ne se contentent pas de gérer les seuls problèmes domestiques.

— Je regrette de t'avoir laissé la charge du domaine, s'excusa James.

Un sourire furtif incurva les lèvres de Theo et, l'espace d'un instant, James eut l'impression de revoir sa Daisy. Un vertige s'empara de lui, comme si la terre venait d'osciller sur son axe.

— Cela m'a plu de m'occuper du domaine, reconnut-elle. Avant de mourir, ma mère m'a dit que je n'avais pas le droit de gémir sur notre mariage raté, et elle avait raison. J'aime diriger. Je n'aurais probablement pas fait une très bonne épouse, mais j'ai fait un bon duc.

James réfléchit à ces mots quelques instants. Comme tout le monde le savait, il n'y avait de place que pour un seul duc sur un duché.

— Je suis désolé pour ta mère, dit-il finalement. Quand est-elle morte ?

Le visage de Theo s'assombrit. Elle baissa de nouveau les yeux.

— Il y a quelques années. Elle me manque toujours.

— Mon père aussi me manque.

Il avait fait cet aveu d'un ton détaché, sans néanmoins parvenir à la regarder. Gêné, il se tourna à demi et trempa les doigts dans l'eau. Elle avait refroidi. Il actionna de nouveau la pompe.

— Il n'avait plus toute sa tête quand ils l'ont ramené à la maison après son attaque, mais il n'avait pas l'air de souffrir. Il s'est éteint dans la nuit.

James avala sa salive.

— Encore une de mes nombreuses erreurs. J'aurais aimé être là pour lui. Et j'aimerais éviter une autre erreur en restant marié avec toi, ajouta-t-il.

Il arrêta de pomper, mais garda les yeux fixés sur la baignoire, conscient que sa voix n'était pas aussi égale qu'elle aurait dû l'être.

Comme Theo demeurait silencieuse, il se décida finalement à lui jeter un coup d'œil, et crut lire de la pitié dans son regard. Il se raidit.

— Tu es mon amie, reprit-il en se levant pour se diriger à l'autre bout de la pièce. J'aimerais que ma femme soit une amie. Tu connaissais mon père, ses bons et ses mauvais côtés. J'aimerais être capable de me montrer honnête avec ma femme, de lui faire comprendre qu'il est possible à la fois d'aimer et de détester quelqu'un. Même si ce quelqu'un est mort.

Theo laissa échapper un petit rire.

— Tu as beaucoup changé, James.

— Il n'y a pas grand-chose à faire sur un bateau à part lire et réfléchir. J'ai pris l'habitude de lire de la philosophie.

— Mais tu étais pirate ! Les pirates ne lisent pas de philosophie. D'ailleurs, je croyais que tu détestais les livres.

— Nous n'étions pas des pirates, mais des corsaires. Les corsaires attaquent les pirates. Nous suivions les routes maritimes en nous faisant passer pour des navires de commerce du royaume de Sicile. Mais les flibustiers ne se battent pas chaque jour : entre deux abordages, il fallait bien s'occuper.

— Si je me souviens bien, tu détestais t'ennuyer.

Theo paraissait un peu rassérénée. Ses yeux étaient moins rouges et une ombre de sourire flottait sur ses lèvres. James n'avait jamais rien vu de plus joli que le sourire de Daisy.

Il dut faire un effort pour se rappeler son plan. Trevelyan ne traverserait jamais une pièce pour effacer un sourire d'un baiser. D'ailleurs, elle avait très mal réagi à son baiser pendant le déjeuner.

— J'ai dû apprendre à me contrôler, expliqua-t-il. En mer, tu peux toujours plonger et suivre le bateau à la nage si tu as besoin de te calmer. Cet exercice physique régulier m'a été très bénéfique.

Posant les yeux sur son torse, elle lâcha :

— Cela se voit.

— Je ne suis pas si imposant que cela, dit-il, un peu sur la défensive.

— Ce n'est pas ce que je sous-entendais. Je ne voudrais pas qu'il y ait de malentendu, James : moi aussi, j'aimerais être amie avec mon mari. Mais je te connais suffisamment pour savoir que cela ne te suffirait pas. Tu désires plus.

— C'est vrai, je veux des enfants.

Elle hocha la tête.

— Oui, et plus encore. Tu veux de la fièvre et de la passion. Autant de choses que je ne pourrai pas te donner.

— Pourquoi ? lança-t-il sèchement.

Se radoucissant, il enchaîna :

— Je sais que j'ai beaucoup changé physiquement, mais tu pourrais t'y habituer avec le temps. Mais peut-être est-ce parce que je t'ai été infidèle.

— Non.

Elle s'était mise à triturer l'extrémité du drap dans lequel elle était enveloppée. Tant mieux, songea-t-il. Cela prouvait que ses paroles la touchaient un minimum.

— Ce n'est pas à cause de mon apparence ni de mon infidélité. De ma voix alors ? suggéra-t-il, se rappelant combien elle aimait l'entendre chanter.

S'il chantait maintenant, il ne réussirait qu'à lui donner des cauchemars.

— Aucun des trois. Tu es James comme tu l'as toujours été, je m'en rends compte à présent.

Il se surprit à sourire. Beaucoup de femmes lui avaient dit qu'il était beau ; il préférait être simplement « James ».

— Dans ce cas, pourquoi ne peux-tu même pas envisager de coucher avec moi ?

Elle eut un petit frisson, et soudain, il s'aperçut qu'il s'était trompé : ce n'était pas du dédain qu'il avait lu un peu plus tôt dans ses yeux, mais du dégoût.

— Je ne peux pas recommencer, répondit-elle. Ce que je ressens vient en partie du choc que j'ai éprouvé quand ton père nous a surpris, mais je suis sûre qu'au fil du temps, j'aurais de toute façon abouti à la même conclusion.

— Quelle conclusion ?

— Je ne suis pas ce genre de femme. Toutes ces choses que tu m'as demandées – ne pas porter de culotte sous mes robes, laisser mes cheveux lâches malgré les domestiques –, tout cela me répugne. Je ne comprends même pas comment j'ai pu accepter de faire quelque chose d'aussi détestable. Même si je ne te juge pas. Je parle uniquement pour moi.

James s'éclaircit la voix. C'était stupéfiant de découvrir combien certains sentiments de culpabilité s'effaçaient rapidement tandis que d'autres semblaient ne jamais devoir disparaître. S'il s'était pardonné son absence à la mort de son père, il sentait qu'il se reprocherait jusqu'à la fin de ses jours d'avoir gâché le plaisir que Daisy avait pris à leurs relations intimes, et la spontanéité avec laquelle elle avait accueilli ses caresses.

D'un autre côté, il n'était plus ce garçon de dix-neuf ans qui avait quitté l'Angleterre bourrelé de remords. Il pouvait la faire changer d'avis. Même si cela devait prendre cinquante ans, il pouvait tenter de se racheter.

— Je crois que tu te trompes, déclara-t-il avec douceur.

— Je me connais, contra-t-elle avec l'assurance d'une personne habituée à ne pas être contredite. Toi et moi avons toujours été aux antipodes dans ce domaine.

— Je suis à l'aise avec mon corps.

— Tu l'as toujours été.

L'espace d'un instant, une fossette se creusa sur le visage grave de Theo. Une seule, comme autrefois, comme si deux auraient été un peu trop.

— Si, entre deux leçons de grec, tes professeurs t'avaient fait courir autour des écuries tel un cheval qu'on débourre, tu aurais été un élève bien plus heureux.

— Je me suis souvent battu à Eton, ça a aidé.

La fossette réapparut.

— Je suppose que la piraterie était une façon de prolonger ces jeux d'enfant.

— En tout cas, cela m'a permis de maîtriser la nervosité héritée de mon père.

Elle hocha la tête.

— Cela a du sens.

— Malheureusement, le danger est moins excitant qu'il n'y paraît. Je me suis rendu compte qu'il pouvait être aussi intéressant de se servir de sa cervelle que de son corps.

Nouveau hochement de tête.

Choisissant ses mots avec soin, James ajouta :

— Apparemment, tu as réagi à la fin déplorable de notre mariage en prenant la direction opposée à la mienne : j'ai plongé tête la première dans une vie de danger, tu t'es réfugiée dans un monde stérile.

— Stérile n'est pas le mot que j'aurais employé, mais je vois ce que tu veux dire, fit-elle sans se départir de son assurance. C'est pourquoi il faut mettre un terme officiel à notre mariage, James. Je sais que tu voudras que ton épouse se soumette à tes désirs. Et, une fois encore, je ne te juge pas. Mais je ne serai jamais cette femme, je ne *peux* pas l'être. Et je pense qu'aucun de nous deux n'a envie que l'autre fasse sans cesse des compromis.

— Non, acquiesça-t-il.

Mais il était aux prises avec l'une des émotions les plus violentes qu'il ait jamais ressenties : il voulait que Daisy lui revienne. Pas Theo – ou du moins, parce qu'il l'admirait, seulement une partie de Theo. Mais il refusait d'être celui qui avait étouffé toute joie en Daisy. Cette idée lui était insupportable.

Surtout, il avait besoin d'elle. Sans elle, autant servir d'appât aux requins.

Elle lui sourit, ne se rendant visiblement pas compte de son désarroi.

— Tu trouveras une femme qui aime ce genre de jeux intimes. Et j'épouserai un homme dont le tempérament se rapproche du mien. Ou pas. J'aimerais avoir des enfants, mais je suis heureuse toute seule.

D'après ce qu'il avait vu de sa vie jusqu'à présent, Daisy était la personne la plus solitaire qu'il connaisse. Il avait Griffin, son bras droit, son compagnon d'armes et son frère de sang.

Mais Daisy était seule.

S'il acquiesçait à son projet ridicule – dont la simple évocation lui donnait envie de flanquer un coup de poing dans le mur –, elle épouserait Geoffrey Trevelyan ou un autre type du même acabit. Trevelyan n'avait aucun intérêt pour le sexe ; s'ils avaient des enfants, ce serait un miracle.

Il préférerait mourir plutôt que de laisser Daisy faire l'amour avec un autre que lui.

— Quelque chose ne va pas ? s'enquit-elle.

— Je n'ai pas envie d'épouser le genre de femme auquel tu fais allusion, déclara-t-il sans détour. Et tu crois peut-être vouloir épouser Trevelyan, mais tu découvriras que partager son lit est répugnant. Pire encore que ce que tu sembles imaginer à l'idée de partager le mien.

— Peut-être. Mais – même si je précise que je n'ai jamais parlé de lui comme d'un mari possible – je suis certaine que Geoffrey comprendrait ma répugnance à me livrer à ces ébats fiévreux qui te plaisent tant. Je devine qu'il n'a pas plus de goût que moi pour le commerce intime.

— *Le commerce intime ?*

Ignorant son intervention moqueuse, elle poursuivit :

— Geoffrey et moi sommes tous deux des adultes. Répugnant ou pas, nous ferions ce qu'il faut pour procréer. Je dirais que lui et moi nous ressemblons sur ce point. Ce n'est pas tant les rapports charnels qui me déplaisent que l'idée de devoir m'y livrer de la manière dont tu le désires. Je ne peux pas rester ta femme, James. Cela risquerait de me détruire.

James réfléchissait aussi rapidement qu'au cours d'une bataille. Tout ce qu'il avait lu sur le bateau, que ce soit Machiavel, les ouvrages consacrés à l'art de la guerre, ou les traités des Grecs anciens, ne lui servait à rien en cet instant crucial. Il avait envie de hurler d'effroi et de rage. Il se contenta de fermer les yeux.

Puis il essaya de s'y retrouver dans l'entrelacs de peur, de culpabilité, de colère et d'amour qui l'habitait. Ce n'était pas un hasard si l'unique personne à laquelle il pouvait parler de son père était Daisy. Si elle était la seule à qui il arrivait à exprimer ses regrets et le mépris qu'il ressentait envers lui-même, la seule à pouvoir l'absoudre d'un sourire.

Ils étaient liés l'un à l'autre, et cela probablement depuis l'été où il avait failli devenir aveugle et où elle avait remplacé ses yeux.

Il ne comprenait pas comment il avait réussi à vivre sept ans sans elle. Elle lui était aussi indispensable que la lumière, la nourriture ou l'eau.

Il marcha vers elle. Elle était à lui. Elle était tout ce qu'il désirait et avait jamais désiré, même s'il avait perdu cette vérité de vue pendant un temps.

— James, murmura-t-elle d'un ton d'avertissement.

Il referma les mains autour de sa taille fine et la mit debout en veillant à ne pas faire tomber le drap qui la couvrait.

— Je te veux, dit-il.

Pour la première fois, sa voix rauque sonnait juste.

Et comme il n'avait pas envie qu'elle prononce une autre de ces phrases qui l'enfermaient aussi sûrement que les barreaux d'une prison, il approcha ses lèvres des siennes. Elles étaient aussi douces et pleines que dans son souvenir – car il s'en souvenait bel et bien, même après toutes ces années. Il n'avait jamais oublié leur premier baiser.

Il faillit perdre la tête, mais se ressaisit à temps. Il devait la rassurer, agir comme le mâle castré qu'elle croyait vouloir pour époux. Griffin dirait que c'était là la réflexion la plus stupide qu'il eût jamais entendue. Mais Griffin n'était pas une femme qui n'avait connu que deux jours de mariage sept ans plus tôt.

Griffin n'était pas son adorable et rigide Daisy.

Quand elle le repoussa, il recula aussitôt, et lui sourit.

29

— Je dois t'expliquer quelque chose que tu ne comprends pas, déclara James.

Son expression rendit Theo nerveuse. Elle resserra le drap autour de ses seins.

— Ce que je ne comprends pas, c'est pourquoi Amélie, ma femme de chambre, n'est toujours pas là. Cela fait une éternité que je l'ai sonnée.

— Je lui ai dit de rentrer chez elle. C'est l'anniversaire de sa mère.

— Mais... commença à protester Theo, avant de s'arrêter net.

Elle ignorait que c'était l'anniversaire de la mère d'Amélie. Pour autant, si cela avait été si important pour elle, la jeune fille lui aurait demandé sa journée. Theo s'enorgueillissait d'être toujours prête à accéder aux requêtes de ses domestiques quand celles-ci concernaient leur vie personnelle.

— Je suppose qu'elle craignait de troubler ton rituel quotidien.

— Cela ne m'aurait pas dérangée. Quand Amélie prend sa demi-journée, Mary s'occupe de moi. Elle est très efficace.

— J'ai également donné congé à Mary.

Theo fronça les sourcils.

— Je garde toujours l'une des deux à la maison. Les toilettes des femmes sont très différentes de celles des hommes. En général, je ne porte pas de corset, mais si cela avait été le cas, je n'aurais pas pu l'enlever seule.

— Tu n'as pas besoin de corset, observa James, l'air franchement admiratif.

— Évidemment, je ne peux pas m'attendre que tu comprennes. Je vais donc devoir appeler une autre servante.

Il secoua la tête.

— Tu n'as pas fait cela ! s'écria-t-elle en se rasseyant sur le tabouret.

— Cela m'a paru être le moment idéal pour offrir un petit plaisir au personnel. J'ai envie qu'ils m'apprécient, vois-tu. Or, c'est très déplaisant pour eux de se retrouver dans une maison en état de siège.

— Ils t'apprécieront toujours dès lors que tu continueras à leur verser leurs gages en temps et en heure. Tu ne les as pas *tous* renvoyés, n'est-ce pas ?

— Tous sauf Maydrop et le premier valet, qui gardent la maison.

— Tu es fou ? Qui va nous servir les repas ? Qui…

Elle jeta des regards affolés autour d'elle.

Il lui sourit.

— Maydrop a fait sortir les domestiques dans plusieurs calèches histoire de dérouter les journalistes.

— Comment nous habillerons-nous demain pour les visites ? Tu n'imagines tout de même pas que je vais descendre dans la salle à manger sans m'être préparée.

— Les seules personnes susceptibles de nous rendre visite seront des curieux désireux de voir mon tatouage de plus près. Je ne reçois personne, et toi non plus. D'ailleurs, j'ai demandé à Maydrop d'enlever le heurtoir. J'espère qu'entre la confusion causée par les différentes calèches et la disparition du heurtoir, les hordes de badauds et d'écrivaillons finiront par conclure que nous avons réussi à échapper à leur vigilance et à fuir à la campagne.

Elle avait oublié combien le Tout-Londres serait impatient de voir le duc pirate de près. Étrangement, elle lui trouvait de plus en plus de ressemblance avec le James d'autrefois.

— Finalement, mieux vaut peut-être que nous restions ici, reconnut-elle à contrecœur.

Passer un ou deux jours seule avec James serait sans doute une épreuve, mais ouvrir sa porte à une foule de curieux serait pire.

— Tu as bien fait, déclara-t-elle.

— Oui.

Nonchalamment adossé au mur, il avait l'air de trouver la situation amusante.

— Si tu veux bien m'excuser, j'aimerais prendre mon bain, déclara Theo. Seule.

Comme s'il n'avait pas entendu, James répondit :

— Puisque nous sommes entre nous, j'aimerais en profiter pour rectifier une erreur que tu commets. Tu penses que je suis toujours ce jeune homme avec qui tu as fait l'amour il y a sept ans, que j'ai toujours les mêmes besoins et les mêmes désirs qu'à l'époque.

Elle ouvrit la bouche pour répondre, mais il l'arrêta d'un geste.

— En 1809, nous avons fait l'amour parce que nous étions amoureux.

Theo acquiesça d'un signe de tête. Ses cheveux étaient humides à cause de la vapeur d'eau et des mèches retombaient devant ses yeux. Se rappelant combien James aimait ses boucles, elle les rejeta vivement en arrière.

— Entre-temps, tu as changé, poursuivit-il.

— De toute évidence.

Elle chassa de son esprit la scène de la bibliothèque. Comment avait-elle pu se comporter aussi vulgairement ?

— Ce que je veux dire, c'est que tu n'as pas envisagé que j'aie pu changer moi aussi – et je ne parle pas physiquement. C'est pourtant le cas, je t'assure. Je ne suis plus un gamin.

— Tu n'as même pas trente ans.

— Avec l'âge, on apprend à se maîtriser, déclara-t-il avec un sourire quelque peu suffisant. J'ai éprouvé de la colère plus d'une fois aujourd'hui, ce qui ne m'a pas empêché de conserver mon sang-froid.

— Je m'en suis aperçue. C'est un progrès remarquable étant donné ton héritage familial.

— Tout a une face lumineuse et une face sombre, soupira-t-il, presque mélodramatique.

Sauf que James n'était jamais mélodramatique, se rappela-t-elle. Elle se leva ; elle commençait à avoir mal aux fesses sur ce tabouret. Amélie s'y installait souvent pour coudre en attendant qu'elle ait pris son bain, elle nota mentalement de le faire rembourrer.

— Nous allons vivre pratiquement comme des sauvages dans les jours à venir, dit-elle, changeant de sujet. Mais il y a toujours des leçons à tirer des nouvelles expériences.

James eut un rire sonore. Puis il traversa la pièce, et sans lui laisser le temps de réagir, la souleva dans ses bras.

— Tu devrais vraiment cesser de faire cela ! protesta-t-elle.

Mais il poussait déjà la porte de sa chambre. C'était très étrange d'être dans ses bras. La fois précédente, elle n'avait pas remarqué à quel point ses avant-bras étaient musclés. Ou peut-être que si.

— Daisy, commença-t-il d'une voix où la gravité le disputait à l'amusement, tu crois vraiment que nous pouvons vivre comme des sauvages dans un endroit aussi somptueusement décoré que ta chambre, sans parler du reste de la maison ?

Bien sûr que sa chambre était luxueuse. Les tentures en soie vénitienne, en particulier, ajoutaient une touche d'une rare élégance.

— Nous n'avons pas de domestiques, fit-elle valoir. Vivre sans serviteurs est extrêmement malaisé. Veux-tu me poser, je te prie, James ?

— Pas tout de suite. J'aime te tenir dans mes bras.

Sur ce, il fit une chose extraordinaire : il inclina la tête et déposa un baiser sur le bout de son nez. Un baiser aussi léger qu'un frôlement d'aile de papillon, mais qui se répercuta dans tout son corps.

L'espace d'un instant, elle perçut les deux James à la fois : le jeune homme mince d'autrefois, et le pirate imposant d'aujourd'hui.

S'attendant à voir d'un instant à l'autre cette lueur avide dans son regard, elle se débattit.

— Pose-moi sur le sol !

— Ce que j'essaie de te dire, c'est que j'ai mûri, Daisy, débita-t-il à toute allure de crainte qu'elle ne l'interrompe. Je ne suis plus la proie de désirs incontrôlables. Oui, j'ai envie de faire l'amour à mon épouse et d'avoir des enfants. Mais veux-tu savoir à combien de femmes exactement Jack le Faucon a fait l'amour ?

— Non.

— Trois. Et il s'écoulait des mois, plus de huit parfois, entre deux rencontres avec l'une de mes maîtresses. Car c'était ce qu'elles étaient : pas des amantes, mais des maîtresses. Au cours de l'année passée, je n'ai couché avec personne. Plus que cela même, ajouta-t-il après réflexion, puisque cela fait seize mois que Griffin et moi avons été attaqués sur la route des Indes. Il m'a fallu des mois pour me remettre de ma blessure à la gorge.

Theo jeta un coup d'œil à la cicatrice sur son cou et frémit.

— Tu as entendu ce que je viens de dire, Daisy ?

— Tu n'es pas le coureur de jupons qu'a décrit le détective, résuma-t-elle.

— J'ai appris à contrôler ma colère et mon désir. L'un ne va pas sans l'autre.

— Pourquoi ?

Il haussa les épaules.

— Tout ce que je sais, c'est que je ne cherche plus le genre d'étreintes ferventes que nous avons partagées lorsque nous nous sommes mariés. Je n'ai absolument pas envie de faire l'amour dans le salon ou toute autre pièce de la maison où n'importe qui pourrait entrer. J'ai besoin de l'intimité d'une chambre.

— Je n'ai pas envie de faire l'amour du tout, assena-t-elle en l'examinant avec attention, cherchant à deviner s'il était sincère ou pas.

— Comme je te l'ai dit, je veux des enfants. Et je te veux à mes côtés, Daisy. Je maîtrise parfaitement mes appétits, et au cas où tu te poserais la question, je ne te serai plus jamais infidèle. Je n'aurai jamais de maîtresse.

Malgré elle, Daisy sentit l'espoir renaître au fond de son cœur. Ce serait tellement bon de vivre de nouveau auprès de James. Si seulement il n'y avait pas ces histoires d'obligations conjugales...

— Je suis certaine d'avoir vu quelque chose sur ton visage tout à l'heure, répondit-elle malgré tout, sceptique.

— Quand ?

Sa voix était calme, et il semblait complètement détendu.

Peut-être s'était-elle trompée. Peut-être que James ne la désirait pas pour la bonne raison qu'il préférait les corps voluptueux de ses maîtresses exotiques. Il se contrôlait aisément en sa présence parce qu'il était habitué à avoir de si belles femmes.

Elle se mordit la lèvre.

— Je peux t'apporter la preuve de ce que j'avance, affirma-t-il.

— Vraiment ?

— Prends ton bain, et je remplacerai ta femme de chambre.

— Non !

— Pourquoi ? Tu sais très bien que je ne te forcerai jamais à faire quoi que ce soit, Theo. Je t'ai peut-être épousée en utilisant un subterfuge, mais je ne t'ai jamais rien dit que je ne pensais pas, affirma-t-il en plongeant son regard dans le sien.

— Je suppose que c'est vrai.

— J'ai *chanté* pour toi.

Theo ne put s'empêcher de rire. C'était tellement James, ce ton horrifié avec lequel il avait prononcé ces mots. S'il était réellement prêt à oublier toutes ces bêtises érotiques, elle serait plutôt contente d'être sa femme, tatouage ou pas.

— Tu laisseras repousser tes cheveux ?

Il fit la grimace.

— Si tu y tiens. Mais ne me demande pas de chanter, je n'en suis plus capable.

— Je m'en doute.

Cela l'attristait, mais à en juger par son sourire, cela n'était pas le cas de James.

— J'aimerais être le père de tes enfants, répéta-t-il.

Et une fois encore, elle lut dans son regard qu'il était sincère.

— Bien que tu sois devenue aussi rigide qu'un piquet, tu demeures mon amie la plus proche et la personne que j'admire le plus au monde. Et puis, qui sait ? Peut-être apprendras-tu à te détendre.

— Impossible. Tu t'en rendras compte si tu vis avec moi. Je prends le temps de trouver la meilleure manière de faire les choses, car cela me permet de ne plus jamais avoir à y revenir.

— Je te crois sur parole, assura-t-il.

Il se débarrassa de sa veste.

— Dieu du ciel, que fais-tu ?

— Je me déshabille. C'est le meilleur moyen pour toi de voir si je suis honnête ou pas.

— Tu ne peux pas enlever tes vêtements com... Oh, mon Dieu ! C'est une autre blessure ?

Elle s'approcha de lui. Une longue cicatrice courait de son épaule droite jusqu'au centre de sa poitrine, ligne claire sur sa peau bronzée.

— Un coup de baïonnette, expliqua-t-il d'un ton léger.

Il se pencha pour ôter ses bottes, et soudain, elle se retrouva face à son dos musclé. Un dos magnifique. James était beau. Enfin, il l'était toujours. Son corps ressemblait à une machine puissante. La façon dont ses muscles jouaient sous sa peau lui donnait envie de le toucher.

— Encore une autre ! s'exclama-t-elle en découvrant une nouvelle marque claire au niveau de sa taille.

— Un coup de sabre, indiqua James en ôtant sa deuxième botte. Souvenir d'un Français stupide qui avait envie de se battre en duel. Je l'ai tué.

— Combien de fois as-tu failli mourir ? s'enquit Theo d'une voix blanche.

— Une seule.

Il commença à baisser ses culottes.

— Attends ! cria-t-elle, mais, bizarrement, son ton manquait de conviction.

Sans même marquer un temps d'hésitation, il acheva de se dénuder.

Seigneur ! Il était encore plus impressionnant que dans son souvenir. Il était impossible qu'il ait eu cette taille sept ans plus tôt.

Elle détourna les yeux.

— Je croyais que tu maîtrisais ton désir, lança-t-elle d'un ton accusateur.

Elle se tenait prête à fuir au moindre mouvement de sa part. La porte de la bibliothèque fermait à clé. Elle pourrait…

Mais il continuait à la regarder d'un air impassible.

— C'est le cas, dit-il.

— Alors, pourquoi…

Elle désigna son entrejambe du menton.

— Oh, ça ? fit-il. Tu l'avais oublié ?

— Non, justement. Et ça devrait être… baissé.

— Baissé ? répéta-t-il en arquant un sourcil Tu te rappelles l'avoir déjà vu autrement que dressé ?

Theo lui adressa un regard noir.

— Peut-être pas. Mais je suis sûre que c'est censé être baissé.

— Pas le mien, décréta-t-il en le gratifiant d'une petite tape. Il est tout le temps dressé.

Sur ces mots, il pivota et regagna le cabinet de toilette.

Elle le suivit des yeux, décontenancée. Ses fesses avaient la même teinte brun doré que ses bras. Comment était-ce possible ? Elle se rappelait parfaitement qu'autrefois elles étaient blanches. Et beaucoup moins musclées. Se pouvait-il qu'il soit sorti nu au soleil ? La curiosité fut la plus forte : elle lui emboîta le pas.

Pour la troisième fois, James pompait de l'eau chaude. Il testa la température.

— Comment aimes-tu ton bain, déjà ?

— Pas trop chaud, indiqua-t-elle d'un ton prudent.

Le corps de James était vraiment étonnant. Chacune de ces blessures aurait pu le tuer en cas d'infection.

— Tes plaies ne se sont jamais infectées ?

— Une ou deux fois, répondit-il sans se retourner.

Un frisson glacé la parcourut. Elle connaissait les risques d'une infection : une des filles de cuisine était morte après s'être coupé le doigt, et elle avait perdu l'un de ses ouvriers suite à une brûlure accidentelle à la manufacture de céramique.

— Tu aurais pu mourir.

Comme il restait tourné vers la baignoire, elle le rejoignit. Bien qu'elle soit plus grande que la plupart des femmes, elle se sentait petite à côté de lui. Presque délicate, un adjectif que personne n'aurait eu l'idée d'employer à son sujet.

James se redressa et lui sourit ; le coquelicot sous son œil se plissa légèrement.

— Sans doute, dit-il. Mais, apparemment, je suis aussi solide qu'un bœuf. La température te convient ?

Elle se pencha, effleura l'eau du bout des doigts. C'était parfait.

— Puis-je prendre votre drap, Votre Grâce ?

Soupçonneuse, elle risqua de nouveau un coup d'œil sur son sexe. Il était dressé – comme toujours à l'en croire. Quand elle croisa son regard, il la considéra d'un air presque blasé.

— Très bien, murmura-t-elle.

Tout le monde savait que les hommes étaient d'incorrigibles lubriques. Il leur suffisait d'apercevoir un sein pour éprouver du désir.

Sauf, peut-être, si le sein en question était très petit… si la femme était mince et dénuée de courbes…

Theo laissa tomber le drap en soupirant. Elle refusait d'avoir de nouveau honte de son physique. N'avait-elle pas appris à se faire passer pour un cygne ? À tromper les gens ?

Avec des vêtements, certes…

Sans plus réfléchir, elle ôta sa culotte, et entra dans l'eau. Avant même qu'elle ouvre la bouche, une grande main virile lui tendit le savon.

Mais juste au moment où elle s'apprêtait à s'en servir, James changea d'avis et le lui reprit.

Surprise, elle leva les yeux. À genoux à côté de la baignoire, James était beaucoup plus près d'elle qu'elle le pensait.

— Tu n'as pas à faire cela, dit-elle.

— C'est le meilleur moyen de te prouver que je ne suis pas troublé et que tu n'as aucune raison d'avoir peur de moi, Daisy.

Elle déglutit. Ce n'était pas très plaisant de savoir que la vision de son corps laissait son mari de marbre. Mais au moins ne lui demanderait-il plus de faire des trucs affreusement bizarres comme à l'époque où elle l'attirait – époque où il n'avait pas encore rencontré de sirènes exotiques aux courbes suaves.

— D'accord.

Elle jeta un bref coup d'œil à l'entrejambe de James. Dieu que son instrument était gros ! Et rouge. Et si rigide qu'il semblait avoir poussé tout droit. Mais c'était probablement toujours ainsi chez les hommes, supposa-t-elle.

Spontanément, elle tendit le bras. Amélie lui savonnait toujours le haut du corps (mais pas la poitrine, bien entendu), et elle s'occupait elle-même de ses parties intimes pendant que sa femme de chambre lui lavait les cheveux.

James se montra très méthodique. La sensation était agréable. Depuis la mort de sa mère, personne en dehors d'Amélie ne l'avait touchée.

N'était-elle pas comtesse ? Or, on ne serrait une comtesse dans ses bras. Tout au plus déposait-on un baiser rapide sur ses doigts gantés.

Les contacts directs lui manquaient.

Aussi pencha-t-elle la tête en avant pour s'abandonner au plaisir simple qu'elle ressentait.

James lui savonna le bras, puis les épaules.

— Comparé au tien, mon dos est affreusement mince, fit-elle observer, un peu mal à l'aise. Le tien est si musclé.

— Sans doute.

— Tu as mal à la gorge ?

— Non, pourquoi ?

— Je trouve ta voix très rauque, comme si tu avais mal. Tant mieux si ce n'est pas le cas, ajouta-t-elle en hâte.

Les mains de James étaient si larges qu'elles lui couvraient tout le dos. Et ses doigts savonneux lui procuraient des sensations délicieuses.

Elle se pencha davantage afin qu'il ne s'aperçoive pas que les pointes de ses seins avaient durci. Il ne semblait vraiment pas troublé par sa nudité ; son souffle était toujours régulier alors qu'elle se rappelait très clairement que sa respiration s'accélérait quand il était excité. Dans ces moments-là, son regard se mettait à étinceler et ses doigts tremblaient. Elle baissa les yeux sur ces derniers : pas la plus petite trace de tremblement. Elle lâcha un petit soupir.

Si elle avait appris une chose depuis que son existence avait volé en éclats, c'était que, quoi qu'il arrive, la vie continuait. On pouvait survivre à l'absence d'un mari, à la mort d'une mère et à la réputation de pire laideron de toutes les îles britanniques. Elle en était la preuve.

Ces épreuves étaient difficiles, démoralisantes, mais pas mortelles.

— Ta jambe, s'il te plaît.

La voix de James lui parut encore douloureusement rauque, mais, cette fois, elle ne lui en fit pas la remarque.

Amélie ne la touchait jamais au-dessous de la taille, pourtant, elle obéit et tendit la jambe. Après tout, ses jambes n'étaient-elles pas ce qu'elle avait de plus beau ? Minces, avec des genoux ronds et des chevilles fines. C'était un peu stupide de s'accrocher à cela, mais quand on ne possédait que peu d'atouts, il fallait apprendre à les apprécier.

James se mit à la savonner lentement. Il lui avait dit autrefois qu'elle avait de belles chevilles.

— J'aime mes chevilles, dit-elle dans l'espoir de le lui rappeler.

Joueur, il glissa le doigt sous la plante de son pied, lui arrachant un petit cri.

Elle avala sa salive. Quelques années plus tôt, un tel geste ne lui aurait pas paru aussi loufoque.

— Il fait chaud, déclara James en s'essuyant le front de l'avant-bras.

Il avait le visage rouge.

— Je peux terminer, proposa Theo en ôtant son pied de sa main. Tu as réussi ta démonstration, James. J'ai pu le constater.

— Qu'as-tu constaté ?

— Que je ne t'attirais pas. Alors passe-moi le savon.

Elle voulut le lui prendre, mais il écarta la main.

— Tu ne prends pas cela au sérieux.

— Bien sûr que si !

James leva les yeux au ciel.

— Si je ne te lave pas entièrement, tu auras toujours des doutes, Theo. Or, je tiens à ce que nous restions mari et femme. Nos enfants sauront sans doute très précisément jusqu'à quel âge ils seront autorisés à mouiller leurs couches, mais je veux néanmoins que tu sois leur mère.

Elle se surprit à sourire.

— Merci.

Il avait utilisé deux fois plus de savon qu'Amélie, et des bulles glissèrent sur sa poitrine quand elle se pencha vers lui.

Ils baissèrent les yeux au même instant. Les bulles suivaient la courbe de ses seins.

— Bon, fit James avant de se placer derrière elle.

Elle l'entendit toussoter, comme pour se racler la gorge.

— Ça va ?

— Je n'ai pas l'habitude de rester à genoux sur le carrelage, expliqua-t-il. Je râlerais tout le temps si j'étais femme de chambre.

— Amélie ne fait pas le tour de la baignoire à genoux. Alors, que...

Elle s'interrompit abruptement quand les mains des James se posèrent sur ses épaules, puis descendirent vers l'avant. Avant même qu'il atteigne sa poitrine, elle sentit son corps s'embraser.

— Je ne pense pas que ce soit nécessaire, termina-t-elle dans un souffle.

Il avait un sein dans chaque main.

— Des seins ne sont que des seins, dit-il. Bien sûr, *tes* seins...

Il n'acheva pas sa phrase.

Ses mamelons ressemblaient à des boutons de rose pâle entre les doigts bronzés de James. Elle les trouva plutôt jolis. Lentement, il passa le pouce sur chacun d'eux ; la sensation lui coupa le souffle, et elle cessa de se demander si James était excité ou non, car *elle* l'était. Sans même s'en rendre compte, elle renversa la tête en arrière et ferma les yeux pour mieux profiter de cette caresse qui n'avait rien à voir avec la toilette.

Elle avait l'impression qu'un éclair venait de la traverser de part en part, électrisant toutes les parties de son corps qui n'avaient pas été touchées depuis sept ans. Elle ressentit même des fourmillements entre les cuisses, comme si cette région intime voulait lui signaler qu'elle existait toujours.

À l'instant où elle en prit conscience, elle referma les mains sur celles de James.

— Qu'est-ce que tu fais ?

— Tu as dit que je n'étais pas attiré par toi, Daisy, murmura-t-il tout contre son oreille. Tu te trompes. Tes seins m'ont toujours rendu fou. Tu l'avais oublié ?

— Non, répondit-elle dans un murmure. Tu les regardais pendant les repas.

— Assis en face de toi, je m'imaginais en train de te toucher comme en cet instant, confia-t-il d'une voix caressante. Je te regardais et t'écoutais parler en m'émerveillant de ta beauté et de ton intelligence, même si, pour être honnête, mes yeux revenaient toujours sur tes seins. Parfois, j'ai bien cru perdre tout contrôle.

Les mains de Theo demeurèrent plaquées sur les siennes, mais elle se laissa de nouveau aller contre lui.

— Je ne te crois pas.

Il lâcha un rire rauque, mais aussi sensuel qu'autrefois. Peut-être encore plus.

— Je te jure que c'est vrai. Je pouvais rêver à ton corps pendant quatre plats. Et après le dessert, je filais hors de la salle à manger en clopinant.

Elle sentit ses pouces recommencer à se mouvoir doucement sur ses seins.

Une lave brûlante circulait dans ses veines, et elle se rappelait à peine son propre nom.

— Es-tu en train de me dire que tu avais du mal à te redresser ? parvint-elle finalement à articuler.

Elle était sans forces, soudain, raison pour laquelle, sans doute, ses mains lâchèrent celles de James, les laissant jouer avec ses seins comme il le souhaitait.

Après un silence, il déclara :

— Je t'ai assuré que, désormais, je savais me maîtriser, Daisy. Mais tu dois me laisser te le prouver.

C'était absurde, elle en était consciente malgré son trouble. Pourtant, elle réagit comme si ce qu'il venait de dire était parfaitement sensé.

— Me le prouver comment ?

L'une des paumes de James glissa le long de son estomac couvert de savon, disparut sous l'eau, et poursuivit son chemin jusqu'au creux de ses cuisses, là où elle se sentait vulnérable et douce.

— Comme cela.

De rauque, sa voix était devenue gutturale, lui arrachant un frisson.

— Je peux te caresser ? interrogea James.

Sans attendre sa réponse, il effleura son intimité. Elle gémit en guise de réponse.

— Juste pour te prouver que je me maîtrise, reprit-il.

Elle aurait pu répliquer qu'elle n'était pas idiote et savait reconnaître une fausse excuse. Mais son cerveau avait cessé de fonctionner, semblait-il, et le soupir dans sa gorge se transforma en une sorte de sanglot. Elle poussa contre les doigts de James en pensant : « Plus fort, là, je t'en prie, là ! » Et comme s'il l'avait entendue, il appuya un peu plus et introduisit un autre doigt.

Alors tout s'embrasa. Une onde de choc la traversa, cambrant son corps comme un arc, et, très loin, elle crut entendre un bruit d'eau s'écrasant sur le sol. Mais elle était trop concentrée sur les vagues incandescentes qui se succédaient en elle pour y prêter attention.

Finalement, James retira les doigts et la maintint un peu plus fermement contre son bras. Elle était encore bouleversée quand il lui chuchota à l'oreille :

— Si Amélie te rend ce genre de service, je la renvoie dès demain.

Theo lâcha un petit rire.

— Ne sois pas ridicule.

Elle se sentait chaude et gonflée entre les cuisses.

— En fait, personne d'autre que moi n'a le droit de te toucher ainsi, ajouta-t-il.

Cette fois, sa voix n'était pas détachée, mais farouchement possessive. Sans lui laisser le temps de répliquer, il se mit debout, se pencha et la souleva dans ses bras.

La sensation lui parut différente maintenant qu'ils étaient nus. La peau de James était brûlante contre la sienne.

— Je dois être lourde, murmura-t-elle en glissant un coup d'œil à son visage.

C'était insensé, mais elle espérait découvrir qu'il était excité.

Il était impassible.

Sans répondre, il la posa au sol et l'essuya vigoureusement. Une nouvelle onde de plaisir la parcourut au contact de la serviette.

James avait les mâchoires serrées. Puis il la regarda et sourit. Elle tendit le bras pour prendre son peignoir sur le portemanteau, l'enfila et noua la ceinture serrée.

James la porta de nouveau, comme si elle était incapable de marcher jusqu'au lit.

— Arrête de me sourire ainsi, soupira-t-elle avant d'appuyer la tête contre son torse et de fermer les yeux. J'ai compris la leçon.

— Quelle leçon ? fit-il, perplexe.

— Tu ne risques pas de succomber au désir.

Il la déposa sur le lit, les sourcils froncés.

— C'est ce que tu voulais, non ?

Roulant sur le côté, elle se releva et lui donna une tape.

— Peu importe. J'ai besoin que tu m'aides à faire le lit. Je ne peux pas me coucher dans un lit défait, et, bien sûr, le drap du dessus a disparu.

— Qu'est-ce que tu racontes ?

— Le lit, il faut le refaire, répéta-t-elle en détachant chaque syllabe. J'appellerais bien une domestique, mais tu les as renvoyés.

— Ah oui. Si tu veux bien m'excuser, j'ai quelque chose à faire.

Baissant les yeux, Theo s'aperçut qu'il avait la main sur son entrejambe. D'un pas vif, il passa devant elle et s'enferma dans le cabinet de toilette. Une attitude fort impolie, estima-t-elle.

Theo n'avait jamais fait de lit de sa vie, mais cela ne devait pas être bien difficile. Elle commença par ôter la courtepointe et l'édredon, puis borda le drap du dessous en s'assurant que la même longueur retombait de chaque côté.

Tandis qu'elle s'affairait, elle entendit l'eau couler de nouveau dans la baignoire. Elle en fut un peu surprise, mais ne s'en inquiéta pas. Le service « intime » de James l'avait mise d'une humeur particulièrement joyeuse.

Elle terminait de border le dernier côté quand la porte du cabinet de toilette se rouvrit. Penchée sur le lit, elle tirait le drap pour qu'il n'y ait pas de pli.

— Ah, te voilà ! dit-elle en jetant un coup d'œil à James par-dessus son épaule.

Son organe viril était redescendu dans la position qui, selon elle, lui était naturelle.

— Tu peux m'aider, s'il te plaît ? demanda-t-elle. C'est impossible seule. Je me demande comment font les domestiques.

Elle se déplaça jusqu'au pied du lit et se pencha pour lisser le drap.

James émit un drôle de son dans son dos, une espèce de grognement, mais quand elle se retourna, il se dirigeait docilement vers elle. Sa virilité s'était redressée. Donc, il n'avait pas menti : il devait s'agir là de sa position normale.

Elle continua de réfléchir à la question pendant qu'ils terminaient de faire le lit, veillant à ce que le drap du dessus soit parfaitement lisse avant de replacer l'édredon et la courtepointe dessus.

De temps à autre, elle jetait des coups d'œil furtifs à James. Elle n'arrivait pas à oublier qu'elle était complètement nue sous son peignoir, mais lui ne paraissait pas en être affecté.

Quand le lit fut enfin prêt, elle se glissa entre les draps sans se dévêtir. Elle n'imaginait pas se dénuder de nouveau devant James.

Il se tint debout près du lit, affichant son petit sourire agaçant.

— Tu as faim ? Je vais demander à Maydrop de nous faire monter un panier. Nous mangerons ici, ce sera plus simple pour lui étant donné le manque de personnel en cuisine.

— Je ne mange jamais au lit, lui rappela-t-elle, alors même qu'elle mourait de faim.

Le sourire de James s'évanouit.

— Tu le feras ce soir. N'imagine même pas sortir de ce lit. Je refuse de me battre de nouveau avec ces foutus draps.

Au moins était-il encore capable de ressentir des émotions, songea-t-elle. Dommage que ce soit à cause des draps plutôt que de la femme à demi nue allongée entre eux…

Pour sa part, elle était en proie à une telle agitation qu'elle en oublia de s'offusquer du juron et du ton autoritaire de James. Il y avait un homme nu dans sa chambre. Qui la fixait d'un air contrarié, les bras croisés.

Un *pirate* nu, rectifia-t-elle. Or, elle n'était pas le moins du monde effrayée. Au contraire, son propre corps vibrait de désir à la vue du sien, musclé et couvert de cicatrices. Pour une raison inconnue, ces marques claires sur la peau de James étaient tout à fait excitantes. Elle posa les yeux sur son tatouage. Et sentit ses sens s'affoler.

James, dit Jack le Faucon, la fusillait du regard comme si elle était sa prisonnière. La prisonnière d'un pirate. Elle se surprit à sourire à cette pensée. Elle avait été captive d'une certaine façon. Pas de James, mais de sa propre peur.

Elle se remémora la scène dans la bibliothèque, et l'examina avec le recul du temps. Oui, la situation était bel et bien embarrassante. Mais elle se rappela le corps magnifique de James à l'époque ; la façon dont il avait renversé la tête en arrière ; son expression de pure félicité ; ses lèvres entrouvertes d'où s'échappaient des gémissements rauques à chacune de ses caresses.

— Alors ? la pressa-t-il.

Son mari était un pirate. Mais c'était aussi un homme qui l'avait profondément aimée. Qui lui avait donné du plaisir, avant de succomber avec joie à *ses* charmes.

— Alors quoi ? répondit-elle, incapable de se souvenir du sujet de leur conversation.

Les pensées défilaient à toute allure dans sa tête. Un instant, elle se rappela la douleur qu'elle avait éprouvée quand le Tout-Londres l'avait traitée de laideron, puis ce souvenir fut balayé comme un nuage par le vent. Des centaines de fois, elle s'était répété qu'il ne tenait qu'à elle de refuser de se sentir humiliée : maintenant, il fallait qu'elle le croie.

C'était aussi vrai pour l'intimité, pour le mariage. Oui, elle avait été prisonnière, mais pas d'un pirate. Sa geôle était sa propre peur. En fait, elle avait manqué de courage.

Sans plus réfléchir, elle ôta son peignoir.

James la regarda faire, l'air impassible, mais elle crut voir une lueur s'allumer au fond de ses yeux bleus : de l'étonnement, peut-être, et une pointe d'espoir.

Elle lui tendit son peignoir en souriant.

— Cela ne t'ennuie pas de l'accrocher au portemanteau ?

Le son qu'il émit en réponse ressemblait à un gémissement. Elle se sentit un peu rassérénée. Et plus encore quand, après avoir jeté un coup d'œil à ses seins à peine couverts par le drap, il se dirigea à grandes enjambées vers la porte.

— Habille-toi, lui lança-t-elle. Je n'ai pas envie que tu effraies Maydrop avec toutes ces cicatrices.

Il se contenta de refermer en hâte le battant derrière lui. Bondissant hors du lit, elle se précipita dans le cabinet de toilette pour se brosser les dents et se coiffer.

Dès que le pas de James se fit de nouveau entendre, elle regagna le lit, s'efforçant de ne pas s'appesantir sur le fait que les draps étaient de nouveau froissés. James entra avec un panier rempli de victuailles, qu'il alla poser sur la coiffeuse. Il en sortit une bouteille de vin, et avala une gorgée directement au goulot.

Il remplit un verre et le lui apporta.

— Non, merci, répondit-elle à contrecœur.

— Après une journée pareille, cela ne te fera pas de mal, insista-t-il en lui fourrant le verre d'office dans la main.

Comme elle ne buvait pas, il plissa les yeux.

— Ce n'est pas parce que j'ai bu à la bouteille, tout de même ?

— Nous avons des règles d'hygiène différentes, fit-elle valoir, consciente de son ton guindé.

— Tu ne veux pas toucher ce qu'a touché ma bouche ? Ma salive ?

— C'est simplement que...

D'un geste vif, il s'inclina, la saisit par la nuque et l'attira à lui. Theo ferma d'instinct les paupières lorsque ses lèvres se posèrent sur les siennes. La langue de James s'introduisit dans sa bouche, chaude, mouillée, agressive.

Soudain, ses principes d'hygiène furent le cadet de ses soucis. Elle voulait que James la regarde de nouveau avec cette avidité, cette fièvre dont elle avait gardé le souvenir, alors elle noua les bras autour de son cou et répondit à son baiser. Les promesses de sa langue embrasèrent tout son corps.

Puis James se redressa, la laissant haletante, et se détourna. Elle en profita pour se repaître du spectacle de son dos bronzé et de ses fesses musclées. Il tremblait légèrement, remarqua-t-elle avec joie.

Quand il pivota de nouveau vers elle, il avait manifestement recouvré son sang-froid.

— Bien, fit-il d'un ton cordial, que dirais-tu d'un morceau de poulet ?

Theo jeta un coup d'œil à la bouteille de vin. Et songea à lui en flanquer un coup sur la tête pour chasser de son visage cette expression aimable qui la rendait folle. Au lieu de quoi, elle fit une chose qui ne lui ressemblait en rien : elle s'empara de ladite bouteille, et la porta à sa bouche. Le vin était délicieux. Il avait un goût de pêche et de soleil et un parfum de fleurs écrasées. De sa vie, elle n'avait jamais rien bu d'aussi bon.

Elle avait lâché le drap pendant leur baiser, et s'aperçut en s'adossant à la tête de lit qu'il avait glissé sous ses seins. Sans prendre la peine de le remonter, elle avala une autre gorgée. Paupières closes.

Pour une fois, elle n'avait pas à se soucier de ses invités, pas à s'inquiéter de savoir s'ils appréciaient le millésime choisi ni si le cépage s'accordait avec le plat.

Elle buvait uniquement par plaisir. Le liquide parfumé coulait dans sa gorge, aussi suave qu'un nectar venu des étoiles.

30

Bien qu'il eût une certaine expérience de la souffrance, James ne se rappelait pas avoir jamais vécu pareille agonie. Installé au bout du lit, il devait rester de marbre face à Theo et à ses seins magnifiques dont les tétons rosés étaient pointés vers lui, aussi tentants que des mets paradisiaques.

C'était une lutte interminable. En s'obligeant à penser au temps qu'ils avaient passé à lisser ces satanés draps, il parvint à diminuer son désir d'un degré infinitésimal. Ce qui ne changerait pas grand-chose au fait que ses testicules auraient sans doute explosé avant le lendemain matin.

Au bout d'un moment, il reprit la bouteille des mains de Theo. S'il en jugeait par son regard un peu embrumé, elle ne devait pas avoir bu plus d'un verre d'alcool durant toutes ces années. Et encore.

— Tiens, dit-il en lui tendant une cuisse de poulet. Mange.

En la voyant mordre dans la chair rôtie avec l'avidité d'un marin s'abreuvant d'eau fraîche après des mois en mer, il se donna un coup sur l'entrejambe.

La douleur lui permit enfin de retrouver un peu de maîtrise de lui.

— Ça ne fait pas mal de te frapper là ? s'étonna Theo.

Comme elle l'examinait d'un œil intéressé, il s'allongea sur le flanc tel un romain décadent aux bains. Il se sentait un peu bête dans cette position, mais si elle appréciait le spectacle, cela en valait la peine.

Le désir finirait par renaître en elle, il en était certain. Toute cette joie et ce plaisir qu'ils avaient ressentis en faisant l'amour sept ans plus tôt ne pouvaient s'être totalement éteints.

— Pas vraiment, mentit-il.

— Dis-m'en davantage sur la vie de pirate.

De la cuisse de poulet ne restait plus que l'os. Theo tendit la main vers une petite quiche au jambon.

James sentit sa bouche s'assécher. Il fallait qu'il arrête de penser aux seins de Theo, au rose délicat de ses lèvres et à son envie irrésistible de glisser les doigts dans ses longs cheveux défaits. D'embrasser ses pommettes, sa bouche suave et ses paupières frangées de longs cils.

— Je n'ai jamais été pirate, je te l'ai dit. C'est d'ailleurs pour cette raison que je ne crains pas d'être arrêté. Chaque fois que nous avons récupéré des objets volés à un trésor royal, Griffin et moi avons pris soin de les rendre à leur auguste propriétaire. C'est ainsi que nous avons obtenu l'autorisation officielle de battre pavillons espagnol, hollandais et sicilien.

— Ce n'était pas deux fois plus périlleux de s'attaquer à des pirates ?

Disparue la quiche au jambon. Elle referma les doigts sur une deuxième. Il avait oublié qu'elle avait un appétit d'ogre : elle pouvait avaler tout ce qu'elle voulait sans prendre une once de graisse. Il s'obligea à détacher les yeux de ses lèvres.

— Pas plus que d'appartenir à la flotte royale. À partir du moment où nous avions identifié la cible, ce qui n'était pas difficile vu qu'elle battait pavillon à tête de mort, nous passions à l'abordage.

— Une flotte composée de deux vaisseaux, commenta-t-elle, pensive. Quels étaient les navires les plus difficiles à vaincre ?

— Les négriers, répondit-il sans hésitation.

— Les négriers ! Tu veux dire que les pirates font du commerce d'esclaves ?

Ses lèvres formaient un cercle parfait. Bon sang, ça ne marcherait jamais, songea-t-il. Tôt ou tard, il se retrouverait en train de la supplier de faire cette chose qu'elle ne voulait plus jamais refaire.

Il prit une profonde inspiration avant d'expliquer :

— Ils attaquent les bateaux négriers, parce qu'au lieu de transférer les esclaves dans leurs cales, ils conduisent le bateau jusqu'à un port où ils pourront revendre la cargaison. Nous attaquions systématiquement les négriers, qu'ils soient aux mains de pirates ou pas.

La bouche de Theo était devenue une ligne mince. Elle reposa sa quiche entamée.

— Ce commerce est détestable. Criminel. Je trouve révoltant que tant de pays hésitent encore à emboîter le pas à l'Angleterre en abolissant l'esclavage.

— Je ne peux qu'être d'accord.

Une lueur amusée fit briller les yeux de Theo.

— Je suis d'autant plus heureuse de te l'entendre dire que le duc d'Ashbrook, ou plutôt son duché, a œuvré pour rendre illégal le commerce, mais aussi la possession d'esclaves. Dommage qu'il nous ait fallu pour cela dépenser des centaines de livres en pots-de-vin.

James fronça les sourcils. Une question l'intriguait.

— Theo, commença-t-il, utilisant à dessein ce prénom, je me rends compte que tu administres cette maison de main de maître. Mais comment diable t'es-tu débrouillée pour rendre le duché si rentable que tu as pu dépenser des centaines de livres en faveur de l'abolition de l'esclavage ?

— Tout a commencé avec les tissages, expliqua-t-elle, tout sourire. Tu te souviens de mon idée de reproduire des étoffes de la Renaissance ?

— Oui. Mais je crois me rappeler que Reede avait des doutes quant à la capacité de nos ateliers à exécuter des motifs aussi compliqués.

— L'une de mes premières décisions a été de me débarrasser de Reede, répondit-elle sans la moindre trace de culpabilité. Pas seulement à cause de cette histoire avec ton père et ma dot, mais surtout parce qu'il n'avait pas le cran nécessaire pour mon projet.

— Que veux-tu dire ?

— Il fallait prendre des risques.

Reprenant sa tarte, Theo lui raconta entre deux bouchées comment elle avait découvert que les ouvriers des ateliers de tissage de Ryburn étaient en réalité des ouvrières, alors que leurs chefs étaient tous des hommes.

— Je devais sans cesse discuter avec eux des couleurs, tu comprends. Un bleu florentin, par exemple, est extrêmement difficile à obtenir, mais il fallait absolument y parvenir si nous voulions reproduire les tissus de l'époque Médicis. Et Reede n'avait pas les tripes.

— Les tripes pour quoi ?

— Pour congédier les hommes, répondit Theo d'un air malicieux. Quant à moi, j'ai mis Mme Alcorn, l'une des tisseuses – une femme redoutable – à la tête des ateliers. Ç'a été là l'une des initiatives les plus intelligentes que j'aie prises, mais Reede a failli en faire une attaque.

— Et qu'est-ce que cette Mme Acorn a de si extraordinaire ?

— Eh bien, en premier lieu, elle a réussi à faire sortir clandestinement un métier à tisser de Lyon.

— *Clandestinement ?*

— Nous n'arrivions pas à fabriquer la moire. Il se trouve qu'elle a un cousin, qui a un ami, qui a un frère... Bref, en quelques semaines, nous avions le métier qu'il nous fallait.

James s'esclaffa.

— Si je comprends bien, aucun de nous deux n'a gagné sa fortune en respectant strictement la loi.

— Tu ne peux pas comparer les Tissages de Ryburn à de la piraterie, protesta Theo.

— Et la manufacture de céramique ? Comment l'as-tu développée ? As-tu volé des secrets de fabrication à Wedgwood, comme le suggérait Reede ?

— Non, ce n'était pas nécessaire.

James se pencha vers elle, fasciné par l'éclat combatif dans son regard et son ton un poil suffisant.

— Raconte.

— J'ai offert aux ouvriers un salaire convenable, expliqua-t-elle avec un grand sourire. Ils sont venus à moi sans que j'aie à voler ou à soudoyer quiconque. Les propriétaires de Wedgwood ont été très contrariés, bien entendu, mais je n'y suis pour rien. Je n'ai même jamais pris contact avec un seul de leurs employés. Si ces derniers ont appris que je payais mieux et en ont parlé autour d'eux, on ne peut pas me le reprocher.

James rit de nouveau.

— Nous avons eu très vite les meilleurs céramistes, poursuivit-elle. Nous nous sommes spécialisés dans les motifs romains et grecs, et la chance a voulu que cela plaise.

— Tissus de la Renaissance, céramiques antiques... Tu ne manquais pas d'idées, commenta James, impressionné.

Theo se leva et traversa la pièce. James oublia aussitôt le sujet de la conversation. Elle possédait une silhouette merveilleuse : de longues jambes gracieuses, des petites fesses pommées, des épaules élégantes. Le désir se propagea en lui à la vitesse d'un incendie de forêt.

Elle se réinstalla sur le lit, les jambes repliées sur le côté, et ouvrit le grand livre relié de cuir qu'elle était allée chercher.

— Voici les échantillons de tissu produits par les Tissages de Ryburn cette année, expliqua-t-elle. Tu vois celui-ci ?

Elle désigna un petit carré d'étoffe ; James fit un effort pour s'y intéresser. Le tissu était noir. Surtout, juste à côté du bord du livre, le drap avait glissé, révélant une cuisse à la peau si délicate qu'il eut envie de la lécher.

— Les motifs représentent des oiseaux en vol, continua-t-elle. Les répétitions ne se voient quasiment pas, sauf si l'on regarde de très près.

— Charmant, parvint-il à articuler.

— Ce motif a été imaginé par l'une de mes tisserandes, dit-elle d'une voix douce. Elle venait de perdre son bébé, et avait envie de penser à lui comme à un petit oiseau s'envolant vers le paradis. Nous en avons vendu treize rouleaux en un mois après l'assassinat du Premier ministre.

— Quel Premier ministre ? Quand ? s'enquit James en haussant un sourcil.

— Spencer Perceval. En 1813. Un déséquilibré lui a tiré dessus. Tu ne recevais donc aucune nouvelle d'Angleterre ?

— Très peu.

— Je reconnais que les circonstances sont regrettables, mais il se trouve que le pauvre homme avait treize enfants, et que sa veuve est tombée amoureuse de ces motifs d'oiseaux. Résultat, tout le monde s'est brusquement intéressé à nos tissus. J'étais triste et ravie à la fois. Cela a dû t'arriver de temps en temps d'éprouver ce genre de sentiments contradictoires, ajouta-t-elle après une hésitation.

Il opina.

— La prise d'un négrier était une réelle épreuve. Pas à cause du combat, mais de ce que nous risquions de trouver à bord après nous en être emparés.

— J'ai lu des articles à ce sujet. Des cales puantes où les vivants s'entassent aux côtés des morts sans lumière ni aération. C'est méprisable !

Sa voix vibrait de colère, et il ne l'en aima que plus si c'était possible. Sa Daisy avait beau être rigide, elle était profondément humaine, avec une morale chevillée au corps.

Au même instant, il prit conscience du parti qu'il pouvait tirer de son indignation, et précisa :

— Une fois les négriers tués dans la bataille, nous proposions aux hommes et aux femmes à bord de les reconduire dans leur pays ou de les emmener avec nous et les débarquer au prochain port. Dans un cas comme dans l'autre, nous donnions à chacun une belle part du butin pris sur le bateau pirate.

Posant sur elle un regard vertueux, il attendit en retenant son souffle.

Et, comme il l'avait espéré, elle se pencha vers lui et effleura ses lèvres des siennes. Ce à quoi il répondit en roulant sur le dos, et en l'attirant délicatement sur lui.

Elle le dévisagea un instant, visiblement surprise, mais ne résista pas quand il reprit sa bouche et glissa la langue entre ses lèvres. Bien qu'il eût le corps en feu, il veilla à l'embrasser avec une infinie douceur.

— J'aime t'embrasser, murmura-t-elle un moment plus tard.

— Pas autant que moi.

Elle suivit du doigt la ligne de son sourcil.

— Si c'était vrai, tu ne serais pas parti sept ans.

— J'ai failli revenir au bout de deux ou trois ans. J'avais mis de côté pour toi dans ma cabine des étoffes trouvées dans la cale d'un bateau pirate. Je n'arrêtais pas de rêver de toi, de penser à ce que j'aurais dû dire ou faire après que tu eus surpris cette conversation avec mon père dans la bibliothèque. À part t'emmener dans ma chambre et te faire l'amour à en perdre la tête, je n'ai pas trouvé de solution.

Un sourire vacilla sur les lèvres de Theo.

— Cela n'aurait pas marché, à l'époque, assura-t-elle.

— Et si je l'avais fait deux ou trois ans plus tard ?

Elle réfléchit un instant. Son index suivait désormais tendrement les contours de son tatouage.

— Peut-être. Pourquoi n'es-tu pas rentré ?

— Mon père est mort, et je n'étais pas près de lui.

— Je vois.

Elle déposa un baiser sur la zone qu'elle venait de caresser.

— Quand je l'ai appris, j'ai eu l'impression de tomber d'une falaise, confessa-t-il. Je sais que mon père était un imbécile et un escroc. J'ai passé mon enfance à éviter les objets qu'il me jetait à la tête et à ignorer ses projets délirants. En quittant l'Angleterre, j'étais certain que ce serait un véritable soulagement de ne plus jamais le revoir. Selon moi, il avait échangé mon bonheur contre de l'argent volé.

— Mais ?

— Je suppose qu'il est mort désespéré à l'idée que j'avais peut-être péri en mer. À sa manière, il m'aimait.

Elle baissa les yeux.

— A-t-il demandé après moi ? interrogea-t-il d'une voix éraillée.

Theo lui caressa la joue.

— Il n'avait plus toute sa tête, mais, oui, il l'a fait. Je lui ai dit que tu étais sorti un instant, mais que tu serais là à son réveil. Il s'est endormi en souriant. Et ne s'est jamais réveillé.

Un long silence suivit ces paroles. Quand il se sentit de nouveau capable de parler, James déclara :

— Père était malhonnête, stupide, et tout ce qu'on voudra, mais il m'aimait. J'étais son fils unique et le seul lien qu'il lui restait avec ma mère. Il l'aimait elle aussi bien qu'il ait toujours affirmé que leur mariage était un mariage de raison.

Theo hocha la tête et déposa un autre baiser sur son tatouage.

— Je ne sais pas ce qui m'a pris, continua-t-il en la serrant instinctivement contre lui. Je crois que je suis devenu fou. Je me suis rasé la tête, j'ai pris une maîtresse, puis deux autres, parce que, dans mon esprit, j'étais si abject qu'il valait encore mieux te trahir que de rentrer en Angleterre.

Son troisième baiser, elle le déposa sur ses lèvres.

— J'ai tué James Ryburn, je suis devenu Jack le Faucon, et j'ai juré de ne jamais regagner l'Angleterre.

— Jusqu'à ce qu'on te tranche la gorge.

— Oui.

Il lui lança un regard furtif, hésitant à lui avouer la vérité. Mais elle n'était pas encore prête à l'entendre.

— Quand, contre toute attente, j'ai survécu, j'ai compris que je voulais rentrer à la maison. Pourtant, à ce moment-là, Griffin et moi réussissions très bien en tant que corsaires. J'avais un trésor dans la cale, et une fortune dans différentes banques à travers le monde. Mais j'avais envie de rentrer en Angleterre ; j'étais las d'affronter la mort jour après jour.

— Si j'ai bien compris, résuma Theo, le gouvernement britannique risque plus vraisemblablement de te décorer pour tes services en mer que de t'arrêter pour actes de piraterie.

— En effet.

James éprouva soudain un merveilleux sentiment de paix.

— Tu aurais pu être tué en libérant des esclaves, déclara Theo. Je suis fière d'être ta femme.

Son visage avait retrouvé sa gravité habituelle. James préférait sa fossette. Aussi l'attira-t-il à lui pour l'embrasser avec ferveur.

Ils étaient tous deux haletants quand il détacha ses lèvres des siennes.

— Daisy, faire l'amour n'inclut pas nécessairement ces choses qui te déplaisent, assura-t-il. Parce qu'il y en a suffisamment qui te plaisent.

Elle se mordit la lèvre.

— Tu as aimé ma façon de te toucher dans ton bain, lui rappela-t-il avec douceur.

Contre toute attente, cette remarque lui valut un sourire.

— Il faudrait être idiote pour ne pas aimer cela, reconnut-elle.

— Et tu aimes mes baisers

— Là encore, je ne suis pas idiote.

— Je ne te demanderai jamais plus de te promener dans la maison sans culotte.

— Pourquoi l'as-tu fait ? interrogea-t-elle, curieuse.

— J'étais fou de désir. La spontanéité et l'ardeur avec lesquelles tu répondais à mes caresses ont achevé de me faire perdre la tête. Sans même m'en rendre compte, je me suis mis à imaginer que nous ferions l'amour partout dans la maison, et que ce serait plus simple si tu ne portais pas de dessous. C'était stupide, je sais. Mais c'est le genre de choses auxquelles rêve un jeune homme.

Elle suivait de nouveau du bout du doigt les contours de son tatouage. James avait de plus en plus de mal à se contrôler. Le corps souple de Theo contre le sien éveillait un véritable volcan en lui. Il s'efforça une fois encore de juguler sa passion. Si elle avait la moindre idée du combat qui se livrait en lui, elle s'enfuirait sur-le-champ.

Il afficha donc une expression paisible et vaguement amusée.

— Et je voulais embrasser ton intimité, avoua-t-il presque malgré lui. Tu es si douce, si rose, si délicieuse, Daisy.

— Theo, le reprit-elle.

Mais sa voix ne contenait aucun reproche.

— N'oublie pas que je n'avais que dix-neuf ans. J'ignorais ce qui se faisait ou pas entre mari et femme avant que mon père me le dise. Les hommes ne parlent pas de ce genre de choses. Et je n'étais pas du genre à me lier suffisamment d'amitié avec d'autres garçons pour aborder ce sujet.

Elle hocha la tête.

— Je t'avais toi, cela me suffisait. Je ne t'aurais jamais demandé quelque chose qui te déplaisait. Quand tu m'as proposé de m'embrasser dans la bibliothèque, je n'osais pas y croire. Je n'avais jamais rien connu d'aussi sensuel. Il ne m'est pas venu une seconde à l'esprit de refuser. D'ailleurs, je me serais déshabillé dans Kensington Square si tu me l'avais demandé. J'étais amoureux de toi, mais j'étais aussi aveuglé par la fascination que ton corps et nos ébats exerçaient sur moi.

— Alors, c'était aussi nouveau et violent pour toi que pour moi ?

Il opina.

— Bella était ma maîtresse depuis un mois seulement. Et si elle me laissait jouer quelques instants avec ses seins, elle exigeait très vite que je passe à ce pour quoi je la payais et rien de plus.

— Seigneur !

— Du reste, je n'aimais même pas ses seins. Alors que les tiens… Tu sais l'effet que me font *tes* seins.

Son cœur se gonfla de joie à la vue de son sourire. Un sourire si merveilleux qu'il était prêt à consacrer le restant de ses jours à essayer de le faire renaître. Mais il y avait une chose qui le tracassait, une chose qu'il devait absolument lui avouer avant de s'autoriser à faire l'amour avec elle.

— Je dois te dire quelque chose qui risque de te déplaire.

— Ah.

Son visage s'assombrit aussi rapidement qu'un ciel d'été avant l'orage.

— J'ai parié avec Griffin que j'arriverais à coucher avec ma femme avant qu'il y parvienne avec la sienne.

Elle s'écarta vivement de lui, et s'agenouilla.

— *Quoi ?*

— J'ai parié avec...

— J'ai entendu. Pourquoi diable as-tu fait une chose pareille ?

Elle le fixait d'un air dur et désapprobateur, mais elle ne semblait pas horrifiée.

— Parce que je suis un imbécile. Je me suis inventé une raison pour te séduire. Mais la vérité, c'est que je voulais juste te retrouver, Daisy. Je suis rentré pour toi.

Theo considéra James, perplexe. Pourquoi tout était-il si compliqué ? James disait vouloir qu'elle lui revienne tout en pariant sur le fait qu'il parviendrait à la convaincre de coucher avec lui. Elle s'assit, entoura ses genoux de ses bras, et se rendit soudain compte que le drap avait glissé et qu'elle devait être nue depuis un moment.

Pourtant, ce qui, la veille encore, lui aurait paru humiliant lui semblait sans importance à présent. Et elle savait pourquoi. Elle était retombée amoureuse de James et s'était laissé piéger bêtement.

— Tu seras peut-être heureuse d'apprendre que je peux t'aider à administrer le domaine à présent, poursuivait James. C'est moi qui ai géré ma fortune et celle de Griffin.

— Celle placée dans ces fameuses banques à travers le monde ?

— De l'or, indiqua-t-il en s'asseyant. Des bijoux. Cinq comptes dans plusieurs pays. Un sceptre... Ce genre de choses.

Theo se leva du lit.

— Quel bazar, commenta-t-elle, les mains sur les hanches, en contemplant les reliefs de leur repas.

James la regarda, et son excitation grimpa d'un cran, ce qui lui paraissait pourtant impossible.

— Tu as encore faim ? demanda-t-elle.

— Oui, répondit-il, la tête ailleurs.

— Je parle de *nourriture*.

— Euh, non.

— Parfait.

Elle prit les assiettes et les posa sur sa coiffeuse. Puis elle ramassa les bouteilles et les verres, les serviettes, ainsi que les petits gâteaux auxquels ils n'avaient pas touché, et les ajouta sur la pile.

— Il faut que tu descendes du lit.

James s'exécuta en se disant que ce ne serait sûrement pas la dernière fois qu'il lui obéirait. Ou ferait le lit. Peu importait. Il n'échangerait pas un seul des ordres de Daisy contre toute la liberté de son ancienne vie de pirate.

— On va remettre les draps correctement, annonça-t-elle.

Il lui lança un coup d'œil.

— Je crois que nous devrions nous rendre sur cette île que nous possédons en Écosse et vivre dans une cabane, avec juste la rivière pour nous laver et pas de draps.

— Je ne crois pas, non, répliqua-t-elle. Si tu te mets de ce côté, on pourra tirer dessus.

Il fit ce qu'elle lui demandait.

— Et après ?

— Nous remettrons la courtepointe.

— Et ?

Le regard dont elle l'enveloppa envoya une flèche de désir droit dans son entrejambe.

— Nous ferons l'amour comme le font tous les couples respectables.

— Vraiment ? dit-il d'une voix rauque en rabattant le couvre-lit à la vitesse d'une tornade. Et comment le font-ils ?

— Entre les draps. Dans l'obscurité.

— Entendu.

Peu importait où et comment cela se passait tant qu'elle acceptait de l'accueillir de nouveau dans son corps délectable.

Quelques instants plus tard, il découvrit que lorsque sa femme parlait d'obscurité, elle ne plaisantait pas. Theo souffla les bougies, baissa la lampe d'Argan au minimum, et dut tâtonner pour regagner le lit.

Il sourit en entendant un bruit sourd suivi d'un juron. Pour sa part, habitué aux abordages par nuit noire, il n'avait aucun mal à se déplacer dans les ténèbres.

Lorsqu'elle se glissa près de lui, James tremblait d'impatience et de désir contenu.

Mais il avait un dernier aveu à lui faire avant de commencer.

— Je t'aime, murmura-t-il en enfouissant les doigts dans ses cheveux. Tu es trop élégante pour moi, trop belle, trop intelligente, mais je t'aime tout de même malgré ces défauts.

Elle eut un petit rire moqueur, mais elle tourna la tête et lui embrassa le poignet. C'était déjà cela.

Et si elle voulait qu'ils gardent la tête sous le drap, il ne la contrarierait pas. Il n'avait pas besoin de lumière. Tout ce qu'il voulait, c'était sentir son corps tiède et parfumé se tordre sous ses doigts.

Une bouffée de joie l'envahit quand Daisy se cambra à sa rencontre et laissa échapper ce qui ressemblait à un soupir de soulagement lorsqu'il s'empara de ses lèvres. Puis un autre quand il lui caressa l'intérieur de la cuisse avant de se diriger vers des zones plus chaudes et plus humides.

Chaque fois que leurs ébats dérangeaient le drap, il le remettait en place. Ils n'échangèrent pas un mot jusqu'à ce que le chemin de baisers qu'il traçait sur la peau de Daisy descende jusqu'à son ventre.

— Tu vas… tu ne vas pas faire *cela*, n'est-ce pas ?

Il remarqua avec jubilation qu'elle haletait un peu.

— Si. Tu ne m'as jamais dit que tu trouvais *cela* détestable.

Elle marmonna une réponse, mais comme le ton ne ressemblait pas à celui employé par Theo, il estima qu'il s'agissait d'un acquiescement. Elle serait sûrement Daisy pour lui de temps en temps ? Entre les draps ?

Elle était aussi exquise qu'un nectar divin. Il la lécha, la titilla, et fit tout ce qu'il rêvait de faire depuis sept ans. Il lui écarta les jambes pour avoir un accès plus aisé à son intimité et l'explora jusqu'à ce qu'il la sente se tendre comme un arc et gémir de plus en plus fort. Alors, il ralentit le rythme, la tourmentant à plaisir.

Et lorsqu'elle fut sur le point de basculer dans la jouissance, il releva la tête et déclara :

— Je ne suis pas certain que ce soit une bonne idée d'avoir des enfants, Daisy.

Elle marmotta un juron, suivi d'un « N'arrête pas ! » sonore.

— Mais j'ai quelque chose d'important à te dire, insista-t-il. J'ai changé d'avis pour les enfants : je pense qu'il est préférable de ne pas en avoir.

Il souffla sur son sexe, doucement, puis glissa le pouce sur sa chair soyeuse.

Elle frissonna, puis repoussa soudain le drap en criant :

— Qu'est-ce que tu as dit ?

— Pas d'enfant, répéta-t-il en introduisant le doigt en elle.

Elle était si étroite, si humide, si chaude qu'il faillit jouir sur le matelas comme lorsqu'il avait seize ans.

— Pourquoi ? interrogea-t-elle dans un murmure rauque.

— Je ne pourrai jamais aimer personne comme je t'aime. Je ne veux pas que mon enfant se sente mal aimé.

Cela ressemblait un tantinet à de la manipulation, mais, en même temps, c'était vrai. Il n'imaginait pas qu'il puisse rester en lui de l'amour à donner à un enfant.

Il glissa un deuxième doigt en elle, lui arrachant un petit cri.

— Ce n'est pas mieux sans le drap ? s'enquit-il en levant de nouveau la tête.

— N'arrête pas ! lui intima-t-elle une fois encore.

Il obéit volontiers.

Quand elle fut secouée de sanglots et de soubresauts, il remonta le long de son corps et chuchota :

— Tu serais peut-être mieux si c'était toi qui venais sur moi.

Comme elle ne semblait pas avoir les idées claires, il roula sur le dos et l'attira sur lui.

— Tu peux descendre un peu ? demanda-t-il poliment.

— Oui, bien sûr, répondit-elle d'une voix un peu bizarre.

— Je ne resterai pas longtemps, promit-il en retenant son souffle tandis qu'elle glissait sur lui.

Elle s'arrêta.

— Daisy ?

Les mains tremblantes, il lui lâcha les bras et s'agrippa au drap du dessous. Il ne voulait surtout pas l'effrayer. Ne pas la dégoûter.

Bon sang, elle se levait ! Il réprima un grondement de frustration : c'était une véritable torture.

— Je veux de la lumière, décréta-t-elle en s'éloignant du lit.

Un gentleman serait probablement venu à son aide, mais James ne se sentait pas du tout l'âme d'un gentleman en cet instant. Plutôt celle d'un ex-pirate assoiffé de sang prêt à exploser. Un ex-pirate sur le point d'envoyer au diable ce qu'il lui restait de maîtrise de lui.

Theo trouva enfin la lampe d'Argan et tourna le bouton au maximum. La lumière jaillit, inondant son corps d'albâtre. Constatant qu'elle ne le rejoignait pas tout de suite, James s'assit, réprimant un grognement de douleur.

— Tu ne viens pas ? s'étonna-t-il, la voix rocailleuse.

Elle se tenait debout près de la cheminée, les mains sur les hanches.

— Qu'est-ce qu'il y a ? demanda-t-il, ravalant au dernier moment le « encore » qui lui brûlait les lèvres.

— Ça, dit-elle avec un grand geste de la main.

Un geste qui semblait le désigner lui. Ou le lit.

— Ce n'est pas comme avant.

À la lueur de la lampe, ses yeux ressemblaient à deux lacs sombres. Ses lèvres étaient gonflées et sensuelles.

— Tu ne trouves pas que c'est différent ? insista-t-elle.

— Eh bien, tu es encore plus belle maintenant que tu es une femme, répondit-il, refrénant son impatience. Et je suis plus cabossé.

Elle ouvrit la bouche pour répondre, se ravisa, puis déclara finalement :

— Non, nous devons faire cela comme il faut.

— Tout ce que tu voudras. Je n'aurais pas dû… ou plutôt, j'aurais dû te laisser…

— Arrête ! le coupa-t-elle.

— Pardon ?

— Arrête d'être ainsi !

James se racla la gorge. Pour la première fois, il douta d'être l'homme dont elle avait besoin, ou celui qu'elle voulait. Ce qui signifiait qu'il ne pourrait peut-être pas rester marié avec elle.

À cette idée, une vague de fureur le submergea, amplifiée par une érection de plusieurs heures qui le rendait à demi fou. Il se leva d'un bond et la rejoignit en deux enjambées.

— Tu es ma femme ! gronda-t-il en la saisissant par les bras.

Elle renversa la tête pour le regarder, révélant sa gorge blanche. Il eut envie de la mordre. Envie de la mordre partout, de transpirer sur elle, de plonger en elle et la lécher de la tête aux pieds. Il voulait se servir de son corps. Et qu'elle se serve du sien.

— Tu aimais la manière dont nous faisions l'amour. Non, tu l'adorais. Je ne peux pas me transformer en caniche juste pour te convaincre de coucher avec moi !

Il hurla la dernière phrase – une réaction digne de son père.

Elle ne parut pas s'en offusquer. Au contraire, une expression qui ressemblait à du soulagement se peignit sur ses traits, et elle noua les bras autour de son cou, s'efforçant d'amener sa bouche au niveau de la sienne.

Mais au lieu de répondre à son invite, James la souleva dans ses bras, la porta jusqu'au lit sur lequel il la jeta presque, puis se plaça au-dessus d'elle.

— Je suis tatoué, couvert de cicatrices et fort comme un Turc, lui rappela-t-il.

Un sourire gourmand se dessina sur les lèvres de Theo. Il sentit l'espoir germer en lui.

— Je vois cela, ronronna-t-elle en refermant les doigts sur ses biceps.

— Tu as peur ?

Réconforté par le rire qui fit écho à sa question, il poursuivit :

— Je me fiche royalement de ce que tu portes sous tes jupons, mais si tu choisis de mettre une culotte, attends-toi à ce que je te l'arrache dans le cellier ou ailleurs. J'ai tellement envie de toi que j'en deviens fou. Je n'ai jamais vraiment désiré d'autre femme que toi. Mes maîtresses n'étaient que le signe de ma détresse. J'étais mort pour toi, mort pour le monde, et mort à moi-même.

Le regard de Theo s'adoucit ; elle lui caressa la joue.

— Tu es de retour à présent.

— Oui, je suis là. Mais je ne suis pas rentré métamorphosé en gentil toutou, Daisy. Je ne peux pas continuer à feindre d'être une version édulcorée de moi-même. Je ne suis pas Trevelyan.

— Je ne veux pas que tu le sois.

— Et j'ai besoin que toi aussi, tu sois toi-même, ajouta-t-il.

Il devait être parfaitement clair sur ce point. Toute leur relation en dépendait.

Elle fronça les sourcils.

— J'ai besoin que tu redeviennes courageuse comme l'était ma Daisy. C'est vrai que je me suis perdu pendant des années, mais toi aussi, tu as perdu une partie de toi. Tu t'es interdit de ressentir la joie.

— C'est faux, protesta-t-elle. Il m'arrive d'être joyeuse.

— La vie est chaotique. Elle est chaotique, malodorante et embarrassante. Comme le désir. Il n'y a pas une seule parcelle de ton corps qui me répugne. Et je me contrefiche de ce que la société pense quant à la manière dont nous devrions nous comporter dans le lit conjugal.

Les lèvres de Theo tremblaient. Ignorant s'il s'agissait d'un bon ou d'un mauvais signe, il poursuivit :

— Tu peux me faire l'amour comme il te plaît, jamais je ne te reprocherai quoi que ce soit. Personnellement, je meurs d'envie de te couvrir de baisers. J'en mourais d'envie avant, et cela n'a fait que s'amplifier. On pourrait être à la table du régent en personne que cela n'y changerait rien : je te regarderais, et je penserais au moment où je pourrais enfin t'embrasser.

Les yeux de Theo brillaient de larmes.

— Là, indiqua-t-il en frôlant sa lèvre inférieure de l'index. Là…

Il referma une main possessive sur l'un de ses seins. Elle émit un petit gémissement, mais il n'avait pas terminé.

— Là.

Les yeux plongés dans les siens, il fit courir ses doigts sur la petite touffe de poils dorés entre ses jambes. Elle était humide, tiède et ouverte.

— Là, continua-t-il en s'introduisant dans son intimité. Il n'y a aucune partie de ton corps que je ne désire embrasser, Daisy. Parce que tu as les plus beaux seins du monde…

Il déposa un baiser sur l'un de ses seins, puis le lécha.

— Et ceci est le plus...

Ses lèvres glissèrent sur le ventre de Daisy, mais elle le força à revenir vers elle en riant à travers ses larmes.

— Je t'embrasserais à la table du régent si tu me laissais faire, enchaîna-t-il néanmoins. Tu es la seule et l'unique. Je suis revenu d'entre les morts pour toi, Daisy. Deux fois.

— Et j'en suis tellement heureuse, murmura-t-elle.

Une larme roula sur sa tempe et disparut dans sa chevelure.

— Je n'aurais jamais dû te quitter.

D'autres larmes suivirent. Il caressa sa joue mouillée et l'étreignit.

— Je t'aime, souffla-t-il. Et comme tu ne l'as pas fait, je le dis à ta place : toi aussi, tu m'aimes.

Puis, parce qu'il y a des limites à ce que le plus courageux des hommes peut endurer, il l'avertit :

— À présent, j'ai l'intention de faire l'amour à ma duchesse. Si tu as quelque chose à y redire, fais-le maintenant, parce qu'après, ce sera trop tard.

La lueur qui s'alluma dans le regard de Daisy était plus éloquente que des mots. Alors, lui écartant les cuisses, il plongea en elle.

Elle vint à sa rencontre dans un cri, les doigts crispés sur ses avant-bras.

— Encore, James. S'il te plaît.

Un autre coup de reins.

— Oh, c'est tellement bon !

Il inspira à fond, luttant pour résister encore un peu.

— Je ne peux pas me conduire tout le temps en gentleman, précisa-t-il encore. Je ne suis pas un animal domestique comme Trevelyan.

Theo contempla son mari, le cœur prêt à exploser de bonheur. James ne ressemblait en rien à Geoffrey, il était fort, farouche et dominateur. Il avait un tatouage sous l'œil et ne serait jamais à l'aise dans un salon. Il était désorganisé, manquait de soin et jetait les journaux par terre. Il faisait assez mal les lits. Il se moquerait toujours des règles qu'elle avait établies, même s'il la respectait. Il voulait l'embrasser là où cela ne se faisait pas.

Il ne serait jamais délicat, ni même courtois.

D'ailleurs, à cet instant, il la saisit aux hanches et s'enfonça en elle jusqu'à la garde.

Theo ne reconnut pas le cri guttural qui résonna à ses oreilles comme sortant de sa bouche.

— J'ai enfoncé ma *queue* en toi, Daisy. C'est un terme que l'on ne devrait pas prononcer devant une lady, je sais, mais je suis sûr qu'il te plaît, pas vrai ?

Elle hocha la tête.

— Ceci n'est pas un commerce amoureux ni un intermède charnel, reprit-il. C'est l'Acte Honteux. Et-nous-n'avons-pas-honte !

Cela dit, le duc entreprit d'énumérer à sa duchesse tous les mots qu'il connaissait dans le domaine sexuel. Et il en connaissait beaucoup. Il n'était pas pirate pour rien.

Cette nuit-là, ils firent trembler le lit et valser draps, édredon et courtepointe. Ils se livrèrent aux caresses les plus osées et inventèrent leurs propres jeux éhontés. Ils se firent jouir de mille manières différentes, chacun à leur tour ou tous les deux ensembles emplissant la maison de leurs cris rauques.

Le duc et la duchesse d'Ashbrook ne quittèrent pas la chambre pendant quatre jours. Ils passèrent la plupart du temps dans le lit, mais firent également l'amour dans la baignoire, sur le petit tabouret et sur le sol.

Un matin, alors qu'elle venait allumer le feu dans la cheminée, une femme de chambre faillit surprendre son maître et sa maîtresse nus dans les bras l'un de l'autre. Sa Grâce n'eut que le temps de rabattre le drap sur sa femme prise de fou rire.

Puis un jour, il décida qu'il était temps de montrer au monde combien son épouse était belle. Et avant que celle-ci puisse l'en empêcher, il lança par la fenêtre une cape de satin rose confectionnée par l'un des plus célèbres couturiers de la place de Paris. Le vêtement atterrit sur une haie.

— Exactement comme autrefois, commenta l'un des valets de pied à l'intention de Maydrop. Sa robe de mariée est passée par la même fenêtre il y a sept ans.

Aucun d'eux ne parvint à trouver de sens à tout cela.

Maydrop chassa les domestiques, et le duc l'informa discrètement qu'il pouvait renvoyer toutes les personnes qu'il avait payées pour jouer les journalistes.

À la fin de la semaine, la duchesse avait presque pris l'habitude d'être échevelée et vêtue à la va-vite. Du moins, une partie du temps. Elle s'était résignée et acceptait que son mari puisse la trouver belle aujourd'hui comme lorsqu'elle avait dix-sept ans, et qu'il ne comprendrait jamais rien à l'art de se vêtir. Pour la bonne raison qu'il était expert dans l'art de se *dé*vêtir.

Elle était très, très heureuse.

Et toujours mariée.

Un épilogue relativement long

Bal du régent, mai 1817

Comme l'ont découvert tous les couples depuis que le mariage existe, la vie conjugale n'est pas un chemin semé de roses.

Ce jour-là, le régent devait décerner l'ordre de Bath à James. Le matin, Theo s'en prit à son époux parce qu'il avait fait tomber un poisson chinois en faïence élégamment dressé en équilibre sur sa queue grâce au savoir-faire des céramistes d'Ashbrook.

James lui rétorqua que ce n'était pas très malin de placer une colonne de marbre juste à côté de la porte de la bibliothèque.

— Ma vie était sacrément plus simple quand les seuls poissons que je croisais avaient des écailles ! lança-t-il.

— Eh bien, ne te gêne pas, va rejoindre tes amis les poissons !

En entendant le ton monter, Maydrop fit signe aux domestiques de s'éloigner. L'expérience lui avait appris que parfois le duc et la duchesse avaient besoin d'intimité ailleurs que dans leurs chambres.

De fait, lorsque la duchesse sortit de la bibliothèque un peu plus tard, ses cheveux étaient emmêlés, et le fermoir de son collier pendait sur sa poitrine. En outre, elle n'était pas sur ses deux pieds.

Le duc adorait porter son épouse.

— Voilà un homme qui sait faire bon usage de ses muscles, murmuraient les femmes de chambre entre elles en pouffant.

Si elle n'était pas aisée, la vie conjugale avait néanmoins des côtés très agréables. En fait, James eut le sourire tout l'après-midi qui suivit la chute du poisson chinois, quand bien même il redoutait la soirée à venir. On allait lui décerner une décoration pour service rendu à la Couronne dans le sombre domaine de l'esclavage, et la cérémonie serait suivie d'un bal. Il détestait ce genre d'obligations, mais si cela pouvait avoir une influence positive sur les votes de ses compatriotes concernant l'abolition de l'esclavage (et pas uniquement l'interdiction du commerce d'esclaves), il était prêt à s'affubler d'un insigne et d'un costume ridicule. Dieu merci, l'ancien rituel de purification avait été supprimé.

Et puis, cela faisait plaisir à Theo. Or, ce que Theo voulait, James le lui donnait, dans la mesure du possible. Même s'il devait pour cela se sentir aussi ridicule qu'un paon drapé d'une étole.

C'est pourquoi, en cet instant, il était debout au milieu de sa chambre tandis que son valet Gosffens s'affairait autour de lui. Ce dernier lui avait déjà enfilé un pourpoint cousu de centaines de perles et une tunique cramoisie doublée et ourlée de satin blanc. Comme si cela ne suffisait pas, il lui passa une large ceinture blanche, puis lui apporta une paire de bottes avec des éperons d'or presque aussi gros que des roues de charrette.

James les contempla d'un air dégoûté.

— D'où viennent ces horreurs vulgaires ?

— Elles ont été spécialement confectionnées pour les chevaliers de l'Ordre de Bath, l'informa son valet.

James enfila lesdites bottes.

— Et maintenant, le Manteau de l'Ordre, annonça Gosffens.

Avec respect, il exhiba une sorte de cape assortie à la tunique, qu'il lui noua autour du cou à l'aide d'une longueur de dentelle.

James fusilla le miroir du regard comme s'il le mettait au défi de se briser.

— De la dentelle, Gosffens ? De la *dentelle* ? Je ressemble à une croupe de cheval avant la parade.

Déjà, Gosffens soulevait le couvercle d'une autre boîte. James y jeta un coup d'œil, et vit son valet en sortir un chapeau noir orné de plumes d'autruche.

Voilà qui dépassait les bornes. James avait fait d'énormes concessions sur le plan vestimentaire : sa femme avait des opinions arrêtées, et adorait l'habiller de velours et de soies aux teintes improbables (surtout pour un homme). Selon elle, plus ses habits étaient extravagants, plus il ressemblait à un pirate. Et une fois qu'il avait découvert à quel point sa duchesse trouvait cette ressemblance séduisante, James avait été jusqu'à arborer un manteau rose.

Mais un chapeau à plumes, jamais ! James prit la coiffe sans un mot, puis, sous le regard horrifié de Gosffens, il le déchira en deux, et jeta les morceaux par la fenêtre.

— Votre chapeau de cérémonie !

— Je veux bien mettre une perruque, dit-il en guise de compromis.

Gosffens lui présenta ensuite une broche surmontée d'un diamant de la taille d'un gros grain de raisin.

— D'où vient cette monstruosité ?

Son valet le gratifia d'un sourire suffisant.

— C'est un cadeau de Sa Grâce la duchesse en honneur de votre nouveau titre de Chevalier de l'Ordre de Bath.

James soupira, et Gosffins épingla la broche sur la cape cramoisie.

— Après tout, vous êtes un duc pirate, commenta son domestique. Nous serions désolés de décevoir vos partisans.

Pour sa part, James aurait déçu sans problème tous ceux qui étaient assez stupides pour se préoccuper des vêtements qu'il portait.

— Je suppose que la duchesse sera particulièrement élégante ce soir ?

— Je crois que ses femmes de chambre ont commencé à la préparer juste après le déjeuner, indiqua Gosffins.

Celui-ci puisait une bonne partie de son amour-propre dans le fait de vivre sous le toit de l'aristocrate la plus stylée de tout Londres. James effectua un rapide calcul : ils étaient sortis de table trois heures plus tôt, ce qui signifiait que Daisy ne serait pas prête avant une bonne heure.

Finalement, la cérémonie se révéla supportable. Après avoir été nommé chevalier de l'Ordre de Bath par le régent (qui, Dieu merci, se montra bref), James reçut lors du bal les félicitations de ses onze pairs, tous aussi idiots les uns que les autres et convaincus de former l'élite du royaume. Il parvint néanmoins à contenir son envie de rire, et se servit de sa nouvelle aura chevaleresque pour convaincre sir Flanner (élevé au rang de chevalier pour avoir défendu la Couronne pendant la guerre) de soutenir la proposition de loi visant à abolir l'esclavage. Finalement, cette soirée ne serait pas inutile, se consola-t-il.

Mais toutes ses discussions avec ses nouveaux compagnons, lui avaient fait perdre sa duchesse de vue. Theo était une personnalité très recherchée au sein de la haute société londonienne ; pas un jour ne se passait sans qu'un journal ou un magazine ne commentât l'une de ses toilettes ou de ses opinions en matière de mode. James avait d'ailleurs l'impression de ne pas pouvoir sortir de chez lui sans tomber sur un journaliste faisant le pied de grue sur le trottoir en attendant d'apercevoir la duchesse.

Bien trop souvent à son goût, l'un d'eux trompait son ennui en rédigeant une énième description du duc pirate et de son tatouage primitif. Ces articles s'achevaient invariablement par la même question : comment la femme la plus élégante du royaume supportait-elle d'être mariée à l'homme le plus rustre de la pairie ?

Malgré tout, force leur était de reconnaître que Sa Grâce adorait son époux. La duchesse souriait peu, mais chacun de ses sourires était pour lui.

Et James s'en réjouissait d'autant plus que s'il aimait toujours le visage de sa femme, il le trouvait extraordinaire quand elle souriait.

Ce qui redoubla son envie de la retrouver. Cela faisait bien deux heures et demie qu'ils étaient là, or, il avait négocié avec Theo de ne jamais rester plus de trois heures dans une soirée rassemblant plus de dix personnes.

Il jeta un coup d'œil dans le salon, mais elle n'y était pas. Il parcourut alors les salons de jeu et la salle de bal, sans plus de succès. Il ne lui restait plus qu'à poursuivre sa recherche à l'étage.

Alors qu'il traversait la longue galerie où s'alignaient les portraits pompeux de membres de la famille royale, il reconnut la voix de Geoffrey Trevelyan, qui devait se trouver juste après l'angle que formait la galerie. Bien que James le méprisât, Theo acceptait de danser avec lui de temps à autre. Sans doute parce qu'elle savait que cela rendait son mari fou.

Au moment où il s'apprêtait à rebrousser chemin (éviter Trevelyan était devenu chez lui un véritable talent), il entendit son ancien rival lancer avec son ironie coutumière :

— La vilaine duchesse peut bien se vêtir des nouveaux habits de l'empereur, cela ne lui donnera jamais la silhouette ni le profil d'une femme. Je pense vraiment qu'elle aurait dû naître homme. Vous connaissez la rumeur selon laquelle les pirates…

James apparut à cet instant précis. Stupéfait, Trevelyan en resta bouche bée.

Ce n'est pas parce qu'un homme a appris à maîtriser ses humeurs qu'il n'est pas capable de se laisser aller à la colère quand les circonstances l'exigent. James agrippa son ancien camarade de classe par la cravate, le souleva de terre, et l'écrasa contre le mur en hurlant :

— Comment osez-vous parler ainsi de ma femme ? Espèce d'ordure puante et malveillante ! Comment osez-vous seulement vous montrer devant elle ?

Le teint de Trevelyan avait viré au violet. Il ne semblait pas enclin à répondre, peut-être parce que sa cravate l'empêchait de respirer. Ce qui n'était pas un problème : la question de James était purement rhétorique.

Il envoya de nouveau Trevelyan contre le mur.

— Elle est la plus belle (bang !), la plus exquise (bang !) femme de Londres.

Des dizaines de personnes accouraient, mais James s'en moquait.

— Je n'ai jamais rencontré de femme plus belle, ni en Chine (bang !) ni aux Indes (bang !), et sûrement pas dans toutes les Iles britanniques. Et surtout, elle est d'une gentillesse incroyable. Il suffit de voir le temps qu'elle perd à parler avec vous, espèce de pitoyable ver de terre ratatiné. (Bang, *bang, bang* !).

Quelqu'un lui toucha le bras. Il pivota, prêt à mordre. C'était Theo.

— Mon chéri.

Ces deux mots suffirent à dissiper sa rage. Il lâcha Trevelyan.

Le pitoyable ver de terre s'empressa de ramper loin de lui.

— Vous ! cria James du ton qu'il employait autrefois pour hurler « Pas de quartier ! ».

Trevelyan s'immobilisa.

— Si vous avez le malheur de dire un mot sur ma femme qui ne soit pas un compliment, ce n'est pas contre le mur que je vous jetterai, mais par la fenêtre. Et pas du rez-de-chaussée.

James n'attendit pas la réponse. Quelle réponse attendre d'une ordure ? Soulevant son épouse dans les bras, il fit volte-face.

La galerie était bondée.

— Ma duchesse, reprit-il alors en balayant la foule d'un regard farouche, n'est pas un cygne, pour la bonne et simple raison qu'elle n'a jamais été un vilain canard.

Il baissa les yeux sur Theo. Elle avait maquillé les siens d'un trait exotique. Ses pommettes étaient celles d'une reine, et le rouge sur sa bouche la rendait encore plus appétissante. Des seins petits mais parfaits, une peau d'albâtre et une taille si fine qu'il en faisait presque le tour avec les mains.

Mais tout cela n'était rien comparé à la bonté qu'il lisait dans son regard et à l'intelligence avec laquelle elle abordait la vie.

C'était cela la vraie beauté.

Sans un mot, ils traversèrent la longue galerie. La foule s'écartait devant eux telles les eaux de la mer Rouge devant Moïse. Les expressions étaient approbatrices, et soudain, quelqu'un se mit à applaudir – peut-être le régent lui-même. Aussitôt, tout le monde l'imita, et ce fut sous des applaudissements nourris que James descendit les marches.

Dans la voiture qui les ramenait chez eux, Theo parvint enfin à cesser de pleurer. James lui demanda si elle allait bien, mais tout se bousculait tellement dans sa tête qu'elle fut incapable de lui répondre. Elle se contenta donc d'acquiescer d'un signe de tête en lui serrant très fort la main.

Une fois à la maison, elle confia son étole à Maydrop, et, sans laisser à James le temps d'ôter sa cape, l'entraîna dans l'escalier. Il la suivit en riant.

Une fois la porte de sa chambre refermée derrière eux, elle contempla longuement son pirate en silence : ses traits n'avaient rien perdu de leur élégance. Son tatouage ne faisait que souligner le bleu profond de ses yeux frangés de longs cils, la courbure de ses lèvres et ses pommettes hautes.

Il se débarrassa de sa cape, et elle s'avança pour lui retirer sa perruque. Il était imposant, magnifique, vibrant d'une puissance contenue qui lui avait permis d'imposer sa volonté à un bateau rempli de pirates – et à une salle entière d'aristocrates.

Et il était *à elle*.

— Tu m'en veux d'avoir un peu secoué Trevelyan ? hasarda-t-il.

Même si, de toute évidence, il ne regrettait pas son geste et recommencerait sans hésiter s'il le fallait.

Il lui fallut un moment avant de trouver les mots pour déclarer :

— Tu as dit au monde entier que tu me trouvais belle.

— Tu *es* belle.

Les larmes menacèrent une fois encore de la submerger, mais elle parvint à les retenir. Nonchalamment adossé à la porte, une expression à la fois farouche et tendre sur les traits, James ressemblait plus que jamais au roi pirate qu'il était.

— J'ai toujours pensé que tu avais commencé à m'aimer à douze ans, durant la période où tu étais aveugle, avoua-t-elle. Parce que tu ne pouvais pas me voir.

Il haussa les sourcils.

— Absolument pas ! Je t'aimais bien avant.

— Vraiment ?

— L'année précédente, quand ma mère est morte. Tu te souviens de cette nuit où tu m'as rejoint dans mon lit ? À cette époque, tu dormais encore dans la nurserie tandis que j'étais installé dans un lit d'adulte dans la pièce à côté. Tu as attendu que la nurse aille se coucher, puis tu es venue te glisser près de moi. Et je me suis mis à pleurer toutes les larmes de mon corps.

— Je m'en souviens maintenant.

— Tu sais pourquoi je suis tombé amoureux de toi cette nuit-là ? interrogea-t-il, l'œil pétillant de malice.

Elle secoua la tête.

— Parce que tu avais pris huit mouchoirs avec toi. Or, exactement huit mouchoirs trempés plus tard, j'ai commencé à me sentir enfin capable d'affronter le lendemain.

Elle ne put s'empêcher de sourire.

— J'aime parer à toute éventualité.

— Tu me connaissais parfaitement, reprit-il, l'air soudain terriblement vulnérable. Tout au long de ma vie, tu as été ma boussole, la clé de mon cœur. J'ignore comment j'ai fait pour vivre sans toi pendant sept ans, Daisy, ajouta-t-il en s'écartant de la porte pour s'approcher d'elle, mais je suis certain que je ne supporterais pas de te perdre de nouveau.

— Cela n'arrivera pas, assura-t-elle en l'attirant à elle.

L'un des moments dont Theo – ou Daisy, comme son mari persistait à l'appeler – se souviendrait toute sa vie se produisit un peu plus tard cette nuit-là.

Ils étaient étendus côte à côte. Comme d'habitude, le drap gisait sur le sol. Le duc s'était froissé un muscle au niveau de la hanche gauche, et en rendait sa duchesse responsable parce qu'« aucun homme ne peut se plier de cette façon ».

Theo embrassa son mari, et lui confia un secret qu'elle avait gardé pour elle jusqu'à ce qu'elle soit certaine de ne pas se tromper.

— Tu vas être le père le plus merveilleux qui soit.

James en demeura sans voix. Il la contempla un instant, puis s'adossa à la tête de lit, l'installa entre ses jambes et posa ses grandes mains sur son ventre.

Alors qu'elle se laissait aller contre lui, heureuse et détendue, il commença à chanter. Sa voix avait perdu sa pureté d'autrefois. C'était la voix d'un homme qui avait bourlingué sur toutes les mers, une voix qui sentait le cognac et le péché.

— « Danse avec moi jusqu'à la fin des temps. »

Il fit une pause pour lui murmurer à l'oreille :

— Cela signifie que toi et moi danserons ensemble chaque jour de notre vie, et peut-être même après.

Le temps d'un baiser sur le nez, puis il se remit à chanter.

— « Fais-moi danser pour nos enfants qui ne demandent qu'à naître. »

Réprimant ses larmes, Theo chanta à son tour. Sa voix claire de soprano se mêla à celle, imparfaite et pourtant si belle, de James.

— « Danse avec moi, chantèrent-ils en chœur, jusqu'à la fin des temps. »

Ce fut la première des nombreuses chansons que James devait chanter pour leur premier-né, puis pour le deuxième, et le troisième et le quatrième qui arrivèrent ensemble. Les enfants devinèrent très vite que leur père n'aimait pas chanter, mais ils comprirent tout aussi rapidement que si leur mère lui demandait quelque chose… eh bien, papa ne refusait jamais.

C'est ainsi que parents – un pirate et une duchesse, un duc et une artiste, un homme et une femme – et enfants empruntèrent en dansant et en chantant tous les chemins de traverse d'une longue vie heureuse.

Note historique

Tous mes romans puisent leur inspiration dans une combinaison de fiction littéraire, de faits historiques et d'éléments personnels (mon mari serait le premier à noter une similitude entre le besoin de Theo de classer ses rubans et l'aspect de mes propres étagères). Ce roman ne fait pas exception à la règle, et l'on y reconnaît sans difficulté l'influence du *Vilain Petit Canard*, du poète et conteur danois Hans Christian Andersen. Cette histoire célèbre a été publiée pour la première fois en 1843. L'utilisation que j'en ai faite est donc anachronique, ce dont je vous prie par avance de m'excuser. Je tenais à situer mon récit durant la Régence anglaise, car je voulais que Theo réside à Paris après la signature du traité de Fontainebleau en 1814.

Par ailleurs, ce roman est le premier pour lequel je me suis inspirée d'une personne encore vivante extérieure à mon cercle familial (je ne compte pas le personnage de sir Justin Fiebvre dans *La Princesse au petit pois*, sous les traits duquel on peut reconnaître Justin Bieber, mais qui ne tient qu'un rôle très secondaire dans le récit). Il y a quelque temps, un article décrivant les « Règles » énoncées par la fascinante, l'éclectique, la magnifique Iris Apfel a retenu mon attention. Ce sont ces règles (*Promenez-vous du côté du règne animal*) qui ont servi de tremplin à Theo pour énoncer les siennes, adaptées au contexte de son temps. J'ai également puisé des conseils d'élégance chez Geneviève Antoine Dariaux et son ouvrage *Les Voies de l'élégance* (guide *pour toutes les femmes qui souhaitent être bien habillées en toutes circonstances*). Theo a retenu la première leçon de cette grande dame de la mode, à savoir, que l'élégance est avant tout harmonie.

J'aimerais ajouter que le chapitre qui se déroule à la Chambre des lords doit beaucoup à une scène similaire dans le roman de Dorothy Sayer, *Le Duc est un assassin*, paru en 1926. Enfin, sir Griffin Barry m'a été directement inspiré par un personnage réel de la Renaissance : un jeune réprouvé à la fois pirate, dramaturge et gentleman.

Découvrez les prochaines nouveautés des différentes collections J'ai lu pour elle

AVENTURES & PASSIONS

Le 4 décembre

Inédit **_Les chevaliers des Highlands - 4 - La vipère_**

Monica McCarthy

1307, Écosse. Lachlan MacRuairi est un mercenaire. Sa seule fidélité est à celui qui le paye. Mais cette carapace vole en éclats lorsqu'il est chargé d'escorter Bella MacDuff pour le couronnement du roi d'Écosse. En effet, sans le savoir, la fière et sensuelle comtesse écossaise le met face au plus grand défi de sa vie : aimer à nouveau…

Inédit **_Les Mackenzie - 6 - Daniel Mackenzie, Un sacré coquin_** **Jennifer Ashley**

Daniel Mackenzie est à la hauteur de la réputation de sa scandaleuse famille : il est riche, beau, talentueux, et les femmes l'adorent. Lorsqu'il rencontre Violet Bastien, l'une des plus célèbres médiums d'Angleterre, il se rend compte immédiatement que Mlle Bastien est une impostrice, et qu'il est attiré par elle. Malheureusement, la jeune femme rattrapée par son passé fuit l'Angleterre. Daniel est bien déterminé à la retrouver coûte que coûte…

Brûlés par le désir **Johanna Lindsey**

Kimberley ne décolère pas : son père vient de lui ordonner de se trouver un mari et de quitter au plus vite le château familial. Furieuse, elle accepte l'invitation de la duchesse de Wrothston au manoir de Sherring Cross. Elle y fait la connaissance de Ian MacGregor, un Écossais qui est le pire des voyous, un rustre qu'elle n'hésite pas à remettre à sa place. Mais c'est aussi l'homme le plus séduisant qu'elle ait jamais rencontré…

Le prince de Mayfair ↩ **Brenda Joyce**

Jolie mais vulgaire… Ces commentaires méprisants, Violette Goodwin, issue des bas-fonds de Londres, y est habituée. Pourtant qu'on l'accuse d'avoir assassiné son mari, c'en est trop ! Qu'avait-elle à y gagner ? À la mort de son époux, les créanciers lui ont confisqué tous ses biens. Désormais, sa principale crainte est de finir à la rue. Bien sûr, elle pourrait tirer parti de sa beauté auprès de nombreux hommes, mais elle s'y refuse car son cœur appartient au ténébreux et inaccessible Blake Harding.

PROMESSES

Le 4 décembre

Inédit

Un pâtissier à croquer ☙ **Louisa Edward**

Danny Lunden quitte New York pour la première fois à l'occasion du prestigieux concours de la Toque d'or pour lequel sa brigade de cuisine a été sélectionnée. Il s'attend à vivre une grande aventure, et s'y est ardemment préparé. Mais le menu va être complétement bouleversé…

Inédit

C'est toi que j'attendais ☙ **Kristan Higgins**

Poppy aurait tort de se plaindre : elle dirige sa propre entreprise de récupération de matériaux, elle est entourée d'une famille décalée mais aimante ainsi qu'une smala d'amis farfelus et de petits protégés qui remplissent son quotidien de rires et de tendresse. Elle a même (plus ou moins) un petit ami. Que demander de plus ? Quand resurgit Liam, le bad boy du lycée qui lui a brisé le cœur quinze auparavant, toujours aussi craquant, le cœur de Poppy s'emballe.

Passion intense

Des romans légers et coquins

Le 4 décembre

Inédit ***Les Sullivan - 1 - La passion dans tes yeux***

Bella Andre

Photographe professionnel, Chase Sullivan est un vagabond qui parcourt le monde. De temps à autre, toutefois, il rejoint San Francisco, où il retrouve ses sept frères et sœurs. Entre voyages et retrouvailles au sein de la fraterie Sullivan, il pense mener la vie rêvée. Pourtant, quand il fait la connaissance plus qu'innattendue de Chloé sur la route de Napa Valley, il comprend au premier regard qu'il lui manquait une chose essentielle : la passion…

Et toujours la reine du roman sentimental :

Barbara Cartland

« Les romans de Barbara Cartland nous transportent dans un monde passé, mais si proche de nous en ce qui concerne les sentiments. L'amour y est un protagoniste à part entière : un amour parfois contrarié, qui souvent arrive de façon imprévue. Grâce à son style, Barbara Cartland nous apprend que les rêves peuvent toujours se réaliser et qu'il ne faut jamais désespérer. »

Angela Fracchiolla, lectrice, Italie

Le 4 décembre
Un baiser pour le roi

10602

Composition
FACOMPO

Achevé d'imprimer en Italie
par GRAFICA VENETA
le 7 octobre 2013.

Dépôt légal : octobre 2013.
EAN 9782290058220
L21EPSN000962.N001

ÉDITIONS J'AI LU
87, quai Panhard-et-Levassor, 75013 Paris

Diffusion France et étranger : Flammarion